Thomas H. Cook, né en 1947, a publié son premier roman alors qu'il était bachelier dans une petite ville du Sud des États-Unis et n'a cessé de publier depuis lors. Il a aussi été professeur d'histoire et secrétaire de rédaction au magazine *Atlanta*. Avec une dizaine de titres parus dans la collection « Série noire » de Gallimard et vingt-cinq romans parus aux États-Unis, Thomas H. Cook est un auteur reconnu, salué par la presse sur les deux continents. Il a reçu l'Edgar Award en 1996 pour *Au lieu-dit Noir-Étang* et le Barry Award en 2008 pour *Les Feuilles mortes*.

Thomas H. Cook

LE CRIME DE JULIAN WELLS

ROMAN

Traduit de l'anglais (États-Unis)
par Philippe Loubat-Delranc

Éditions du Seuil

TEXTE INTÉGRAL

TITRE ORIGINAL
The Crime of Julian Wells
ÉDITEUR ORIGINAL
The Mysterious Press, an imprint of Grove/Atlantic Inc., 2012

ISBN 978-2-7578-6232-2
(ISBN 978-2-02-108706-2, 1re édition)

Pour les femmes de Maui :
Ann Hood, Diane Lake, Annie LeClaire,
Jacquelyn Mitchard, Deborah Todd et Sara Young.

Et à la chère mémoire de Heiman Zeidman.

La cloche du couvre-feu sonne le glas du jour finissant,
Le troupeau en meuglant flâne dans le pâturage,
Le laboureur vers son logis chemine péniblement,
Abandonnant le monde aux ténèbres, et à moi-même.

Thomas GRAY,
Élégie écrite dans un cimetière de campagne

Avant

Il replie la carte géographique et la pose sur la table à côté de son fauteuil. Par la fenêtre, il voit les eaux lisses et grises de l'étang. La barque, dont la peinture jaune s'est écaillée depuis longtemps, est au repos sous un bouleau pleureur.

Il se lève, va à la fenêtre, regarde dehors.

Au loin, une brise légère fait frémir le feuillage du bouleau, caresse la pelouse, berce les iris pourpres de la berge. Des herbes, des fleurs, il en a tant vu. Les champs de lavande de France, les faux mûriers de l'Oural aux petits pétales orange, les plumets des herbes de la pampa ondulant comme des danseuses.

Il regrettera tout cela.

Il réfléchit à l'acte, puis à ses conséquences.

Il fera les choses proprement.

Ce sera net.

Et sans bavure.

Il tourne la tête pour jeter un dernier coup d'œil à la carte. Des cartes, il en a tant étudié. Il pense aux porteurs d'eau du monde entier, le plus souvent des femmes qui charrient leurs jerrycans jusqu'à la rivière ou jusqu'au lac. Son esprit est comme ces jerrycans : fatigué, poussiéreux, esquinté, mais encore capable de contenir sa lourde réserve de souvenirs.

Et, pourtant, il a oublié quelque chose.

Il va jusqu'au petit bureau dans l'angle de la pièce, ouvre le carnet et arrache la première page. Il la plie soigneusement, sans hâte, puis la glisse au fond de sa poche.

C'est à ce qui a changé qu'il te faut être attentif, lui disaient les vieux traqueurs. Pas aux traces. Pas aux pistes. Mais à ce qui a changé dans le chiendent, à l'impression que les roseaux sont penchés. C'est ça qui te conduira à l'objet de ta quête.

Il parcourt la pièce du regard, guettant pareil signe, n'en voit pas, et, fort de cette certitude, gagne la porte, puis la franchit et s'avance sur la pelouse. Il sent le souffle de la brise qui n'a rien de nouveau pour lui : une fraîcheur sur ses joues, une pression contre sa chemise, un mouvement dans ses cheveux.

Entendant un cri d'oiseau, il lève la tête et voit une mouette qui vole bas dans le ciel. À quand remonte la première fois qu'il a vu des souimangas au Soudan, leur plumage irisé scintillant au soleil ?

Il hoche la tête. Ça n'a plus d'importance.

Il baisse les yeux et marche d'un pas décidé jusqu'à la barque. Elle est lourde, et il est affaibli, mais moins par son dernier travail que par sa dernière décision.

Mais celle-ci est prise.

La barque est lourde, et pourtant il la met à l'eau. En quoi était faite la plus légère qu'il ait manœuvrée ? Ah oui, en scirpe. Et quel était l'autre nom du scirpe ? Ah oui, le souchet.

La barque tangue violemment quand il pose le pied à l'intérieur, mais il reprend l'équilibre, attrape une rame et, d'une poussée, s'éloigne du bord.

Jusqu'où aller ?

Le milieu de l'étang. Suffisamment loin pour n'être plus, vu de là-bas, qu'une petite forme indistincte, et que sa sœur ne puisse ni deviner ce qu'il fait ni le rejoindre avant qu'il ait accompli sa tâche.

Vingt mètres de la berge maintenant. Peut-être vingt-cinq. Longtemps qu'il n'a pas ramé. Déjà, ses bras lui font mal. Oh, ce sera vite passé. Il sait que son séjour dans la steppe russe l'a fatigué, mais s'étonne de constater à quel point. Ou bien son secret l'a-t-il toujours rongé comme une maladie dégénérative ?

Trente mètres de la berge.

Suffisant.

Il sort de sa poche la feuille de papier pliée, et l'enfonce sous l'eau.

Voilà.

Il reste tranquillement assis un moment puis, repris par son ancienne détermination, il se lance dans le processus. D'abord, il retrousse ses manches. Pendant quelques secondes, il ouvre et ferme les poings, très fort. Les veines bleutées affleurent, comme sur son ordre.

Il se penche en avant et prend le couteau. Sa lame crantée fera mal, mais toute sa vie il a connu la souffrance.

Net.

Et sans bavure.

Il tend le bras à bâbord par-dessus le plat-bord jaune délavé et, d'un seul geste, se tranche les veines. Le sang coule sur sa main et le long de ses doigts en un flot régulier qui rougit l'eau sous eux. Il tend l'autre bras, prend le couteau dans sa main ensanglantée et accomplit le second geste.

Et voilà.

En tout cas pour la première étape.

Il ne reste plus qu'à avoir la volonté d'attendre.

Il lâche le couteau et le regarde faire des éclaboussures dans l'eau rouge.

L'attente n'est pas longue.

Bientôt, il commence à basculer vers l'avant comme si la vie s'écoulait hors de lui. Il ne pensera plus ni aux souimangas ni au scirpe.

Finalement, il s'affaisse par-dessus le plat-bord, les avant-bras complètement immergés sous l'eau à présent.

Quelques instants plus tard, il n'est plus.

L'attente n'aura pas été longue, mais aura été d'une solitude inimaginable.

Oh, si seulement j'avais été là, mon cher ami.

Oh, si seulement j'avais été là dans la barque auprès de toi.

En sachant ce que je sais aujourd'hui.

PREMIÈRE PARTIE

Les Tortures de Cuenca

1

Nulle histoire ne hante davantage que celle d'un crime non élucidé, a écrit Julian, mais, j'allais le découvrir, sa résolution hante parfois tout autant.

Celui qui veut connaître le monde doit voyager en voiture de troisième classe, et c'était, je n'en doutais pas, ce que Julian avait fait. Peu lui importait son petit confort. Que l'eau soit calcaire, les murs mouchetés de salpêtre, le lavabo auréolé de rouille ou qu'il n'y ait même pas de lavabo, que le filet de la moustiquaire soit déchiré et la fosse septique bouchée, c'était égal à Julian. Les actes qui l'attiraient étaient les plus sombres du monde, et il les avait poursuivis avec le zèle d'un amant.

Dès son premier voyage à l'étranger, j'avais compris qu'il resterait toute sa vie un expatrié, ce qui ne rendait que plus étrange qu'il ait connu cette fin – terrible et solitaire – chez lui.

À présent, la question que je me posais, et qui se faisait plus insidieuse d'heure en heure, était de savoir comment j'aurais pu le sauver.

– Il s'était ratatiné, dit sa sœur, Loretta. Pour autant qu'on puisse le dire d'un homme dans la cinquantaine.

Elle but une gorgée.

– C'est difficile d'imaginer qu'il nous a quittés, ajouta-t-elle.

Nous étions assis à une petite table carrée dans un coin tranquille de ce qu'on appelait un bar d'artistes, encore que désormais ce lieu accueillait surtout les touristes de Broadway. Je supposais que Loretta l'avait choisi parce qu'il la ramenait à l'époque où elle galérait pour devenir comédienne, faisait le parcours du combattant d'audition en audition jusqu'à ce que la lame du rejet tranche une fois pour toutes cet espoir de jeunesse. Je l'avais vue dans deux spectacles, très « off Broadway ». Dans l'un, *Vu du pont*, elle jouait l'objet du désir ; dans l'autre, le rôle-titre de *Hedda Gabler*. Les deux fois, son talent m'avait impressionné, surtout par le fragile équilibre entre pathétique et violence souterraine qu'elle insufflait au personnage de Hedda – qui m'avait aussi, je dois dire, un peu effrayé. Alors qu'elle avait tout pour réussir sur scène, elle n'avait jamais percé. En l'observant à présent, je me dis qu'il n'y avait sans doute pas de cendres plus froides que celles d'une ambition contrariée, surtout dans le domaine artistique. Cela étant, songeais-je, il n'existait pas d'ambition pleinement réalisée. À vingt-trois ans, Alexandre le Grand se lamentait de ne plus avoir de terres à conquérir. Il me semblait que nous étions tous aussi dépités que ce pauvre Alexandre, frustrés pour telle ou telle raison. Certains à cause de leur choix de carrière, d'autres, de la personne qui partage leur vie, d'autres encore du manque d'argent. Ma plus profonde insatisfaction était celle d'être sans enfant et veuf, à laquelle s'ajoutait désormais mon échec de n'avoir pu sauver mon seul véritable ami.

– La mort de certaines personnes ne met pas seulement fin à elles-mêmes, reprit Loretta. Les manuscrits que je corrige sont de joyeux délires. Des conseils pour éviter de réfléchir à tout ce à quoi Julian n'a cessé de réfléchir. La moitié du temps, j'ai l'impression de faire la pute, murmura-t-elle en hochant la tête avec un sourire porteur des efforts acharnés qu'elle consacrait à un combat pour une cause perdue. Tu as lu la nouvelle version de *Gatsby le Magnifique* pour jeunes lecteurs ? Elle fait soixante-sept pages et il semblerait que Fitzgerald ait voulu que son roman finisse bien.

Elle abordait la cinquantaine, mais son regard était plus pétillant que jamais. En Égypte, Flaubert avait rencontré une femme dont l'exquise beauté n'était altérée que par une incisive cariée. Je ne trouvai pareil défaut chez Loretta. Elle arborait la beauté de sa maturité comme elle avait arboré celle de sa jeunesse – avec naturel, une certaine indifférence et une grâce confondante. Le temps, comme toujours, accomplirait son œuvre, mais l'avenir de Loretta ne se conjuguerait pas avec le Botox et les liftings. Elle traverserait les saisons restantes de sa vie aussi aisément qu'elle traversait chaque étape de chaque jour.

– Julian était un artiste, affirma-t-elle avec conviction.

Un artiste, certes, mais animé d'une curieuse obsession.

Je repensai aux six dernières années de sa vie, qu'il avait passées à marcher dans les traces du tueur en série ukrainien Andreï Tchikatilo au gré d'innombrables villes lugubres, dormant dans les mêmes gares que lui, se nourrissant de pain noir et de fromage, lorgnant les gosses des rues qui avaient été la proie de Tchikatilo, s'identifiant à lui, comme il semblait toujours le faire quand il écrivait sur de tels scélérats.

– Son dernier livre l'aura détruit, poursuivit Loretta. Mais il n'y avait pas que de l'épuisement.

– Quoi, alors ?

Après quelques instants de réflexion, elle me répondit :

– On aurait dit un homme retenu prisonnier dans une pièce, essayant de s'échapper.

Peut-être, et pourtant le tempérament de Julian ne m'avait jamais inquiété, car j'avais toujours supposé qu'étudier les atrocités et relater par le menu les sévices commis par des tueurs en série était une tâche dont, un jour ou l'autre, il déciderait de s'affranchir. Il s'était peut-être enfin délivré de tout cela, car il y avait des moments, lorsqu'il décrivait un coucher de soleil sur l'Atlas ou un orage dans les Carpates, par exemple, où son amour du monde perçait les ténèbres et où, même brièvement, il s'élevait cent coudées au-dessus de la nature cruelle de son sujet d'étude. Alors, il retrouvait sa joie de vivre, pour de nouveau être abattu comme par un fardeau invisible. Oh, que faire, m'étais-je souvent demandé, que faire d'un tel homme ?

– Jamais je n'aurais cru qu'il puisse en arriver à cette extrémité, murmura Loretta.

Moi non plus, même si à peine huit jours avant Julian avait annulé un séjour en ville. Le surlendemain, Loretta m'avait téléphoné pour me dire qu'elle le trouvait anormalement agité. C'est pourquoi elle avait été doublement étonnée de le voir se diriger calmement vers l'étang qui bordait la maison, puis monter dans la barque dont tous deux se servaient lorsqu'ils étaient enfants et s'éloigner à coups de rame. Quelques minutes plus tard, elle remarquait que la barque dérivait vers la berge, Julian penché par-dessus bord, ses bras nus pendant dans l'eau.

– J'ai tout de suite compris qu'il était mort, et de sa propre main, dit-elle tout en buvant une autre gorgée de vin. Mais pourquoi ?

L'intonation qu'elle avait mise dans sa question était très différente de celles que j'avais l'habitude de percevoir dans sa voix. Elle donnait l'impression d'être une personne triant les vieux papiers de quelqu'un, y cherchant non pas des titres de propriété ou des polices d'assurance, mais le petit journal intime à la reliure de cuir craquelée, au fermoir rouillé – un objet sans valeur, sinon que c'était là, écrit sur une page jaunie, que se trouvait son terrible secret.

Mais Julian avait-il réellement eu un si terrible secret ? Je n'en avais aucune idée. Nous avions mené des vies très différentes, finalement : lui, l'écrivain expatrié ; moi, le critique littéraire casanier dont le plus grand talent consistait à disséquer des romans qui, aussi mauvais soient-ils, étaient en tout cas bien supérieurs à ma propre créativité. Il s'était installé à Paris, si l'on considérait que le pied-à-terre qu'il y occupait rarement était sa résidence principale. Mais chaque fois que j'allais le retrouver, que ce soit à Paris, Londres ou Madrid, il me faisait l'effet d'être un homme coincé dans une gare. Pour Julian, c'était sur les routes qu'il se sentait chez lui, et il avait emprunté parmi les pires qui soient sur terre pour rédiger, en plus de ses cinq livres, des articles sur telle épidémie, telle famine ou tel massacre. Et il écrivait superbement. Tel Orphée, il avait apporté sa musique aux enfers et, tout comme lui, il était mort dans un monde qui ne souhaitait plus l'entendre.

– Parfois, je pense de lui que c'était un personnage de fiction, reprit Loretta. Un enquêteur immortel à la poursuite de son ennemi juré tout aussi immortel que lui.

Dans son regard, quelque chose se brisa.

– Mais il tombera dans l'oubli, n'est-ce pas ?

– Sans doute, répondis-je en toute franchise.

– Chacun de ses livres a été comme un clou planté dans son cercueil. Dès le tout premier.

Elle parlait des *Tortures de Cuenca,* enquête que Julian avait menée sur une célèbre injustice commise en Espagne en 1911. Il n'était plus jamais revenu pour de bon après ce livre, sauf pendant de courtes périodes qu'il consacrait à ses recherches pour son livre ou article suivant. Après *Cuenca,* le schéma se répétait invariablement. Partir. Écrire. Revenir. Partir. Écrire. Revenir. Je serais bien en peine de me rappeler exactement combien de fois il a quitté la ferme de Montauk, dont Loretta et lui avaient hérité, pour y reparaître, surgissant de nulle part, à l'improviste, tel un corps rejeté par la mer.

– Il préparait déjà le suivant, tu sais, continua Loretta. En un sens, c'est ce qui m'a le plus étonnée, parce que Julian était toujours le même. Installé dans le solarium, organisant sa prochaine étape.

– De quelle façon ?

– En étudiant une carte. C'est toujours comme ça qu'il se lançait dans un nouveau projet, en étudiant la topographie du pays où il comptait se rendre. Ensuite, il lisait des ouvrages consacrés à cet endroit.

Par ces recherches, le travail de Julian prenait toujours une ampleur considérable, que ses critiques les plus bienveillants avaient parfois soulignée. Aucun crime n'émergeait de lui-même. Il faisait toujours partie d'un désordre plus vaste, fil dépassant d'une hideuse tapisserie. Dans un passage sur Landru, par exemple, il avait réussi à établir un lien entre les meurtres commis par ce tueur en série dans la région parisienne et le massacre de la bataille de la Somme tout en livrant de curieuses méditations sur l'un des mignons sanguinaires de Gilles de Rais.

– Tout se passait toujours de la même manière, la boucle de la vie de Julian, murmura Loretta. Puis, subitement, voilà qu'il meurt.

Je tressaillis intérieurement devant sa mort bien sûr, mais aussi devant l'inéluctabilité de ma propre disparition et celle de nous tous, la roue du temps, cette porte à tambour qui ne cesse jamais de tourner, nous faisant sortir pour laisser entrer le suivant, la vie elle-même, l'assassin qui court toujours.

– Je n'arrête pas de m'imaginer avec lui dans la barque, avouai-je. Je reste muet, mais je cherche ce que je pourrais lui dire qui le ferait changer d'avis.

– Tu trouves les mots ? demanda Loretta.

Je hochai la tête.

– Non.

Elle inclina légèrement le visage sur le côté, comme souvent quand une idée lui venait.

– À ton avis, se peut-il qu'il ait une épouse quelque part ? Ou une maîtresse ? Une femme que nous devrions prévenir ?

Cette question me prit de court. Je n'avais jamais envisagé une chose pareille.

– J'en doute fort, encore qu'il soit concevable qu'un homme déraciné ait pu finir par fixer secrètement des racines.

– J'ai toujours espéré qu'il avait quelqu'un dans sa vie, murmura Loretta. Une putain à Trieste, au pire. Au moins quelqu'un auprès de qui il vieillirait, quelqu'un qui pourrait le réconforter.

– Alors, autant que tu continues à le croire.

Une lueur s'alluma dans le regard de Loretta.

– C'est ce qui t'aide à tenir dans l'adversité, à combattre l'adversité, Philip ? demanda-t-elle. Décider de croire une chose, qu'elle soit vraie ou non ?

– Dans un cas comme dans l'autre, Loretta, n'est-ce pas ce qui nous aide tous à tenir ?

– Tu crois qu'il n'est jamais tombé amoureux ?

– Je crois que non, répondis-je, de nouveau traversé par la douleur d'avoir perdu ma femme trois ans plus tôt, béance dans mon cœur qui, j'avais beau faire, ne se refermait pas.

Loretta leva son verre mais ne fit que regarder à l'intérieur.

– C'était l'Argentine, dit-elle d'une voix pensive. La carte que Julian examinait le jour de sa mort. Il pensait sûrement au voyage que vous y aviez fait, lui et toi.

– Ça remonte à trente ans, Loretta. Pourquoi y aurait-il pensé ?

Elle exhala un soupir, une brise fatiguée venue de trop loin le long de terres accidentées. « Comme les vents des régions karstiques, avait écrit Julian dans une de ses dissertations universitaires, assoiffés d'Adriatique. » Tel était son style à la grande époque de sa jeunesse : un brin amphigourique, truffé d'allusions à des lieux où il n'avait jamais mis les pieds. Très différent de ce que deviendraient ses écrits ultérieurs : des phrases décharnées d'une sombre concision.

– Une carte d'Argentine, murmura Loretta presque pour elle-même. Tu crois qu'il était sur une piste là-bas ?

– C'est possible, je suppose.

Mais quelle piste ? me demandai-je, même s'il n'y avait aucun moyen de savoir dans quelle direction

Julian était parti quand il avait décidé d'en changer pour prendre celle de l'étang.

– Au fait, dis-je, tu as lu le manuscrit qu'il a ramené ?

– Non, répondit Loretta comme si ma question ne faisait que l'enfoncer davantage encore dans le mystère de Julian. Ce monstre russe leur arrachait les yeux, tu sais. Et n'en restait pas là, évidemment.

– Oui, je sais ce que Tchikatilo a fait, précisai-je en chassant cette idée d'un geste de la main.

Loretta détourna son attention vers la vitre.

– Nous étions à Rome, Julian et moi, se remémora-t-elle. Tout juste des enfants. Nous nous trouvions sur la place du Capitole. Il m'a expliqué qu'elle semblait parfaitement carrée parce que Michel-Ange l'avait dessinée, en l'élargissant et en l'allongeant ici et là, pour qu'elle donne cette impression. En réalité, elle ne l'est pas du tout. C'est une magistrale illusion de perspective. « C'est la distorsion qui crée la perfection, Loretta », m'a-t-il dit.

Elle se tourna vers moi et je perçus un changement infime dans la mosaïque de cette femme, un petit changement de rien du tout qui me fit prendre conscience du profond amour qu'elle portait, et porterait toujours, à Julian. C'était le grand frère qui lui avait consacré du temps, fait partager ses pensées et ses sentiments puis qui, pour des raisons qu'elle ne connaîtrait jamais, avait fait le choix de s'éloigner des années durant et de mener une existence vagabonde.

– Julian était un homme bon, dit-elle tout bas. C'est ce qui me manquera. Sa bonté.

Je sentis que quelque chose quittait les lieux où j'avais posé ma jeunesse comme une vieille valise mise au rebut, vétuste et cabossée, grise de poussière. Je jetai un coup d'œil à ma montre.

– Excuse-moi, mais je dois passer voir mon père.

Loretta hocha la tête.

– Comment va-t-il ?

Pour la première fois depuis longtemps, j'eus la désagréable impression de sentir fléchir l'emprise que je m'évertuais à toujours garder sur moi-même.

– Il diminue, répondis-je en regardant par la fenêtre la pluie qui tombait sans discontinuer. Mauvaise nuit, ajoutai-je en me levant pour prendre mon manteau. Bon, je te reverrai à l'église vendredi.

Loretta contemplait son verre à présent vide.

– Tu crois que tu le connaissais bien, Philip ?

– Pas assez pour le sauver, en tout cas. Je resterai à jamais muet dans cette barque.

Elle me regarda dans les yeux.

– Nous semons tous des petits cailloux derrière nous sur le sol de la forêt, dit-elle. Et je me demanderai toujours où nous auraient menés ceux de Julian.

Je n'avais pas de réponse à cette question, ni n'espérais en avoir un jour. Elle vit mon renoncement, et proposa sa propre interprétation, aussi insatisfaisante soit-elle.

– Seulement à d'autres petits cailloux, je suppose, dit-elle en souriant avec tristesse.

J'enfilai mon manteau.

– Je le crains, répondis-je.

Je m'attendais à ce que nous en restions là, mais le regard de Loretta se voila.

– Moi aussi, je suis muette dans cette barque, dit-elle.

Le sentiment qui s'empara d'elle sous mes yeux me frappa par sa passion contenue. Elle avait travaillé à domicile pendant de longues années afin de pouvoir s'occuper de Colin tout le temps que dura sa longue maladie, et pourtant, malgré tout, une lumière brillait toujours en elle : celle d'une insatiable curiosité.

– Et si je ne trouve jamais les mots, continua-t-elle, je crois que je vivrai un peu comme cette pauvre Macha[1] : toujours vêtue de noir, portant le deuil de ma vie.

C'était une déclaration un peu mélodramatique, certes, mais le moment s'y prêtait, songeais-je, et après coup, tandis que je sortais et hélais un taxi, elle me parut, aussi bien concernant Loretta que moi-même, très juste. Un homme que nous avions aimé tous les deux avait mis fin à ses jours. Il avait agi seul sans nous donner, ni à l'un ni à l'autre, une chance de l'en dissuader.

Parfois la terre elle-même semble décidée à tourner contre nous, et en cet instant, je revis Julian aux Deux Bocages, faisant une partie de croquet avec mon père pendant que Loretta et moi les regardions. Il frappait sa boule avec maestria et assurance, ce qui donnait à son jeu une précision redoutable qu'il appliquerait plus tard, je m'en doutais déjà, à ce qu'il choisirait de faire dans la vie. Au moment de son inévitable victoire, il avait bondi de joie dans l'air miroitant qui avait paru l'étreindre à bras-le-corps.

Comment se faisait-il, me demandai-je, qu'après un début si flamboyant le monde ait conspiré pour lui réserver une fin si tragique ?

1. Personnage des *Trois Sœurs* de Tchékhov.

2

Il y a des ponts qui, une fois franchis, ne permettent pas de revenir en arrière, et il ne reste plus qu'à tirer le meilleur parti de la rive qu'on a choisie. Ainsi, dans le taxi qui m'emportait chez mon père, je méditais sur les nombreuses satisfactions que m'avait accordées la vie. Les plus petites, comme la bonne chère, et les plus grandes, comme les années de vie commune avec ma femme – autant de réconforts que Julian n'avait ni connus dans sa jeunesse ni recherchés plus tard.

Je ne saurais dire pourquoi ces réflexions me rappelèrent un passage d'un de ses livres : son portrait de Landru. Il y racontait que ce célèbre tueur en série français avait fait de plus en plus de révélations à mesure que le jour de la guillotine approchait, allant même jusqu'à dessiner grossièrement la cuisine où il avait brûlé les corps. L'imminence de la mort lui avait délié la langue, écrivait Julian, tant et si bien que, les derniers temps, Landru tenait moins du condamné mutique ruminant ses crimes que d'une lavandière discutant le bout de gras sur la place du lavoir.

Pas Julian, songeais-je, l'imaginant aussitôt assis seul dans le solarium devant sa carte d'Argentine, en proie à Dieu sait quelles sombres ruminations. Était-il, à sa dernière heure, revenu sur le premier drame qui l'avait frappé ? Et si oui, pour quelle raison ?

Ces questions devant rester sans réponse, je renonçai à suivre cette piste infructueuse et laissai mes pensées dériver vers des éléments concrets des débuts de sa vie.

Il était issu d'un milieu bourgeois. Son père, haut fonctionnaire au Département d'État, avait été un des plus proches amis du mien. Sa mère étant morte en couches en donnant naissance à Loretta, l'éducation de Julian et de sa sœur avait été confiée à une succession de nurses. Au moment où ils entraient en primaire, James Wells prenait sa retraite à cause d'une maladie cardiaque. Quelques années plus tard, il achetait la ferme de Montauk où il s'était éteint à l'âge de cinquante-cinq ans.

Cette mort avait anéanti Julian, au point qu'une part de son père perdu se fixa en lui pendant de nombreux mois, présence persistante tel le spectre du père d'Hamlet, pour reprendre la comparaison qu'il avait employée un jour pour la décrire. Dès lors, il parut plus déterminé que jamais à laisser sa marque dans la vie. Néanmoins, la place vacante de son père demeura inoccupée, vide jamais comblé. « Les petits garçons ont besoin d'avoir un héros », m'avait-il confié un jour, mais sans ajouter ce à quoi je savais qu'il pensait : le fait que, depuis la mort de son père, il avait perdu le héros de sa vie.

En homme prévoyant, ce père avait mis ses deux enfants, Julian alors âgé de quinze ans et Loretta de douze, à l'abri du besoin, notamment grâce à une solide assurance-vie dont le rendement permit d'éponger le crédit immobilier sur Montauk. Un oncle vieux garçon y avait promptement emménagé et, de ce moment-là, avait tenté d'assumer le rôle de père. Pour le reste, les internats prirent le relais. Plus tard, les frais universitaires absorbèrent le reliquat de l'héritage, alors quand Julian sortit diplômé de Columbia University et Loretta du Barnard College, il ne leur restait plus que la maison de Montauk.

Le plus surprenant fut que malgré la perte de son père et la nature assez brouillonne et plutôt dénuée d'affection de l'éducation qu'on lui avait donnée, Julian avait pu se forger un caractère fort, pour ne pas dire de fer. Il n'avait pas reçu les préceptes hautement moraux que mon père m'avait transmis, soit par ses multiples lectures présentant la charité comme la plus grande des vertus, sa compassion envers les pauvres et les déshérités ou son espoir impérissable que les doux posséderont peut-être un jour la terre. Pourtant, cela n'avait apparemment pas empêché Julian d'acquérir ces valeurs par lui-même, si bien qu'à l'époque où nous commençâmes à passer l'été ensemble il paraissait fin prêt pour en recevoir les touches finales apportées par la conversation de mon père autour de la table – j'entends par là des histoires ancestrales d'hommes ayant combattu sous la bannière de la haute idée qu'ils se faisaient de la bonté universelle.

Mais à quoi bon me remémorer le parcours de Julian ? songeai-je. Dans quel espoir maintenant ?

Plus aucun, naturellement, et j'aurais été bien en peine de pouvoir m'expliquer le cours de mes pensées, sinon par le fait que quelque chose dans ma dernière conversation avec Loretta m'incitait à réfléchir à la vie de Julian un peu à la manière d'un enquêteur, comme s'il était un mystère que je m'efforçais à présent de percer en recoupant des indices disparates. Non, pas vraiment un enquêteur, décrétai-je, plutôt un écrivain animé par un désir mystérieux : Charles Latimer dans *Le Masque de Dimitrios*[1] écoutant le colonel Haki lui narrer l'infâme carrière d'un étrange escroc grec en se demandant qui était réellement ce mort, ce Dimitrios, et au fil du récit devenant, malgré lui et contre toute logique, de plus en plus déterminé à le découvrir.

Je repensai aux étés que Julian avait passés chez nous, en Virginie, pendant que Loretta faisait un stage de théâtre dans le nord de l'État de New York ou séjournait chez leur tante dans le Connecticut : ces journées torrides et languides aux Deux Bocages, pêchant dans l'étang, faisant du canoë sur la rivière, lisant ensemble dans le cabinet de travail ou écoutant mon père qui, surtout à l'intention de Julian, évoquait une future carrière au Département d'État qu'il espérait très différente de la sienne, Julian correspondant à ce qu'il appelait « le type James Bond » plus que lui-même ne l'avait jamais été.

Et c'était vrai. Julian en imposait. On l'imaginait sans peine faisant tournoyer un maillet de polo ou franchissant des haies sur un étalon noir. Il avait l'oreille musicale et un œil de peintre, mais ces qualités moins physiques n'enlevaient rien à son extrême virilité. Il était aimé aussi bien par les hommes que par les femmes, ce qui, ainsi que mon père me le fit remarquer un jour, n'est pas donné à tout le monde. Parfois, il me rappelait le Sebastian de *Retour à Brideshead*[2], pareillement favorisé par les dieux. À la différence près que Sebastian se noyait dans l'alcool et vivait sa vie dans une confusion d'après-midi cotonneuses.

1. Roman d'Eric Ambler, trad. par Gabriel Veraldi, Rivages/noir, 2008.
2. Roman d'Evelyn Waugh.

Julian, lui, était particulièrement soigné de sa personne, prêt à travailler et à s'investir, un jeune homme buvant peu et que je trouvais souvent seul dans notre verger, adossé à un pacanier, semblant s'interroger sur le réseau extravagant de ses branches.

Dans la grande réserve des souvenirs que j'avais avec lui, je tombai sur celui où Julian était venu me voir à Princeton, et mon esprit s'éleva comme porté par un refrain élégiaque avant de me déposer tel le sable de la vague, si bien que je me revis de nouveau assis sur mon lit du dortoir, seul, lisant, qui plus est, *Un voyage sentimental.*

– Sterne détestait Smollett, tu sais, me lança Julian tout en faisant pivoter une chaise pour s'asseoir devant moi. Il trouvait que ses récits de voyages n'étaient que « bile noire à en faire une jaunisse ».

Grand, svelte, il portait un pantalon foncé parfaitement repassé et une chemise blanche dont il avait retroussé les manches jusqu'aux coudes. Il avait fait beaucoup de sport à l'école, mais ce qui émanait de lui, plus que la santé et un brutal esprit de compétition, était cette confiance en soi bien américaine d'avoir non seulement obtenu ce que l'on veut mais d'y être parvenu sans effort et, en un sens, à juste titre, comme si c'était un dû.

– Tu veux vraiment faire littérature, Philip ? insista-t-il.

Je le regardai.

– Quel est le problème ?

– Aucun. Mais tu mèneras une vie sédentaire, tu ne crois pas ?

Tout juste ce qu'il advint, songeai-je à présent ; l'existence que je menais étant de celles que Julian n'avait jamais envisagées pour lui-même, pas plus qu'il n'aurait imaginé celle, plus sombre, qui fut la sienne après l'Argentine.

Après l'Argentine.

Avait-elle commencé là-bas, me demandais-je, sa vie en spirale vers le bas ?

Cette question me ramena à l'un des thèmes récurrents chez Julian : que dans chaque vie il se produit des confluences, des courants en surface et d'autres en profondeur, et que dans certains d'entre eux nagent les Grâces – la Splendeur, la Joie et la Bonne Chère –, alors que dans d'autres ce sont sûrement des monstres. Ainsi, dans presque tous ses écrits, c'est toujours une rencontre fortuite, ou un mot malheureux, ou encore une conversation anodine en apparence qui, pour le meilleur ou le pire, change à jamais le cours d'une existence. Dans *Les Tortures de Cuenca,* par exemple, c'est la vente banale de brebis qui met le feu aux soupçons, lesquels, au bout du compte, conduiront à un crime de sang.

Un crime, me répétai-je en mon for intérieur, avant de couper court à ce genre de considérations alors que j'apercevais l'intersection de West End Avenue et de la 78e Rue.

– Cet auvent, là, dis-je. Le bleu.

Le taxi parcourut encore quelques mètres, puis s'arrêta. Je réglai la course et descendis. Le portier en uniforme en faction devant l'entrée de l'immeuble m'adressa un signe de tête en s'avançant vers moi.

– Comment va votre père ? me demanda-t-il.

– Il se maintient.

– Saluez-le de ma part.

L'ascenseur était ancien et élégant, lambrissé de panneaux de bois sombre ornés de laiton, ce qui, curieusement, lui donnait à mes yeux l'aspect militaire d'un appareil destiné à transporter les membres du haut commandement au sommet de la tour d'où le général pouvait surveiller les opérations. Cette drôle d'idée me ramena à Julian, et plus précisément à la bataille de Waterloo dont il m'avait fait le récit le jour où, côte à côte, nous parcourûmes le site sous le regard imperturbable du Lion. Au gré de notre marche, il évoqua les descriptions que des voyageurs en avaient faites quelques jours après les affrontements : le champ parsemé des taches blanches du papier à lettres de deux armées. On avait retrouvé des lettres d'amour et d'autres adressées à des enfants, toutes maculées de sang, me raconta-t-il, lignes écrites par des mains qui seraient bientôt tranchées par la lame d'un sabre ou emportées par un boulet de canon, juxtaposition d'images qui laissait entrevoir à quoi ressembleraient ses écrits ultérieurs : de poignantes descriptions de tueries, parfois de massacres, qui vous hantent.

À ce souvenir fugace, j'en vins à me demander si je ne devenais pas un personnage proustien, un pauvre Swann mélancolique mordant dans sa madeleine ou trébuchant sur le pavé inégal d'un trottoir, que ce goût et cette perte d'équilibre propulsaient vers les choses du passé. Ce qui est sûr, c'est que j'éprouvai le besoin de me secouer et de me changer les idées car il arrive un moment où la mémoire devient une plage truffée de mines sous le sable de laquelle sont enfouies toutes les nombreuses pertes d'une vie.

Quand j'entrai dans le salon, je trouvai mon père assis à la fenêtre, regardant la rue détrempée par la pluie. S'il avait entendu cliqueter mes clefs dans la serrure, il n'en laissa rien paraître. Il resta figé, les épaules redressées, la tête bien droite, le regard étincelant de son feu familier.

– Tu as tardé à venir, Philip.

C'était une de ces expressions désuètes auxquelles mon père refusait de renoncer, sous prétexte que cela reviendrait à livrer la langue aux seuls caprices de la nouveauté. Les vieilleries avaient du bon, insistait-il, car ce n'était qu'à leur aune que se pouvaient juger les évolutions. Il disait cela sans rancœur et rien dans son attitude ne dénotait la hargne d'un vieux schnock qui déplorerait la disparition du cigare à cinq cents. Néanmoins, c'était un homme qui s'érigeait en défenseur des anciennes valeurs, sujet dont il s'entretenait régulièrement avec Julian au cours de ces soirées où tous deux fumaient le cigare devant un porto dans la bibliothèque, aux Deux Bocages, mon père au summum de sa pose socratique, lui qui pourtant n'avait rien d'un grand intellectuel.

Mais, pour l'homme, le désir de sagesse a presque autant de prix que la sagesse elle-même, et j'avais toujours admiré la bonté de mon père. Julian, plus que quiconque, savait l'amour profond que je lui vouais. Un jour, alors que nous marchions dans le parc des Deux Bocages, il m'avait pris fraternellement par le cou. « Quelle chance tu as de ressentir ce que tu ressens pour ton père, Philip ! s'était-il exclamé. On a tous besoin d'admirer quelqu'un. » Bien des années plus tard, à Salzbourg, il me parla du mépris que Mozart avait pour les sans talents. « L'homme qui n'admire personne est un homme seul », avait-il affirmé. Il m'avait alors donné l'impression de penser que cette solitude-là était le pire destin auquel il n'aurait condamné pas même l'être le plus vil. Parfois pourtant, me dis-je à présent, c'était à lui-même qu'il avait paru imposer cette solitude-là.

– Eh bien, pourquoi ce retard ? demanda mon père.

– J'étais avec Loretta, expliquai-je. Nous avons bu un verre.

Mon père hocha lentement la tête.

– Pauvre Julian, si ce n'est pas malheureux ! dit-il tout bas. Surtout, transmets toutes mes amitiés à sa sœur quand tu la verras à l'église.

Il avait décidé de ne pas assister au service commémoratif et, le sachant perclus de rhumatismes, je n'avais pas insisté car je savais qu'il supporterait mal le trajet jusqu'à Montauk.

– Tu as entendu ce qui s'est passé aujourd'hui ? reprit-il. D'autres attentats en Europe. C'est la rançon du colonialisme. Il vaut mieux éviter d'envahir le pays d'un autre peuple si l'on ne veut pas risquer qu'on vous rende la pareille.

Mon père avait trimé toute sa vie comme fonctionnaire au Département d'État, lançant perpétuellement des coups d'œil nostalgiques vers le globe terrestre géant qu'il avait toujours trimballé au gré des changements de bureau qui avaient jalonné sa longue carrière derrière les vieux murs gris du bâtiment de C Street fort justement situé, avait-il souligné un jour pour plaisanter, dans le quartier de la capitale connu sous le nom de Foggy Bottom[1].

– À la chute de l'Union soviétique, j'espérais que nous allions enfin connaître quelques années de paix durable, poursuivit-il en hochant la tête d'un air sombre et amer. Mais l'humanité n'est pas faite pour la paix.

1. Que l'on pourrait traduire par « Fonds obscurs ».

Elle trouve mille et une raisons de mettre le feu aux poudres.

Il avait espéré consacrer sa vie à œuvrer pour la paix dans le monde, une ambition qui, en partie du moins, s'était échouée sur les rives de Foggy Bottom car, dans sa jeunesse, il avait fait l'erreur d'adhérer à plusieurs mouvements gauchistes, et ce ne fut là que le premier des nombreux ennuis qui freinèrent l'évolution de sa carrière. Disons simplement que la guerre froide lui avait fait chaud au cœur, raison pour laquelle on l'avait baladé de bureau en bureau, ses espoirs de décrocher l'entretien qui lui conférerait une réelle autorité éternellement contrecarrés par son ardente conviction que l'intérêt de l'humanité primait sur l'intérêt national, point de vue qui lui avait valu de se faire de nombreux amis parmi les réformistes radicaux des pays du tiers-monde, mais aucun à Washington.

Cet échec l'avait profondément marqué, d'autant que ses ancêtres avaient été de redoutables stratèges, tant dans les rangs de l'armée que de la diplomatie. Leurs portraits ornaient à présent les murs de son appartement, hommes en uniforme ou en tenue d'apparat qui, avec un égal courage, avaient affronté les balles sur le champ de bataille et les tentatives d'intimidation à la table de négociations.

Étant donné le beau gâchis que fut la carrière de mon père, j'avais cru que la retraite aurait du bon pour lui, mais il la vivait mal. Naturellement, il n'avait pas voulu venir vivre à New York, mais une fois que le dernier de ses vieux amis était mort, il ne restait plus que lui, seul, dans sa maison de Tidewater. Enfin, il céda à mes supplications répétées pour déménager dans le Nord où il pourrait profiter à la fois des nombreuses distractions de la ville et de la compagnie de son fils. Une décision qu'il ne semblait nullement regretter, même si, parfois, il s'enveloppait du manteau de la solitude et contemplait la ligne des toits qui, dans ces moments-là, devait lui paraître aussi étrangère que les minarets du Caire.

– Alors, comment te sens-tu ? demandai-je.

– Ça peut aller.

Je jetai un coup d'œil à l'alignement de boîtes de comprimés qui jaillissaient comme des pousses d'une écœurante teinte orangée sur la petite table en bois à côté de son fauteuil. Ce n'est pas tant qu'on vieillit, me dis-je, mais plutôt qu'on vieillit dans le déclin de ses facultés intellectuelles doublé de la dégradation physique, et que cette épreuve est d'autant plus cuisante qu'on a conscience que rien ne s'améliorera jamais plus. Aucune aube nouvelle ne sera plus lumineuse que celle qui vient de se lever, et cette tristesse est d'autant plus profonde qu'elle s'accompagne de la peur de la mort – qu'il m'arrivait parfois de surprendre dans le regard de mon père. Un regard qui, depuis quelques années, s'émoussait, au point qu'il avait dû renoncer à lire des romans d'espionnage et d'aventures et s'était mis à regarder des westerns, avec John Wayne et Gary Cooper en héros improbables de ses dernières années.

– Loretta et moi avons parlé de Julian, bien entendu, repris-je. D'après elle, il avait commencé à travailler sur son prochain livre.

– Déjà ? s'étonna mon père. Je croyais qu'il rentrait tout juste de Russie.

– Tout à fait, mais l'oisiveté n'était pas son fort, rétorquai-je. Dès son livre sur Tchikatilo terminé, il s'est tout de suite lancé dans son travail de recherches pour le suivant.

– Tchikatilo ? Qui est-ce ?

– Un tueur en série russe.

Mon père hocha la tête.

– Je ne sais pas comment Julian faisait pour vivre avec des gens pareils dans sa tête.

– Pour certaines personnes, le mal ne manque pas de charme, je suppose. Tchekhov n'a pas hésité à se rendre sur l'île de Sakhaline, et Robert Louis Stevenson…

– C'est malsain, si tu veux mon avis, m'interrompit mon père avec un geste vif de la main. Malsain de patauger dans ce cloaque, ajouta-t-il en se penchant vers l'avant pour se masser le genou. Je me rappelle très bien le premier été où Julian est venu chez nous. Nous pêchions toute la journée, tu t'en souviens ?

J'acquiesçai.

– Loretta passait cet été-là chez leur tante, dis-je. À Chicago.

– Mais Julian était venu aux Deux Bocages, insista mon père, égayé par ce souvenir. Nous faisions de longues promenades dans le verger.

C'était une belle propriété bâtie sur un vaste domaine, toutefois sans commune mesure avec le Tara d'*Autant en emporte le vent* en dépit de ce que son nom ronflant pouvait laisser supposer. Ce qui n'empêchait pas Julian de me taquiner sans arrêt à propos des Deux Bocages avant qu'il y vienne pour la première fois. « Nous, nous vivons dans une maison qui correspond à une adresse, disait-il à tel ou tel dont nous venions de faire la connaissance, mais Philip, lui, habite aux Deux Bocages ! »

– Julian t'a sauvé la vie cet été-là, ajouta-t-il.

Je le revis faire un beau plongeon dans l'eau, puis nager vigoureusement vers moi. J'avais voulu m'aventurer trop loin et m'étais épuisé. Sans Julian, je me serais sûrement noyé. Au fil des années, mon père n'avait pas manqué de me rappeler cet incident à maintes reprises. Julian, bien entendu, jamais.

– Tu crois qu'il aurait fait carrière au Département d'État ? demandai-je.

– Probablement pas, répondit mon père dont l'humeur s'assombrit tout à coup. Bon, je vais me coucher, Philip.

Il se leva en s'appuyant sur une canne en bois sombre et au pommeau orné d'une tête d'aigle en laiton qui faisait partie de sa collection. Grâce à elle, il se tenait droit et, dans cette fière posture, il s'avança lentement à travers la pièce, moi à son côté, me gardant de lui tendre la main ou de lui proposer tout soutien superflu. Cela viendrait bien assez tôt, j'en avais conscience, mais pas encore : tant que mon père parvenait à se déplacer sans aide, je le laissais faire.

Comme nous arrivions à mi-couloir, il s'arrêta et fit un signe de tête en direction d'une photo de son père en uniforme pendant la Première Guerre mondiale.

– Julian s'était arrêté devant cette photo, murmura-t-il. Elle était accrochée au mur de la bibliothèque, aux Deux Bocages, et il m'a demandé si mon père, dans sa vie, avait tué un homme. Je lui ai répondu que c'était très probable, mais, comme il était officier d'artillerie pendant la Grande Guerre, qu'il n'avait sans doute jamais vu ceux qu'il avait tués. Julian m'a fait observer alors que ce devait être très différent de tuer quelqu'un de près, en regardant sa victime droit dans les yeux.

– Il a parfaitement bien décrit ce genre de meurtre. Dans *Les Tortures de Cuenca.* Une femme imagine comment s'est déroulé le meurtre de son frère, que son assassin a dû sentir sur lui son dernier soupir. Ce qu'il appelle « cet humide et dernier souffle de vie ».

– Humide, chuchota mon père. Comment Julian aurait-il pu savoir qu'un dernier soupir est « humide » ?

Il fit de nouveau quelques pas, puis s'arrêta et se retourna vers moi, coup d'œil qui m'alerta sur le fait qu'il ne s'expliquait pas que je reste en arrière.

– Ça va, Philip ?

– Oui, pourquoi ?

– Tu as l'air bizarre, c'est tout.

Je hochai la tête.

– Pas du tout, lui assurai-je. C'est juste que je pensais à Julian, à sa manière de s'immerger si profondément dans les crimes qu'il décortiquait.

– Julian avait beaucoup de sensibilité, répondit mon père, dont une trop grande part était morbide.

Sur ces mots, il tourna les talons, s'éloigna et entra dans sa chambre, avec moi qui, entre-temps, étais revenu près de lui. Il était déjà en pyjama, si bien qu'après avoir ôté son peignoir, il se mit au lit, faisant tout cela sans mon aide mais sous mon œil vigilant.

Mes pensées étaient toujours tournées vers Julian.

– Il était comme Méphistophélès, dis-je. Il apportait l'enfer partout où il allait.

Mon père agita la main pour couper court à ces références littéraires. Il n'avait toujours eu que peu de patience pour mes discours livresques, mes manières livresques, ma vie livresque si différente de celle à laquelle il avait aspiré sans succès.

– Quel dommage pour Julian, murmura-t-il avec tristesse. Pas de femme. Pas d'enfants. C'est vivre en pure perte, en un sens.

Il hocha la tête face à l'ampleur implacable de ce gâchis.

– Les ténèbres, soupira-t-il, c'est tout ce qu'il aura connu.

3

Tout homme est fait des questions qu'il se pose, et je me surpris à m'interroger de plus en plus sur la remarque de mon père au sujet de Julian, à savoir qu'il n'aurait connu que les ténèbres. Moi, j'avais gardé de mon ami le souvenir des jours radieux de sa jeunesse, quand il mordait encore la vie à belles dents. Comme mon père, il rêvait d'un monde meilleur. Il n'ignorait rien de toutes les atrocités dont l'humanité était capable, mais ne se focalisait pas dessus. La vie lui semblait supportable alors, ses fléaux d'autant plus identifiables qu'ils étaient collectifs : la pauvreté, l'oppression et tout le reste. C'est contre ces forces qu'il prenait les armes, en jeune Don Quichotte. C'était un naïf, sûrement, mais un être sincère. Quelqu'un de bien, il le savait et cela suffisait à le rendre heureux.

Quand le meilleur homme qu'on a jamais connu, celui qu'on a le plus aimé, et celui qui, de toutes les personnes qu'il nous a été donné de côtoyer, était le plus doué pour réussir de grandes choses, quand, un beau matin, cet homme descend d'un pas lent jusqu'à un étang, monte dans une barque, rame pendant une trentaine de mètres, retrousse ses manches et se taillade les veines, n'est-on pas appelé à se demander ce qu'on aurait pu lui dire si on avait été avec lui dans cette barque, comment on aurait pu le sauver ?

Si on ne se pose pas cette question, n'y a-t-il pas péril en la demeure ?

Plus tard, je m'interrogerais sur le frisson d'inquiétude que je n'avais pu réprimer face à cette interrogation. C'était comme si j'avais soudain ressenti la morsure d'une lame et la tiédeur de mon propre sang coulant le long de mon bras.

À l'entrée de l'immeuble, le portier, appuyé contre le mur, fumait une cigarette.

– Pleut plus, dit-il.

Je sortis sur le trottoir, franchis la protection de l'auvent et plantai mon regard dans le ciel qui s'éclaircissait déjà. Des filaments de nuages se dispersaient et ici ou là scintillait une étoile, ce qui est exceptionnel à Manhattan.

– Oui, répondis-je, il fait bon maintenant. Je vais marcher.

– J'ai eu un avertissement, chuchota le portier avec un clin d'œil entendu et un ton un peu narquois.

– Un avertissement ? m'étonnai-je comme si je réagissais à un funeste aparté.

– Parce que je fume, dit-il en guise d'explication. Le syndic aime pas que j'en grille une.

– Oh, fis-je.

Il s'esclaffa.

– Mais je fais ça dehors, au grand jour, du coup le syndic me dit que je peux fumer si j'en ai envie.

– Oui, c'est sûr, répliquai-je. Bon, eh bien, bonne soirée.

Je marchai jusqu'à Broadway, puis poursuivis mon chemin vers le sud, itinéraire que j'avais emprunté si souvent que les curiosités de cette partie de la rue la plus longue du monde m'étaient devenues familières. Malgré tout, il me semblait qu'un petit quelque chose n'était plus tout à fait pareil, et que ce changement s'était produit dans une part de mon être que j'avais crue impénétrable depuis le décès de ma femme, une plaie que j'avais recouverte d'une épaisse cicatrice que rien n'avait percée jusqu'alors.

La mort de Julian, dans ces circonstances terribles et cette solitude déchirante, m'ouvrait à toutes sortes de conjectures et de souvenirs, dont l'un me revenait à présent.

Pendant notre séjour en Grèce, Julian eut vent de l'affaire Antonis Daglis, un chauffeur routier qui avait assassiné plusieurs prostituées. Pour Julian, ces tueurs ordinaires ne présentaient strictement aucun intérêt. Reconstituer leurs crimes, m'avait-il expliqué un jour que nous buvions de l'ouzo dans un bar d'Athènes, était tout aussi ennuyeux que de suivre un requin en eaux troubles en notant scrupuleusement qu'il a mangé tel poisson, puis tel autre. C'était, d'après ce que je comprenais, le mal qu'il voulait débusquer, la tare originelle dans le grand ordonnancement des choses.

Finalement, Julian ne trouva rien sur quoi écrire en Grèce, mais nous en profitâmes pour visiter plusieurs endroits reculés, en particulier dans le Magne. À l'époque, il lisait le célèbre écrivain-voyageur Patrick Leigh Fermor et, un soir où nous campions sur une falaise qui surplombait la mer Égée, il me parla de l'enterrement auquel Fermor avait assisté dans la région. L'âme du défunt avait été recommandée à la Vierge Marie dans la pure tradition chrétienne, mais une pièce de monnaie avait également été placée dans son cercueil pour payer Charon qui conduirait son âme sur l'autre rive du Styx. À cet épisode, Julian ajouta une remarque qui résonna de nouveau dans ma tête : Toute excavation mène en enfer.

Julian s'était-il arraché les ongles en creusant pour atteindre je ne sais quel noyau brûlant au cours des derniers jours qu'il avait passés dans le solarium ?

Cette question ainsi que le souvenir venant de la soulever renforcèrent le sentiment de malaise qui montait peu à peu en moi et que je vécus comme un déplacement de ma vie sur son axe ou, pour être plus précis, une touche de couleur spectrale ajoutée sur ma palette. C'était comme si la mort de Julian remettait ma propre vie en perspective, lui faisait perdre l'équilibre et que je doive regarder la dure réalité en face : que j'en savais si peu sur l'homme que j'avais cru connaître le mieux.

Tout à coup, un autre souvenir me revint : celui de Julian et moi marchant dans Grosvenor Square, à Londres. Il s'était arrêté net et avait pointé le doigt devant lui, en disant : « C'est ici qu'Adlai Stevenson est mort. »

Et de me raconter que Stevenson se promenait alors en compagnie d'une connaissance, se sentant vieux, parlant de la guerre. « Que de secrets il a dû emporter dans sa tombe », avait murmuré Julian.

Julian en avait-il, lui aussi, emporté dans la sienne ?

Je repensai à la grande nervosité que Loretta disait avoir perçue chez lui : Julian incapable de trouver le sommeil, faisant les cent pas, un homme semblant plus tourmenté que déprimé. À tout point de vue, et jusqu'au dernier moment, il lui avait moins donné l'impression d'être déterminé à mourir que de n'avoir de cesse de trouver le moyen de vivre.

Quelques minutes plus tard, j'atteignis le Lincoln Center et, toujours aussi inexplicablement peu disposé à rentrer tout de suite chez moi, je m'assis sur le bord de la fontaine circulaire et regardai les derniers retardataires pour le concert ou le théâtre se frayer un chemin à travers la place. C'était là que j'avais retrouvé Julian une semaine après l'obtention de notre diplôme universitaire. Il avait déjà postulé au Département d'État et j'attendais de lui qu'il m'en dise un peu plus sur l'emploi administratif qu'il espérait décrocher, au lieu de quoi, il m'avait annoncé :

– Je veux partir, Philip. Quitter le pays. Pas pour l'Europe. Mais pour un lieu qui soit totalement différent.

– Lequel as-tu en tête ?

Sans la moindre hésitation, il m'avait répondu :

– Ton père me conseille l'Argentine. Il pense qu'il serait judicieux que je voie un pays où la situation politique est dramatique. Que je me fasse une idée de la vie qu'on mène dans un endroit où tout est risqué.

– Je ne suis pas convaincu que ce soit une bonne idée d'aller dans ce pays. Ni sans danger.

– Tu comptes toujours jouer la carte de la prudence, Philip ?

– Oui.

– Oh, voyons ! Tu as un mois devant toi avant de commencer à travailler.

J'étais toujours sceptique.

– Philip, par pitié ! Ne mesure pas ta vie en cuillères à café !

Cette allusion à ce pauvre J. Alfred Prufrock[1] était clairement destinée à me secouer pour me faire approuver son idée de périple en Argentine, mais aujourd'hui,

1. *The Love Song of J. Alfred Prufrock* (Le chant d'amour de J. Alfred Prufrock), poème de T.S. Eliot. « […] Car j'ai tout connu, déjà, tout connu :

en me rappelant ce moment, je suis davantage frappé par l'énergie et la confiance en soi de Julian que par mon hésitation, par l'impression qu'il donnait de pouvoir traverser une pluie de balles et s'en tirer sans une égratignure. Il me faisait un peu penser à Alden Pyle dans *Un Américain bien tranquille,* jeune, inexpérimenté en tout ce qui ne relevait pas de la vie parfaitement réglée d'un Américain privilégié. Julian Wells, conquérant le monde, protégé par ses multiples dons, prédestiné à la gloire. Comme son pays, invulnérable.

Avec quelle rapidité tout cela avait-il changé ! Du tout au tout. Après l'Argentine.

Dans un roman, la cause de ces bouleversements serait forcément une femme. Seulement voilà, Julian n'était pas tombé amoureux de celle qu'il avait rencontrée là-bas. Il n'empêche que sa disparition soudaine avait transformé nos vacances en Amérique latine en une potion amère que j'avais, quant à moi, digérée depuis longtemps, mais qui était toujours restée en travers de la gorge de Julian, au point qu'au fil des années il y revenait souvent au cours de nos conversations. Je songeai à la carte qu'il avait étalée sur la table basse du solarium. À ses dernières heures, repensait-il à l'Argentine ?

Je me levai du bord de la fontaine et pris le chemin de mon appartement.

J'habitais un immeuble d'avant-guerre aux plafonds hauts, un des rares où les derniers étages offraient encore une vue dégagée sur Central Park. Arrivé chez moi, je m'affalai dans un fauteuil et laissai mon regard

---

connu les soirs, les matins, les après-midi, où j'ai mesuré ma vie en cuillères à café. »

s'attarder sur ma bibliothèque jusqu'au moment où il fut attiré par le rayonnage des livres de Julian classés par ordre chronologique, en commençant par *Les Tortures de Cuenca.*

Je pris le livre, l'ouvris et en lus la dédicace : « Pour Philip, le seul témoin de mon crime. »

Ce « crime », avais-je toujours cru, était la décision de Julian d'écrire sur ce qu'il s'était passé à Cuenca, projet que je dénigrais à l'époque car je ne voyais pas l'intérêt de raconter à nouveau une histoire déjà connue. Ce serait un « crime » que de perdre du temps à écrire ce livre, lui disais-je – conseil qu'il s'était bien gardé de suivre, ce que, par sa dédicace, il n'avait pas manqué de me rappeler.

Cette formule, je l'avais lue très souvent, et toujours avec un léger sourire en coin, mais à présent elle me ramenait aux quelques brèves journées que Julian et moi avions passées à Cuenca. J'étais allé le retrouver à Madrid où il vivait de petits boulots tout en apprenant la première des nombreuses langues étrangères qu'il maîtriserait par la suite. De là, nous avions traversé en voiture une partie de l'Espagne en plusieurs jours jusqu'à cette ville. Notre mois en Argentine remontait déjà à plus d'un an, mais Julian subissait toujours le contrecoup de ce qu'il y avait vécu, lequel, espérais-je, se dissiperait avec le temps.

Nous étions arrivés à Cuenca à la mi-journée, avions flâné dans les rues de la ville, puis nous étions installés à une table d'un café de la grand-place. Bien que cette sombre affaire ait fait grand bruit en Espagne, nous n'avions ni lui ni moi jamais entendu parler de ce crime qui y avait été commis environ soixante-dix ans plus tôt. J'allais découvrir par la suite qu'il y était fait brièvement allusion dans le guide touristique que j'avais acheté à l'aéroport de New York dans l'intention de le lire pendant le vol, ce que je n'avais pas fait. En tout état de cause, un ancien magistrat qui parlait anglais combla cette lacune en prétendant avoir connu les personnages réels de cette histoire : les agents de police, les prisonniers et même le procureur.

– Personne ne pensait rien de spécial du crime de Cuenca, affirma-t-il. Surtout pas qu'il prendrait une tournure aussi étrange.

Le vieil homme nous relata alors ce qu'il s'était passé à l'époque – histoire qu'il nous raconta fort bien et dans les moindres détails, mais dont il tira une morale assez banale.

– Donc, comme vous le voyez, il est à la portée de tous de disparaître.

Je jetai un coup d'œil à Julian et le vis plongé dans ses réflexions.

– Oui, dit-il d'une voix posée. C'est à la portée de tous.

Le vieil homme regarda autour de nous sur la place, et avisa alors un groupe de jeunes ados turbulents qui parlaient bruyamment sans se soucier du chahut qu'ils faisaient.

– *Vivíamos mejor cuando vivía Franco,* bougonna-t-il, revenant à l'espagnol. (Nous vivions mieux du temps de Franco.)

Sur ces mots, il se leva, prit poliment congé et s'éclipsa.

Peu après, je remarquai que Julian s'intéressait à deux agents de la Guardia Civil qui traînassaient à l'entrée d'un bâtiment officiel de la ville, grands et bruns, arborant leurs casquettes noires à longue visière. C'étaient de tels hommes qui avaient pratiqué les tortures de Cuenca et, longtemps, Julian les observa sans rien dire.

Soudain, il parut avoir une idée.

– Partons, proposa-t-il.

Nous réglâmes l'addition, nous levâmes et parcourûmes les rues sales de la ville. Les ombres du soir descendaient, les premières lumières s'allumaient.

– Un jour, un homme m'a dit que le plus dur n'est pas tant ce qu'on ressent avant de donner le premier coup de fouet, me raconta Julian comme nous approchions de la route qui menait hors de la ville, mais ce qu'on ressent après.

Il s'arrêta et se tourna vers moi.

– Mais ce qui compte, c'est surtout ce que ressent la personne qui reçoit les coups de fouet. La culpabilité, c'est du luxe, Philip.

Je pensai à la manière dont le peintre français James Tissot avait représenté la flagellation du Christ sous différents angles, les visages des hommes qui frappaient Jésus occultés dans un tableau, visibles dans l'autre.

J'en parlai à Julian, puis ajoutai :

– On doit se sentir atrocement coupable d'avoir fouetté un grand homme.

– Ou un innocent.

En silence, nous poursuivîmes notre chemin vers le bas de la colline en direction du pont au pied de la ville. Au bout d'un moment, je voulus tenter de détendre l'atmosphère.

– Au fait, quand rentres-tu aux États-Unis ?

– Jamais, répondit Julian si vivement que j'en vins à me demander s'il ne venait pas de prendre cette décision radicale. En tout cas, pas pour y vivre.

Ainsi donc, il ne ferait pas de brillante carrière ? Ne gravirait pas les échelons au gouvernement ? Ne deviendrait jamais secrétaire d'État ? Aussi fous et idéalistes que ces rêves aient été, se préparait-il vraiment à y renoncer ?

Étonnement que j'exprimai par une question toute bête :

– Tu en es sûr, Julian ?

Il se figea et me regarda.

– Oui, répondit-il.

Quelque chose dans son regard me glaça, quelque chose que je m'attendais à ce qu'il exprime, si bien que je fus surpris qu'il ne m'en dise pas davantage tandis que nous descendions la pente menant à la rivière et au pont.

J'en étais toujours à revivre ce souvenir quand le téléphone sonna.

C'était Loretta.

– Harry vient de m'appeler, dit-elle.

Elle parlait de Harry Gibbons, l'éditeur de Julian.

– Nous sommes tombés d'accord que c'est toi qui devrais écrire l'hommage qui sera rendu à Julian pendant le service commémoratif.

Elle me répéta ce qu'elle m'avait dit un peu plus tôt : que ce serait une cérémonie toute simple, dans la plus stricte intimité, avec seulement ses amis et ses collaborateurs les plus proches.

– Harry a pensé à des choses que tu pourrais vouloir y inclure, ajouta-t-elle. Il se disait que vous devriez en discuter tous les deux demain après-midi, à son bureau.

– D'accord.

Le silence se fit.

– Ça va, Philip ?

Question que mon père m'avait posée à peine une heure plus tôt, et à laquelle je réagis de la même manière.

– Oui, pourquoi ?

– Tu sembles si… silencieux.

– C'est ma façon d'exprimer mon chagrin, je suppose.

– Oui, je sais bien, murmura Loretta.

Il y eut un bref silence, puis :

– Bon, alors, bonne nuit, Philip.

– Bonne nuit.

Je raccrochai, regardai le livre posé sur mes genoux. *Les Tortures de Cuenca,* à la couverture très explicite : un dessin des deux malheureuses victimes de ce crime recroquevillées dans un sombre recoin d'une geôle espagnole, les fers aux mains et aux pieds, que cette illustration fixait pour l'éternité dans l'attente de la venue de leur tortionnaire. Je l'avais toujours trouvée trop angoissante et l'avais dit à Julian. Il m'avait répondu en citant Ned Kelly, ce bandit assassin qui, le jour de son exécution, du haut du gibet australien, abaissant son regard sur la foule en liesse puis se tournant vers le bourreau avait, sur un haussement d'épaules, prononcé ses dernières paroles : « Ainsi va la vie. »

Je contemplai un moment encore l'expression terrorisée de ces hommes consternés et désespérés. Était-ce, sur la fin, ce regard-là que Julian portait sur la vie ?

Je tournai la tête vers la fenêtre. Dehors, le parc était toujours aussi éclairé, si bien que je me demandai pourquoi ses contours paraissaient tellement plus sombres à mes yeux ce soir-là.

Plus sombres à mes yeux ce soir-là ?

Quel lieu commun, décrétai-je, portant un jugement critique sur ce que je venais pourtant de ressentir. Trop annonciateur de la suite. Dans un roman, comme fin de chapitre, il ne manquerait pas d'agacer le lecteur le plus exigeant.

4

– Lorsque Bernal Díaz del Castillo et Hernán Cortés sont arrivés sur le grand marché de Mexico, ils ont remarqué qu'on y vendait de petits pots de matières fécales humaines, me dit Harry Gibbons. On s'en servait pour tanner le cuir, et Díaz raconte que les tanneurs allaient d'étal en étal en humant le contenu de ces pots pour en sélectionner le nec plus ultra.

Nous nous trouvions dans son bureau de la Sixième Avenue, pièce spacieuse dont la baie vitrée donnait sur la rue. De ce nid d'aigle, on pouvait aisément se prendre pour le prince de la ville, ce dont, de toute évidence, Harry ne se privait pas.

– C'est ce que j'ai toujours pensé, poursuivit-il. Que Julian avait été un excellent artisan qui travaillait avec des matériaux dégoûtants.

– Vous le lui aviez dit ?

– Bien sûr que non. De toute façon, ça n'aurait rien changé. Après son livre sur Cuenca, il n'a jamais rien voulu écrire d'autre que ces récits macabres.

Il secoua la tête comme face à de tels travaux répugnants.

– Son opus africain, tenez ! s'écria-t-il.

– Sur le Swaziland. Oui, il est particulièrement horrible.

– Non, pas celui-là. L'autre : sur cet ignoble Français, précisa-t-il en frissonnant. Julian réussit à nous faire réellement partager tous ces malheurs.

C'était vrai, Julian avait écrit de très belles pages sur Jean-François Klobb, ce lieutenant-colonel qui s'était vu confier la mission d'arrêter Paul Voulet, l'avait pisté au gré des barbaries qu'il commettait : archipel de villages entièrement rasés, d'hommes, de femmes et d'enfants sauvagement massacrés, dont certains étaient encore vivants quand il les faisait pendre à des arbres suffisamment bas pour que les hyènes viennent leur dévorer les pieds. Klobb y apparaissait enfin en parangon de courage et de noblesse, et sa mort sous les balles des hommes de Voulet offrait la scène finale d'une inévitable tragédie, la vie, une fois encore, tournant le dos aux hommes de bien.

Harry s'enfonça dans son fauteuil et joignit les mains sur son estomac arrondi par ses martini-vodka.

– J'ai été sidéré par la mort de Julian, reprit-il. Vous aussi, je suppose ?

J'acquiesçai.

Harry prit une inspiration un peu laborieuse, et bascula sa tête en arrière.

– Ainsi, Julian a dit son dernier mot, soupira-t-il.

Je pris conscience que j'aurais du mal à refermer le livre de la vie de Julian, trouvant, comme Loretta, que la carte d'Argentine pouvait laisser penser qu'il réfléchissait à un projet puis, de la manière la plus définitive qui soit, avait pris la décision d'y renoncer.

– Vous savez quel aurait été le thème de son prochain ouvrage ? demandai-je.

– Non, répondit Harry. Il ne m'avait pas parlé de nouvelles idées. Pourquoi cette question ?

– Il étudiait une carte d'Argentine. Loretta m'expliquait que c'était toujours de cette façon qu'il commençait ses recherches pour son livre suivant.

Harry inclina la tête vers la droite.

– Quelle importance le thème de son prochain ouvrage pourrait-il avoir maintenant ?

– Je n'en sais rien, admis-je. Mais il paraissait très agité les derniers jours, et je me demande bien ce qu'il pouvait avoir en tête. Et si cette carte ne serait pas un indice.

– Un indice ? Philip, vous êtes critique littéraire, pas inspecteur de police. Julian a emporté son prochain récit avec lui.

Il vit que je ne me laisserais pas décourager si facilement.

– Bon, écoutez, reprit-il. J'ignore pourquoi Julian examinait cette carte, mais il est possible qu'il ait envisagé d'écrire sur Pedro Lopez, le « monstre des Andes ». Trois cents petites filles, non mais vous vous rendez compte ?

– Quand cela s'est-il passé ?

– Ça se passe peut-être encore. Ce monstre a été remis en liberté. Alors, qui sait, Philip, il est possible que, comme vous, Julian ait commencé à se prendre davantage pour un policier que pour un écrivain.

Il soupira en éditeur souffrant de contrariété chronique à cause d'un auteur qui s'obstine dans sa voie, aussi peu rentable fût-elle.

– Ne pensons plus à ce que le futur livre de Julian aurait pu être et concentrons-nous sur ce que sera son dernier. Il y a travaillé d'arrache-pied, et comme il sera publié à titre posthume, il serait bon de lui donner un petit coup de pouce, dit-il en me regardant d'un air entendu. En nous efforçant de ne pas trop insister sur sa noirceur. Les gens n'aiment pas lire des histoires trop sombres.

– C'est dommage. Ils passent à côté de quelque chose.

– Ah oui ? De quoi ?

– La gravité de la vie.

Harry se redressa dans son fauteuil et croisa les bras sur sa poitrine.

– Qu'est-ce qui vous tracasse, Philip ? Je vois bien que vous n'êtes pas dans votre assiette.

À cette question, la vraie nature de ce qui me préoccupait se clarifia pour la première fois.

– Ce qui me tracasse, répondis-je, c'est qu'il puisse y avoir une chose que Julian ne m'ait jamais dite, et que, s'il l'avait fait, j'aurais peut-être pu lui sauver la vie.

Mais cela n'engageait que moi et du travail m'attendait, c'est pourquoi, une fois rentré chez moi, je réfléchis à ce que je pourrais dire au service funéraire de Julian qui puisse faire de lui quelqu'un qui compte, en tout cas aux yeux des personnes présentes. Ce devrait être une qualité qui lui était particulière, à tout le moins un don qu'il avait exploité comme personne.

Mais lequel ?

Aucune idée ne me venant, je laissai dériver mes pensées vers d'autres aspects de mon discours.

Je devrais parler du livre sur le Russe, naturellement. Harry avait raison sur ce point. Je savais que les gens aiment entendre des anecdotes lors des services commémoratifs, alors mon esprit survola sans entraves ni repères mes années d'amitié avec Julian. Mais je me rendis très vite compte que cette liberté ne m'aidait en rien pour lui rendre hommage, aussi entrepris-je de diviser sa vie selon les traditionnelles séquences chronologiques : enfance, jeunesse et cetera. Ce qui ne m'aida pas davantage, et j'en fus quitte pour fractionner sa vie en périodes correspondant à l'écriture de ses livres. Je décidai alors de les parcourir dans l'espoir d'y trouver quelque chose de pertinent à dire sur chacun d'eux. Ce qui me permettrait de terminer par le petit coup de pub pour le livre sur le Russe, dernier ouvrage encore inédit de Julian.

Plus tard dans la soirée, après m'être accordé le temps d'apaiser un peu plus mes esprits, je m'assis dans mon fauteuil de prédilection et repris le premier de ses ouvrages.

Les Tortures de Cuenca.

Les circonstances de ce crime étaient connues bien avant que Julian écrive sur le sujet, mais les ayant presque toutes oubliées, je consacrai quelques minutes à rafraîchir ma mémoire :

Le 21 août 1911, un homme du nom de José Maria Lopez Grimaldos, vingt-huit ans, fut aperçu marchant seul le long de la route entre Osa de la Vega, une bourgade, et Tresjuncos, le village voisin, dans la province espagnole de Cuenca. Grimaldos était connu sous le curieux surnom de « El Cepa », qui signifie « la souche », qu'il devait de toute évidence, expliquait Julian, au fait de n'avoir pas toute sa tête, d'être un simple d'esprit, et donc « bête comme une souche » aux yeux de son entourage.

En cette journée d'août, Grimaldos avait été vu sur la route qu'il empruntait pour aller de la ferme de Francisco Ruiz, où il travaillait parfois, à sa petite maison. Quoi qu'il en soit, il n'arriva jamais chez lui, et le lendemain sa sœur signala sa disparition aux autorités. Son frère avait vendu plusieurs brebis, leur rapporta-t-elle, et au moins deux hommes savaient qu'il avait sur lui le produit de cette vente. Ils s'appelaient Valero et Sanchez, et plus d'une fois ils avaient maltraité Grimaldos, le tournant en ridicule et le brutalisant. N'était-il pas possible qu'ils l'aient détroussé et tué, par la même occasion ?

Une enquête fut ouverte, au cours de laquelle d'autres témoins orientèrent les soupçons des enquêteurs sur Valero et Sanchez, mais en l'absence du cadavre de Grimaldos et de preuves matérielles de son meurtre, un non-lieu fut prononcé en septembre 1911.

Nulle histoire ne hante davantage que celle d'un crime non élucidé.

Ainsi s'exprimait Julian par la phrase d'ouverture de son premier roman, et ainsi en fut-il pour les Grimaldos.

Son récit de leur combat acharné pour obtenir justice était la meilleure partie du livre, et en la relisant, je trouvai que c'était là que Julian était le plus inspiré, et non dans ses descriptions superficielles de l'Espagne, aussi annonciatrices soient-elles de son futur lyrisme, pas plus que dans sa décortication du système judiciaire espagnol – si détaillée qu'elle en devenait filandreuse –, ni même dans son évocation des sentiments exacerbés qui bouillonnaient sous les paysages monochromes de Cuenca.

Selon Julian, ces sentiments avaient surgi non seulement à cause des souffrances provoquées par un crime non élucidé, mais aussi parce que, pour les habitants de Cuenca, aucun mystère ne devait rester sans réponse, sans quoi les démons régiraient le monde.

Forts de leur foi indéfectible, les Grimaldos se refusaient à oublier le pauvre et humble El Cepa. Entretenir sa mémoire et réclamer justice pour son assassinat devinrent leur seule et unique obsession, une véritable vocation qui s'exprimait par d'innombrables hommages rendus à sa mémoire, El Cepa étant désormais le sujet récurent de leurs conversations quotidiennes. Mais Julian décrivait aussi les corvées sans fin de la famille : planter, moissonner, balayer, lessiver, aller chercher l'eau au puits, tâches éreintantes que leur corps endurait pendant que leur esprit continuait d'être constamment tourmenté par la disparition de leur frère – et chaque jour qui passait les convainquait davantage que Valero et Sanchez, leurs voisins, deux hommes qu'ils croisaient quotidiennement, l'avaient assassiné.

Ils prirent leur mal en patience et, en 1913, saisirent l'opportunité de la nomination d'un nouveau juge au tribunal de la province de Cuenca pour dégainer de nouveau leurs épées dans l'espoir de faire annuler le non-lieu prononcé en faveur de Valero et Sanchez par son prédécesseur pour insuffisance de preuves.

Ce magistrat était jeune et zélé, et le spectre d'une affaire de meurtre non élucidé le poursuivait, écrit Julian, comme un bruit de crécelle.

Valero et Sanchez furent de nouveau arrêtés et, cette fois, les policiers étaient déterminés à ce que le meurtre de José Maria Lopez Grimaldos, sans parler des affres dans lesquelles ce drame avait plongé sa famille, ne reste pas impuni.

Ils subirent des tortures épouvantables que Julian décrivit dans les moindres détails. Les premières critiques du livre soulignaient, pas forcément pour le mettre à son actif, le caractère imagé de ces descriptions, mais en les relisant, j'étais frappé par le fait que Julian avait présenté ces supplices du point de vue des hommes qui les avaient endurés. À Cuenca, je lui avais parlé d'un tableau de la flagellation du Christ en insistant sur l'expression des hommes qui le suppliciaient. Julian, lui, mettait l'accent sur les souffrances des victimes ; le relisant, je ne pouvais qu'admirer sa façon de lancer les lanières du fouet au point qu'on les entendait claquer et sentait leurs terribles morsures comme si c'étaient nos propres chairs qu'elles lacéraient.

Avait-ce été cela le plus grand talent de Julian, me demandai-je : être capable de décrire, avec une telle puissance évocatrice, des blessures qu'il n'avait jamais subies lui-même ni infligées à quiconque ?

Je ne pouvais l'affirmer, mais pour mon petit discours de la cérémonie commémorative, ça ferait l'affaire.

5

– Ce n'était pas sa capacité de travail qui rendait Julian si singulier, déclarai-je. Pas même l'étendue de ses recherches. C'était sa façon de faire en sorte que le lecteur ressente la brûlure du fouet, la force contondante de la matraque, la pointe du couteau. Ses livres résonnent des cris de ceux que le temps a réduits au silence. Jamais il n'aura détourné les yeux de la souffrance, jamais il ne l'aura sous-estimée ou édulcorée par quelque fioriture. Le rôle de l'artiste est de transmettre les plus noires vérités pour que nous puissions mieux les comprendre, en tirer les leçons et être moins affligés par la vie. Voilà ce qu'a réussi Julian parce que c'était un artiste.

Ainsi, sur un raclement de gorge, s'acheva mon petit discours.

Les personnes réunies sous la tente de réception que Loretta avait fait installer sur la pelouse de la propriété de Montauk m'avaient respectueusement écouté, mais n'empêche que tout le monde semblait ravi que j'en aie terminé. On avait encore dû me trouver verbeux, et ennuyeux par-dessus le marché.

Je jetai un coup d'œil sur ma gauche, où l'étang miroitait dans la lumière du jour, la barque jaune sur sa berge.

Une fois encore, j'avais manqué à tous mes devoirs envers Julian.

Je repensai au petit coup de pub qu'Harry m'avait demandé de donner.

– *Le Commissaire,* l'étude que Julian a consacrée à Andreï Tchikatilo, paraîtra à l'automne prochain, ajoutai-je. Je vous encourage tous à le lire.

Je ménageai un silence, puis murmurai le traditionnel « merci » et quittai le pupitre.

Comme j'étais le dernier à devoir prendre la parole, les gens se levèrent pour, peu à peu, gagner la maison où Loretta avait fait dresser un buffet. Je suivis le mouvement en restant à la traîne du groupe, mais m'arrêtai à l'entrée de la tente et me retournai vers le pupitre de chaque côté duquel Loretta avait placé deux grandes photographies de Julian. Celle de droite le montrait debout dans la neige devant la haute muraille du Kremlin. Sur cette photo, il porte un long pardessus et une chapka. Dans une de ses lettres, il m'expliquait que cet ancien mot russe aurait été emprunté au vieux français « chapel ». C'était tout lui. Il connaissait aussi bien le nom du fouet aux lanières en peau d'hippopotame, la chicotte, avec lequel les Belges lacéraient le dos des Congolais, que celui du système d'irrigation labyrinthique formé de galeries creusées dans le Sahara : les foggaras – autant de termes qui donnaient à ses livres une rare authenticité.

– Du bon travail, Philip.

Je me retournai pour découvrir qu'Harry Gibbons était à côté de moi, affichant un grand sourire, ayant clairement surmonté le climat pesant de notre dernière rencontre.

– Merci de ce coup de pouce pour le livre sur le Russe, ajouta-t-il. Loretta me l'a enfin envoyé. Il est un peu étrange.

– En quel sens ?

– C'est que Julian met l'accent sur les délires de Tchikatilo. Le fait qu'il se prenne pour un patriote quand il tue ces gamines. C'étaient des espionnes. Des traîtres. Il fallait les détruire pour protéger la mère Russie.

Il lorgna du côté de la maison, m'indiquant clairement qu'il souhaitait ne plus penser à ces atrocités.

– Vous venez ? demanda-t-il.

– Dans une minute, répondis-je en me retournant vers l'entrée de la tente et portant mon regard sur la photo de Julian à la gauche du pupitre.

Je n'eus aucun mal à la replacer dans son contexte : c'est moi qui l'avais prise quand nous étions à Buenos Aires, le Río de la Plata dans son dos, au moment où nous nous apprêtions à prendre le bateau pour Montevideo accompagnés par notre guide. Je devais quitter l'Argentine huit jours plus tard, sans Julian.

Pour la première fois depuis longtemps, je repensai à l'objectif sérieux que Julian s'était fixé en restant dans ce pays, aux multiples pistes qu'il avait suivies, à son sentiment d'inutilité grandissant à mesure qu'aucune d'elles ne menait nulle part. Il l'avait cherchée partout, mais il n'avait pas réussi à la retrouver. À son dernier jour, ressassait-il cet échec en regardant la carte de l'Argentine ? Puis, un peu plus tard, en marchant jusqu'à la barque jaune ?

Par les fenêtres du solarium que Loretta avait ouvertes en grand me parvenaient le bruit blanc de voix étouffées et les accents déchirants des *Kindertotenlieder* de Mahler, que Julian avait entendus pour la première fois aux Deux Bocages et, par la suite, qualifiés de musique la plus triste au monde.

Pendant l'heure qui suivit, je me mêlai aux invités : pour la plupart des amis de Loretta venus présenter leurs respects à son frère défunt, mais n'ayant pas réellement connu Julian.

Le soir, après leur départ, Loretta et moi nous retrouvâmes seuls, toujours assis dans le solarium où le soleil n'entrait plus. Loretta alluma quelques bougies. Elles vieillirent l'air ambiant d'un jaune pâle, sans pour autant le nimber d'une atmosphère romantique. Perception, pensai-je, qui en réalité était une fausse impression, un jeu élégiaque de l'esprit.

– Julian adorait l'éclairage à la bougie, dit Loretta en se servant un scotch. Tu en veux un, Philip ?

– Non, j'ai encore un peu de vin.

Je promenai mon regard sur les rayonnages qui tapissaient les murs de la pièce contiguë : la bibliothèque que Loretta avait fait faire quelques années plus tôt. Remplie de livres sur tous les sujets possibles et imaginables, elle donnait une idée de l'étendue de sa curiosité intellectuelle. Pendant la plus grande partie de sa vie, elle avait travaillé en free-lance comme correctrice de textes en élevant son fils, Colin, mort à seize ans d'une maladie dégénérative congénitale qui lui avait d'abord ôté la capacité de se tenir debout, puis celle de marcher, puis celle de parler et, enfin, celle de respirer. Son mari l'avait quittée peu après le décès de Colin, après quoi elle avait emménagé dans la maison de Montauk.

– Harry t'a-t-il donné le dernier manuscrit de Julian ?

– Non, mais il va me l'envoyer.

Loretta leva son verre.

– Eh bien, au dernier livre de Julian, alors ! fit-elle.

Il me vint une idée.

– Tu as la carte ? Celle qu'il a consultée avant de mourir ?

– Oui.

– Je peux la voir ?

Elle me lança un regard intrigué, puis se leva, gagna le bureau tout proche et la sortit d'un des tiroirs.

– L'Argentine, tu vois, dit-elle en me la tendant.

Je la lui pris des mains et la dépliai.

– Qu'est-ce que tu cherches ? demanda-t-elle.

– Je n'en sais trop rien, admis-je.

Pas besoin d'être Sherlock Holmes pour constater que Julian s'était intéressé en particulier à un coin de l'Argentine : une région peu peuplée nichée contre les frontières conjointes du Paraguay et du Brésil, tout près des vertigineuses chutes d'Iguaçu. Au crayon, il avait tracé un itinéraire partant des chutes jusqu'au petit village de Clara Vista, juste de l'autre côté de la frontière paraguayenne, qu'il avait entouré d'un cercle. C'était un endroit dont j'ignorais jusqu'à l'existence, et que nous n'avions pas visité lors de notre séjour dans ce pays.

– Il ne faisait peut-être que revenir sur les souvenirs qu'il avait gardés de l'Argentine, suggéra Loretta. Son voyage là-bas n'avait pas eu que du mauvais. Julian a toujours décrit Buenos Aires en termes élogieux. Sans parler de cette guide qui lui avait fait très forte impression.

Je levai les yeux de la carte et, pour la première fois depuis tant d'années, prononçai son prénom :

– Marisol.

Loretta acquiesça distraitement.

– Au fait, reprit-elle, j'ai appelé René aujourd'hui.

Elle voulait parler de René Brossard qui avait été l'assistant à tout faire de Julian, d'abord comme interprète en français, puis en lui rendant de menus services, comme récupérer son courrier et payer les factures de son appartement parisien pendant les longues périodes où Julian s'absentait.

– Je l'avais déjà prévenu, naturellement, poursuivit-elle, mais aujourd'hui, c'était pour lui dire que je tenais à ce qu'il ait quelque chose qui a appartenu à Julian. Un petit souvenir. Son stylo.

– Je suis sûr que ça a dû lui faire plaisir.

– J'ai aussi quelque chose pour toi, ajouta Loretta.

Sur ces mots, elle se leva et sortit. Je l'entendis monter l'escalier jusqu'à la pièce qui avait servi de bureau à Julian.

Quelques instants plus tard, elle redescendait, portant un vieux porte-documents en cuir.

– C'était son seul vrai compagnon de voyage, dit-elle. Il l'aura suivi aux quatre coins du monde.

Ce porte-documents, usé, décoloré, aux coutures effilochées çà et là, dégageait puissamment le sens que Julian avait donné à sa vie, le fait qu'il l'ait vécue comme un homme en cavale.

– Merci, Loretta, murmurai-je en le lui prenant des mains. Je le garderai précieusement, crois-moi.

Plus tard, en arrivant chez moi, je posai le porte-documents de Julian au pied de mon fauteuil de lecture et ouvris *Les Tortures de Cuenca,* bien décidé, peut-être en guise de dernier hommage à la vie et au travail de mon meilleur ami, à le terminer avant d'aller me coucher.

Sous la torture, Valero et Sanchez avaient avoué avoir tué José Grimaldos et fait disparaître son corps. Curieusement, ils étaient incapables de dire où, élément qui, note Julian, aurait dû jeter le doute sur leurs aveux, mais qui, en une étrange contradiction, avait servi de preuve supplémentaire de leur culpabilité :

> *Valero et Sanchez refusaient de dire où se trouvait le corps, car la mort de Grimaldos avait été lente et atroce, croyait-on. Ils s'y refusaient car, une fois déterré, le cadavre révélerait ce qu'ils avaient infligé à leur souffre-douleur, ce pauvre El Cepa, de son vivant : un corps battu, tailladé, brûlé, aux yeux arrachés et aux oreilles tranchées, aux genoux brisés et aux doigts coupés, et partout, absolument partout des lambeaux de peau arrachés. Ainsi en va-t-il de l'imagination qui alourdit une culpabilité la rendant d'autant plus certaine que les preuves sont incertaines. Ainsi, l'absence de cadavre eut pour effet de donner au crime de Cuenca un aspect encore plus odieux, d'en décupler l'horreur, de rendre le meurtre de Grimaldos encore plus cruel, de faire jaillir d'autres serpents sur la tête de cette Méduse.*

Pour ces nombreux crimes, le procureur requit la peine de mort, mais la procédure s'égara dans le labyrinthe du système judiciaire espagnol, jusqu'à ce que finalement, en 1918, les accusés soient chacun condamnés à dix-huit ans de prison.

Ils furent libérés au bout de six ans, et deux ans plus tard, au printemps 1926, « ce pauvre souffre-douleur d'El Cepa, écrit Julian, que l'on supposait avoir été atrocement assassiné depuis si longtemps, refit son apparition ».

Pendant toutes ces années, il avait vécu dans une ville voisine et, à la fin de son livre, Julian entraîne le lecteur depuis les nids d'aigle des Casas Colgadas, par-delà le fleuve sinueux, les broussailles et les rocs pelés de la plaine, puis plus à l'est, vers la côte, le long des routes misérables de l'Espagne rurale, toujours plus loin, jusque dans les rues fleuries de Valence et, au terme de ce périple, à l'intérieur d'un petit kiosque obscur, où…

> *… pendant les dernières années de sa vie, El Cepa, le non-assassiné, besogna dans cet espace exigu et étouffant, en se souvenant ou pas des ruelles poussiéreuses de Cuenca, tout en vendant des billets de loterie en guise de jeu de hasard moins mortel que la vie. Ainsi en alla-t-il pour El Cepa, qui n'était toujours pas mort mais qui, enfermé dans le cercueil de son kiosque, chaque fois qu'il inspirait de l'air chaud, s'évertuait dans cette obscurité à survivre à son crime.*

Je refermai le livre en me rappelant que, lorsque je l'avais lu pour la première fois bien des années plus tôt, rien ne m'avait spécialement frappé dans ce passage final. C'est pourquoi j'étais étonné que ces mêmes phrases, mot pour mot, m'émeuvent autant à présent, et sans que je comprenne pourquoi. Il faut dire que Julian y exprimait l'idée qu'il se faisait des cruels caprices de l'existence, la vie étant à ses yeux une loterie au tirage aléatoire dont tout découlait, et parce que tel tramway s'arrêtait à tel ou tel coin de rue à tel ou tel moment, rien pour tel ou tel être humain ne serait jamais plus comme avant.

Mais était-ce là tout ce qu'il y avait à retenir de la fin du tout premier livre de Julian ?

Je réfléchis à tous les livres et articles qui avaient suivi *Les Tortures de Cuenca*, l'œuvre d'une vie à la sombre thématique que j'avais toujours imputée à quelque lubie pas très différente de l'obsession du collectionneur de timbres ou d'orchidées.

Loretta m'avait fait remarquer un jour que les fins des livres de Julian sonnaient toutes comme un glas. Cela correspondait-il réellement à son état d'esprit lorsqu'il en écrivait les dernières lignes ? Ou bien, comme dans *Les Tortures de Cuenca,* au sentiment que la vie est une belle canaille spécialiste des coups tordus qui n'épargnent personne.

Sur une impulsion, je rouvris le livre, mais cette fois à la dédicace que Julian avait écrite tant d'années plus tôt : « Pour Philip, le seul témoin de mon crime. » Je n'y avais toujours vu qu'une boutade. Mais étant donné l'existence qu'avait menée mon ami et son issue tragique, j'en venais à me demander si cette étrange dédicace, qui semblait devoir me hanter à présent, ne désignait pas un crime bien différent, bien plus terrible et, pourquoi pas, non résolu.

Je repensai encore une fois au dernier passage du livre, à son mot de la fin : survivre à son crime.

La dédicace me désignait comme le seul témoin du crime de Julian, mais j'avais beau faire, je ne voyais pas du tout de quel délit ou crime j'aurais été témoin. Pourtant en existait-il un que j'aurais vu sans le savoir ou n'aurais pas découvert, un crime auquel Julian, lui aussi, s'était évertué à survivre, en vain ?

DEUXIÈME PARTIE

Les Yeux d'Oradour

6

– Je n'arrête pas de penser à Julian, avouai-je à Loretta.

Elle était venue en ville, comme toujours pour l'anniversaire de la mort de son fils. Colin adorait Central Park, et dans les premiers stades de sa maladie, avant qu'il soit cloué dans un fauteuil roulant, ils allaient souvent s'y asseoir pour regarder les gens passer, ou parfois, tant qu'il en avait encore été capable, flâner autour de l'étang, ainsi que Loretta et moi le faisions à présent.

– J'ai la sensation d'être toujours en présence d'un fantôme tourmenté, ajoutai-je tandis que nous nous dirigions vers un banc pour nous asseoir.

– Oh, il était tourmenté, oui, c'est sûr, répondit Loretta. D'habitude, il rentrait toujours de voyage très fatigué, mais cette fois, c'était différent. Comme si une sale petite bestiole n'arrêtait pas de donner des coups de griffes à l'intérieur de lui.

Je portai mon regard sur le parc où de nombreux promeneurs avançaient dans les sentiers ombragés.

– Ma mémoire ne cesse de faire remonter des choses à la surface, murmurai-je. Des bribes de souvenirs qui tournoient, s'amalgament et en entraînent d'autres.

Naturellement, elle comprenait l'aspect troublant de la chose.

– Les bribes de quels souvenirs ?

– La dédicace de son premier livre, par exemple. Que j'aurais été « le seul témoin de son crime », répondis-je d'un air dubitatif. Je ne me rappelle pas avoir assisté à un crime. Je croyais qu'il parlait du fait d'avoir écrit le livre, ce que je lui avais déconseillé. Mais aujourd'hui je ne suis plus si sûr que c'était à ce « crime » que Julian faisait allusion.

Cette dernière remarque lui fit faire une association d'idées.

– Tu sais, c'est curieux, en dépit de tous les actes horribles que Julian décrit dans ses livres, je crois qu'il n'a jamais été témoin d'un meurtre, dit-elle en arrêtant son regard sur un des rochers artificiels du parc pris d'assaut par des enfants qui dévalaient ses parois savamment arrondies. Je me demande comment il aurait réagi s'il avait réellement assisté à des atrocités comme celles d'Oradour-sur-Glane.

Elle me regarda.

– Psychologiquement, il n'aurait sans doute pas trouvé la force d'y survivre, ajouta-t-elle. Regarde Primo Levi, il s'est suicidé. Tadeusz Borowski aussi.

– Oui, mais eux avaient été les victimes d'un grand crime, lui rappelai-je. Ce n'était pas eux qui avaient perpétré des horreurs. Ils ne sont pas morts de culpabilité. Ils sont morts parce qu'ils ne pouvaient pas supporter les souffrances qu'ils avaient vues.

– Oh, Julian a dû voir beaucoup de souffrances, mais je ne crois pas que c'était la cause de son agitation.

– Alors, quelle était-elle ?

Loretta demeura silencieuse un moment, réfléchissant à la question. Puis, elle dit :

– Julian et moi nous étions assis dans le jardin, à Montauk, quelques jours avant sa mort. Je le regardais. J'ai bien observé son visage. J'ai vu ses rides profondes. Ses yeux creux. Je lui ai dit : « Tu sais, Julian, les crimes sur lesquels tu as écrit sont sculptés dans tes traits. »

Elle disait vrai. Sa physionomie semblait porter l'empreinte de Cuenca et d'Oradour, des ruines des châteaux bretons et de celui de Čachtice, des steppes désolées d'Ukraine.

– Il m'a fait une réponse étrange, poursuivit-elle. Il m'a dit : « Non, seulement celui sur lequel je n'écrirai jamais. »

Comme si je me retrouvais dans la rue battue par la pluie, je revis Julian remonter son col, abaisser son chapeau sur ses yeux et m'attirer sous l'auvent d'une petite boutique de l'Avenida de la República. Il m'avait alors agrippé par le bras et demandé si j'avais des nouvelles de Marisol.

– Tu crois que ça pourrait être lié à la disparition de Marisol ? m'écriai-je. Il examinait une carte de l'Argentine, après tout.

– Je suppose que ce pourrait être ça, le crime, répondit Loretta.

– Qu'est-ce qui l'aurait empêché d'écrire sur ce sujet ?

Au regard qu'elle me lança, Loretta me fit penser à une détective amateur dans un classique du film noir.

– Julian l'aimait ? demanda-t-elle.

– Non. Il s'était pris d'affection pour elle, ça, c'est sûr. Mais il n'était pas tombé amoureux d'elle.

– Et toi ?

– Non.

Sur cette réponse, je réentendis Marisol nous dire : « Notre temps sur terre se partage comme des objets volés : un butin de nuits et de jours. »

– Mais elle avait quelque chose d'irrésistible, ajoutai-je.

– Auquel Julian était sensible ?

– Oui, bien sûr. Et il a tout fait pour la retrouver. Mais, à l'époque, les gens disparaissaient du jour au lendemain.

Ils disparaissaient, oui, songeai-je, mais pourquoi elle ? Pour moi, ç'avait toujours été cela le plus mystérieux dans la disparition de Marisol : qu'elle soit restée totalement inexpliquée. Son corps n'ayant jamais été retrouvé, il était peu probable qu'elle ait été victime d'un meurtre ordinaire. D'un autre côté, elle n'avait rien d'une cible potentielle de la répression politique du pays. Que faisait-elle, après tout, à part travailler comme guide touristique, étudier le stylisme et, de temps à autre, exprimer son opinion sur tel écrivain ou telle danse ? De toutes les personnes que j'ai côtoyées dans ma vie, elle me paraissait la plus innocente.

– Le fait est que Marisol ne s'intéressait pas du tout à la politique, repris-je. C'était une femme intelligente, ambitieuse, une travailleuse acharnée. Elle avait sa manière d'être bien à elle, des compétences, mais à part ça, il y en avait des milliers d'autres comme elle à Buenos Aires à l'époque.

– Des milliers comme elle qui n'ont pas disparu pour autant, fit observer Loretta.

– Certes, acquiesçai-je.

Réaction qui n'offrait guère d'autre choix que de changer de sujet.

– D'autres nouvelles de René ?

– Oui, répondit Loretta. Un mail, figure-toi. Je ne l'ai jamais rencontré, mais au portrait que m'en faisait Julian, on aurait pensé que cet homme n'était pas très féru d'informatique.

Elle parut se troubler.

– Il n'a pas du tout été surpris d'apprendre la mort de Julian, poursuivit-elle. Qu'il se soit suicidé, je veux dire. René aime émailler ses phrases de mots en anglais. Pour Julian, il a parlé de *burn-out*.

J'eus soudain l'impression d'en être victime moi-même : un homme qui avait perdu sa femme par la maladie et son ami par le suicide, deux êtres irremplaçables, un homme qui n'avait pas d'enfants et ne tarderait pas à fermer les yeux de son père, un homme qui possédait un petit appartement et exerçait un métier moribond.

– Et sinon, de quoi t'a-t-il parlé ? relançai-je pour juguler la noirceur de mes pensées.

– Il voulait connaître les dispositions à prendre concernant les affaires de Julian. Tout ce qu'il y a dans cet appartement.

L'idée que René farfouille dans ce qui appartenait à Julian ne me disait rien qui vaille. Ne valait-il pas mieux que ce soit quelqu'un d'autre, un intime de Julian, qui s'en charge ? Il s'agissait tout de même des biens personnels d'un homme qui avait toujours été très pudique, un homme que j'avais aimé, dont j'avais admiré le travail et avec qui j'avais parcouru certaines régions du monde.

– Tu permets que ce soit moi qui m'en occupe ? proposai-je.

Loretta eut un mouvement de recul.

– Autrement dit, que tu ailles à Paris ?

J'acquiesçai.

– René va se contenter de tout jeter à la poubelle, affirmai-je. Que veux-tu, je trouve que les affaires de Julian méritent de connaître une meilleure fin.

Loretta eut un petit sourire.

– Tu l'aimais vraiment, n'est-ce pas ? murmura-t-elle.

Une intense émotion me submergea.

– Je l'aimais, oui. Et plus que tout, Loretta, j'aurais voulu être dans cette barque avec lui.

– Je pars pour Paris, annonçai-je à mon père le lendemain.

Nous étions assis à la table du petit déjeuner autour du café du matin.

– Je dois trier les affaires de Julian, ajoutai-je.

Je fus surpris que, pour toute réponse, mon père replonge brutalement dans son propre passé.

– Je n'ai jamais beaucoup voyagé pour mon travail, déclara-t-il d'une voix posée avant de prendre une profonde inspiration et d'expirer lentement, mais je me suis tout de même retrouvé un jour à l'hôtel du Nil, à Kampala. À l'époque, Idi Amin Dada était encore au pouvoir.

Visiblement, ces réminiscences le peinaient, mais il y fit face bravement et poursuivit :

– Il était de notoriété publique qu'Amin Dada disposait de plusieurs suites dans l'hôtel. Certaines étaient pour ses putes. D'autres étaient des salles de torture.

C'était à ces dernières qu'il semblait penser, au point que je crus les voir de mes propres yeux : des murs éclaboussés de sang, une chaise, une ampoule nue oscillant au bout d'un fil électrique noir, une table en métal garnie de rigoles d'écoulement. L'enfer, ce n'est pas les autres, me dis-je, m'inscrivant en faux contre la célèbre formule de Sartre ; c'est ce que nous faisons aux autres.

– Je me trouvais à l'hôtel quand il y a organisé le procès de l'archevêque Luwum, continua mon père. J'ai essayé de faire intervenir mes supérieurs, mais on m'a signifié que ce n'étaient pas nos affaires, et que, par ailleurs, aussi terrifiant qu'Amin Dada puisse être, les autres ne valaient pas mieux que lui. « Les Africains n'ont pas de présidents, m'a-t-on dit. Ils ont des chefs. » Mobutu disait la même chose, d'ailleurs, pour justifier ses propres exactions, observa mon père en haussant les épaules. Bref, Amin Dada a accusé Luwum de trafic d'armes, figure-toi, et l'a jugé sur la place publique, à l'africaine, dans la cour de l'hôtel. Il avait fait venir tous les soldats de sa garde rapprochée. Ils buvaient du whisky, mâchaient du khat et n'arrêtaient pas de hurler « À mort ! À mort ! ». Luwum attendait que ça se passe, sans dire un mot, regardant droit dans les yeux cette crapule, ce gros porc issu de la tribu Kakwa.

Il me transperça du regard.

– C'est sur ça que Julian aurait dû faire des recherches et écrire, dit-il. Sur des hommes comme Luwum. Ceux qui agissaient pour le bien dans le monde.

C'était la première fois que mon père exprimait de telles réserves sur le travail de Julian, et l'idée qu'il puisse le juger illégitime ne m'avait jamais effleuré.

– Pour moi, ce sont les bienfaiteurs qui méritent qu'on leur consacre des livres, ajouta-t-il tout bas.

Cette réflexion remettait en perspective toute la démarche de Julian qui n'avait eu de cesse de sonder toujours plus loin la noirceur humaine. Je repensai à un article qu'il avait écrit sur le *bastinado,* la fustigation de la plante des pieds, les différents noms qu'on lui donnait, *« falanga », « falaka »,* à quelles périodes, dans quels pays et avec quels instruments on avait pratiqué cette forme de torture. Il était allé jusqu'à décrire scrupuleusement la structure du pied, ses nombreux petits os, les nerfs qui en irriguaient la plante, le degré de souffrance que devait infliger pareil supplice.

– Mais Julian voyait la chose autrement, murmura mon père sur un ton qui indiquait clairement qu'il n'avait pas l'intention de s'attarder sur la sinistre thématique de ses livres. Donc, tu vas partir.

– Pas longtemps, dis-je. Mais je te contacterai. Par Skype, on pourra même se voir. Et en cas… de besoin, je reprendrai l'avion en un rien de temps.

– Oui, je sais, répondit mon père qui répugnait, bien sûr, à me voir partir, se sentant vulnérable comme toute personne âgée.

– Je dois le faire, papa.

Mon père sourit, puis posa sa main sur la mienne.

– Je le vois, dit-il, tandis qu'une indicible tristesse noyait son regard. C'est bien de se donner une mission.

Je réfléchis à toutes celles que mon père s'était données en vain. Il s'était battu pour faire installer l'eau potable dans des pays ravagés par le choléra, des dispensaires dans des redoutes au cœur de la jungle, des systèmes d'irrigation dans des régions rendues arides par la sécheresse. Chaque fois, il avait fini par l'admettre depuis, ses ambitions avaient été contrariées au nom de « la vision d'ensemble » du Département d'État, de stratégies globales de confinement, de la théorie des dominos, de menaces mutuelles de destruction.

– Oui, dis-je.

Sur ce, je changeai de sujet et pendant près d'une heure nous discutâmes des vieux films qu'il avait vus récemment à la télévision. En plus des westerns et des films d'espionnage, il s'était pris d'intérêt pour les films noirs des années quarante, Humphrey Bogart et Alan Ladd, et en l'écoutant m'en parler, je perçus une étrange mélancolie dans sa voix, son vieux désir de devenir un homme d'action le taraudant encore, l'abreuvant de reproches, ayant laissé sur ses souvenirs la souillure de l'échec.

– Tu veux regarder un film ? proposai-je dans l'espoir de couper court à ses états d'âme.

– Non, répondit mon père.

Il parut plonger au tréfonds de lui-même, puis en remonter progressivement tel un plongeur refaisant surface.

– Ce sont les gens gris comme la poussière, Philip, dit-il, ces petites gens qu'on ne remarque pas, les gens gris comme la poussière qui paient le prix de nos erreurs.

Son humeur ne s'arrangeant pas, au contraire, j'orientai gentiment ses pensées vers sa jeunesse, et pendant quelques minutes il me parla avec une certaine nostalgie de son propre père, puis de ses années d'université, puis de ma mère qui, comme ma femme, était morte prématurément.

– Tu ferais mieux de rentrer chez toi maintenant, finit-il par dire. Je pourrais continuer des heures.

– Oui, je ferais sans doute mieux.

Mon père avait l'air de quelqu'un qui s'était vu confier une mission assez semblable à la mienne, mais soit l'avait refusée, soit n'avait pu la mener à bien.

– Bonne chance, me dit-il.

Il en resta là.

7

Rien ne remplace la quête de sens, et les plus chanceux d'entre nous sont ceux qui agissent sous l'aiguillon d'une grande cause. Je ne pouvais décemment pas me comparer aux hommes des sombres cadres accrochés aux murs, chez mon père. Ils avaient été des guerriers et des diplomates, voire, pour certains, m'avait-il révélé un jour du bout des lèvres, des espions. J'avais conscience que ma vie, contrairement à la leur, ne serait jamais investie d'une mission. Il n'empêche que cette carte de l'Argentine, la triste réalité de la disparition de Marisol et, pour finir, la curieuse allusion de Julian à un crime dont j'aurais été témoin – son crime – s'étaient alliées pour m'inciter à me rendre à Paris dans un but important comme je ne m'en étais plus fixé depuis longtemps.

Lequel occupait toujours mes pensées quand j'arrivai chez moi.

Je me servis un cognac, m'assis à ma place habituelle près de la fenêtre et regardai le parc au-dehors : coup d'œil dans la nuit qui desserra les liens du souvenir et me ramena à Berlin, avec Julian, plus de vingt ans auparavant.

Il s'y était rendu en vue de localiser et d'interviewer les anciens soldats allemands survivants parmi ceux qui avaient massacré les villageois d'Oradour-sur-Glane en juin 1944. Il avait décidé d'écrire le récit de cette atrocité et, dans le train qui nous emmenait de Paris à Berlin, m'en avait donné les détails dans toute leur horreur.

Il avait vingt-sept ans à l'époque, et si nous nous écrivions régulièrement, nous ne nous étions pas vus depuis plus d'un an. À ce moment-là, il avait gagné en épaisseur et sa voix était empreinte d'une gravité que je mis au compte des connaissances et des expériences qu'il avait acquises depuis notre dernière rencontre.

– Alors, comment se présente ton prochain livre ?

– C'est difficile d'écrire sur Oradour, répondit-il.

Ses yeux, toujours aussi bleus, me semblaient d'une nuance plus soutenue. Son regard était plus profond, imprégné de la tragédie de ce village réduit en cendres dont il avait choisi de faire le sujet de son prochain livre.

– Oui, c'est affreux ce qui s'est passé à Oradour, déclarai-je.

– Ce n'est pas ce que je voulais dire, précisa Julian. C'est plutôt qu'il y a une sorte de voyeurisme en jeu, un petit côté *peep-show*.

Sa remarque me laissa sans voix, et au même instant le train entra dans un tunnel qui nous plongea dans le noir, si bien que nous restâmes silencieux dans le roulis, jusqu'à ce qu'il sorte de l'obscurité et que nous soyons de nouveau baignés de lumière.

Le visage de Julian n'était plus le même. C'était à croire que, pendant les brèves ténèbres du tunnel, d'autres ténèbres plus profondes encore s'étaient abattues sur lui.

– Les souffrances des autres ne doivent pas servir de prétexte à des aventures palpitantes, murmura-t-il. On ne doit pas assouvir un sadisme intellectuel en lisant sur Oradour-sur-Glane.

Est-ce à ce moment-là que lui vint l'idée du livre tel qu'il l'écrirait plus tard ?

Une chose est sûre : dans *Les Yeux d'Oradour,* Julian s'est exclusivement concentré sur les victimes, les six cent quarante-deux personnes, réservant à chacune d'elles une page en hommage à sa mémoire, une sorte d'Anthologie de Spoon River[1] des habitants de ce village assassiné. Ce qui fait l'originalité magistrale de ce livre est qu'il donne à voir au lecteur le massacre perçu par ceux qui en ont été victimes. Écrire sur les atrocités d'Oradour en adoptant un parti pris aussi radical avait été un choix audacieux de la part de Julian et, par moments – quand une petite fille utilise son corps comme bouclier pour protéger sa poupée, par exemple –, il insufflait des accents de vérité déchirants à la mort de ces gens.

Dans le même temps, il s'est refusé à citer les noms aussi bien des hommes qui ont ordonné le massacre que de ceux qui l'ont perpétré. Silhouettes anonymes, les Allemands ne sont évoqués que de façon très allusive : quand la foule, en bougeant, laisse entrapercevoir un soldat de dos ou seulement une botte ou une jambe en uniforme, en un éclair, comme celui d'une photo prise sur le vif. À d'autres moments, ils se réduisent à des voix désincarnées qui beuglent des ordres ou trompent gentiment les habitants d'Oradour sur leurs intentions réelles. Ailleurs, ils apparaissent tout juste

1. Livre d'Edgar Lee Masters constitué des prétendues confessions posthumes des habitants du village imaginaire de Spoon River.

comme un camaïeu de gris, de casques suggérés par des hachures floues.

Globalement, j'avais trouvé que ce livre était très réussi et justifiait pleinement les années de travail que Julian y avait consacrées, même si quelques critiques lui avaient reproché de ne pas avoir suffisamment insisté sur le caractère méthodique de l'organisation humaine qui avait permis ce massacre, ce qui, selon eux, présentait les innocents d'Oradour non comme les victimes de la barbarie pure et simple, mais comme une population laminée par une tempête.

À l'époque, tout en ayant beaucoup d'admiration pour ce livre, j'avais tout de même pensé que cette réserve n'était pas totalement infondée. C'était un crime démesuré, incontestablement, et Julian s'était ingénié à cacher l'identité des hommes qui l'avaient perpétré.

Pourquoi avait-il fait cela ?

Nous étions assis sur un banc derrière la grande bibliothèque de la Cinquième Avenue quand je lui avais posé la question. C'était l'hiver, nous étions sanglés dans nos manteaux. Il avait neigé la veille et les branches nues des arbres étaient saupoudrées de blanc. Julian resta silencieux un long moment avant de m'expliquer pourquoi il n'avait cité le nom d'aucun de ces soldats allemands.

– Ils méritent qu'on les oublie, répondit-il, comme si vouloir protéger ces assassins était un des procédés métaphoriques du livre. Ce sont les innocents qui méritent qu'on se souvienne d'eux.

– Tu ne penses donc pas que les auteurs de ces exactions doivent rester dans les mémoires, eux aussi ?

Il se tourna vers moi et l'expression de son regard m'indiqua que ce sujet était douloureux pour lui.

– À quoi bon dévoiler à un petit garçon qu'un certain jour, en un certain lieu, son père a été complice d'un crime abominable ? m'interrogea-t-il. Qu'en sortirait-il de bon ?

– Mais, dans ce cas, le père s'en tire en toute impunité. Un homme qui a commis l'irréparable doit être identifié.

Julian ne réagissant pas, je décidai d'enfoncer le clou.

– Comme celui qui a tué Marisol, ajoutai-je, le crime non résolu de sa disparition me revenant soudain à l'esprit. Il s'en est tiré, lui.

Une main gantée de Julian s'enroula autour de l'autre.

– Oui, marmonna-t-il.

Il me parut si bouleversé, sur le coup, de m'entendre parler de Marisol que je m'empressai d'ajouter :

– Tu as fait tout ton possible pour la retrouver, Julian.

Puis, pour changer de sujet, jetant un coup d'œil au livre qui dépassait de la poche de son manteau, je lui demandai :

– Qu'est-ce que tu lis ?

Il me montra le livre et, avec étonnement, je déchiffrai le titre.

– Eric Ambler, je vois. Tu t'intéresses donc au roman d'espionnage maintenant ?

– Ça fait passer le temps.

– Trahisons et fausses identités, dis-je sur le ton de la plaisanterie. Des gens qui ne sont pas ce qu'ils paraissent être. Le frisson garanti, ajoutai-je en riant, mais pas de la grande littérature.

– Tu pourrais être surpris, dit Julian tout bas. La vie est un jeu d'ombres, après tout.

Je feuilletai le livre distraitement et remarquai que Julian avait souligné sa phrase la plus célèbre.

– « La question importante n'est pas qui a tiré le coup, lus-je à haute voix, mais qui a payé la balle. »

Il me reprit le livre des mains et le remit dans sa poche.

– Ça fait passer le temps, répéta-t-il. Et puis… je ne lis plus Borges.

Borges. À ce nom, je sentis la poussière de la province du Chaco nous recouvrir de nouveau, un endroit que je n'avais jamais vu, mais que notre guide appelait sa terre natale.

Borges.

Signe certain, je le compris, que les pensées de Julian étaient toujours tournées vers Marisol.

8

Dans les grands textes mythiques, elle est toujours d'une rare beauté, celle dont la perte tourmente un homme. Depuis que l'apparition d'Hélène sur les remparts de Sparte éblouit pareillement les hommes de deux armées ennemies, nous faisons peu de cas, en littérature du moins, des filles au physique quelconque.

Je ne veux pas dire que Marisol était quelconque, loin de là, juste qu'elle n'était en aucune façon comparable à l'éblouissante Hélène ou à la fougueuse Antigone. Elle tenait plus de Cordelia, la fille loyale du roi Lear, douce et modeste, droite comme le fil du pendule au repos.

Elle pénétra dans le hall de l'hôtel comme une brise légère venue de la pampa, de celles qui font à peine frémir les herbes.

– Je suis Marisol, dit-elle avec son petit accent argentin. Heureuse de vous rencontrer.

Elle avait les yeux noirs, mais le regard étincelant, la peau brune, légèrement mordorée, si bien que, sous certaines lumières, avait dit un jour Julian, elle semblait sculptée dans de l'ambre mat.

La semaine précédente, mon père avait contacté le consulat américain à Buenos Aires où quelqu'un lui avait recommandé Marisol comme guide. Elle parlait couramment l'anglais, lui avait-on assuré, et d'autres avaient été satisfaits de ses services. Non sans humour, il avait ajouté que Marisol ayant été approuvée par nos autorités, cela signifiait qu'elle n'était pas une Che Guevara au féminin.

Ce premier matin, elle portait une jupe gris foncé, ourlet sous le genou, une veste assortie, un chemisier blanc au col non boutonné, des chaussures noires bien cirées, à talons bas confortables. Mais ces efforts d'élégance ne dissimulaient pas ses racines indigènes. Elles apparaissaient dans l'ovale de ses yeux, dans l'épatement de son nez et dans l'éclat panthère noire de ses cheveux. L'Europe n'avait pas colonisé son sang. Pour cette raison, on percevait chez elle, je suis sûr que Julian a ressenti la même chose, une étrange et inaccessible pureté.

– Je vous souhaite la bienvenue à Buenos Aires, ajouta-t-elle avec un léger sourire.

Au lieu de la petite croix que beaucoup de femmes en ville portaient au bout d'une chaîne en or ou en argent, Marisol n'avait qu'un simple collier taillé dans du bois. Dès le début, disait Julian, il se dégageait d'elle une droiture, une ténacité, un côté terre à terre et, en un sens, très conservateur : le mur de soutien qui, ainsi qu'il l'écrirait plus tard en parlant de ceux qui résistent aux excès de la ferveur révolutionnaire, atténue la violence des vents du changement.

Julian lui tendit la main.

– Je suis Julian Wells, et voici Philip Anders.

– *Un placer,* dit Marisol en nous serrant la main. Je vous apprendrai un peu l'espagnol pendant que vous serez ici, ajouta-t-elle en nous évaluant du regard. C'est d'accord ?

– Absolument, répondit Julian. Pas vrai, Philip ?

– Bien sûr.

D'un ample geste du bras, elle engloba le hall de l'hôtel.

– Alors, venez. Il y a beaucoup à voir à Buenos Aires.

La visite du jour commença par une longue marche qui nous mena de la Casa Rosada jusqu'au quartier de La Boca, grâce à laquelle elle espérait, expliqua-t-elle en un de ses rares emplois abusifs d'un mot, « nous incorporer ».

C'était une femme qui laissait les silences s'installer, cela me frappa, et elle parla très peu pendant que nous parcourûmes les rues de La Boca, en regardant ses maisons de couleurs vives. C'était comme si elle avait compris que l'observation muette était la clé de la connaissance d'un lieu, et peut-être même de celle de la vie. En tout cas, elle s'arrangeait pour ménager des pauses, nous faisant asseoir ou pas pour regarder autour de nous, si bien que nous ne nous sentions jamais bousculés. De même, elle nous épargna le boniment des guides touristiques qui peut être si crispant. Marisol, j'allais être amené à m'en rendre compte, était un étang ombragé, calme, que rien ne troublait.

Le soir venu, nous avions retrouvé le chemin de l'hôtel. Le restaurant avait une excellente réputation, nous assura Marisol quoiqu'elle n'y eût encore jamais dîné.

Nous prîmes une table à l'extérieur. C'était le début du crépuscule, entre chien et loup, cet intervalle entre la journée de travail et la vie nocturne d'une ville.

– Au fait, d'où êtes-vous ? lui demanda Julian à un moment.

– J'ai toujours fait des allées et venues entre l'Argentine et le Paraguay, répondit Marisol. J'ai traversé cette frontière très souvent quand j'étais petite.

– Pourquoi ? m'enquis-je.

– Quand ma mère est morte, on m'a envoyée chez mon père, au Paraguay. Ensuite, mon père est mort et on m'a renvoyée chez ma tante, en Argentine. Quand elle s'est vue mourante à son tour, elle m'a confiée à un prêtre, et c'est cet homme qui a veillé sur moi.

Ce prêtre vivait alors dans une région du nord de l'Argentine bordant celle du Gran Chaco.

– C'est très aride par là-bas, il n'y a rien, et pendant des années, personne ne s'y est intéressé. Puis on a trouvé du pétrole.

Elle nous expliqua que la lutte pour la mainmise sur cet or noir avait été une des causes de la guerre du Chaco, un conflit qui fut d'une brutalité sans pareille.

– Ils moururent en grand nombre, les soldats, murmura-t-elle. Tant de maladies et pas de médecins. Vous n'en avez pas entendu parler, de cette guerre ?

– Non, répondit Julian.

Marisol ne parut pas surprise.

– Nous vous sommes inconnus, nous qui vivons ici, dit-elle. Pour vous, nous sommes rayés de la carte.

Elle se réfugia dans un silence à la fois morne et serein duquel émana ce qui semblait être le plus grand espoir qu'elle nourrissait pour son peuple, le seul et unique but légitime.

– Tout ce que nous voulons, c'est qu'on nous laisse une chance, ajouta-t-elle tout bas.

Puis son regard s'éclaira brusquement, et elle redevint notre guide professionnelle.

– Vous devez découvrir le goût de l'Argentine, dit-elle. Celui de notre vin. C'est du malbec, la différence de qualité entre le moins cher et le plus cher n'est pas très grande.

Elle eut un léger sourire, un peu comme celui d'une actrice.

– Vous l'aimerez, je crois, reprit-elle. Mais dans le doute, autant que vous commandiez le moins cher.

Une seule fois encore ce jour-là, Marisol sortit de son rôle de guide enjouée et candide. Ce fut en répondant à Julian qui lui avait demandé quels étaient ses sentiments sur la situation actuelle de l'Argentine qui vivait alors les dernières affres de la « guerre sale ».

En réaction, son regard s'était durci.

– Ici, nous disons que l'Argentine *es une país perdido,* dit-elle d'une voix douce. Un pays perdu.

Elle haussa les épaules.

– Et nous avons un autre dicton. Une réponse toute faite quand on nous demande comment on se sent.

Elle jeta des coups d'œil autour de nous pour s'assurer que personne ne l'entendrait, puis chuchota :

– *Jodido pero contento.*

– Ce qui veut dire ? demandai-je.

Elle hésita.

– Je ne voudrais pas être vulgaire…

– Oh, voyons, Marisol, insista Julian. Nous sommes entre gens de bonne compagnie.

– D'accord, concéda-t-elle en riant. Ça veut dire : « Baisés mais heureux. »

Nous nous séparâmes aux environs de neuf heures ce soir-là, puis nous nous retrouvâmes le lendemain matin pour un circuit de différents musées au cours duquel Marisol se révéla être une guide très compétente, parlant de tel ou tel artiste aussi bien qu'un catalogue de musée. Puis nous allâmes nous promener le long des canaux, visiter le théâtre Colón, la célèbre salle de concerts de Buenos Aires. Notre troisième journée comprit la traversée en ferry jusqu'à Montevideo, suivie du trajet en bateau jusqu'à l'estuaire où les Allemands avaient sabordé le navire *Admiral Graf Spee* en décembre 1939. Marisol en savait étonnamment long sur le sujet, jusqu'aux coordonnées exactes de l'endroit où ce vaisseau maudit gisait par le fond.

– Les touristes anglais aiment bien venir ici, dit-elle à Julian en guise d'explication. Parfois, les Allemands aussi. Alors, j'ai découvert où il avait sombré, et c'est précisément là où nous sommes en ce moment.

Elle eut un sourire resplendissant.

– Savoir ce genre de chose fait de moi un excellent guide, non ?

Le quatrième jour, Marisol nous conduisit au cimetière de Recoleta.

– C'est un endroit très paisible, dit-elle en nous précédant sous la voûte du portail, d'une blancheur éblouissante.

Nous déambulâmes en silence entre les mausolées, avançant à pas lents, mais sans jamais nous arrêter, jusqu'au moment où nous arrivâmes devant le tombeau d'Evita.

– Eva Perón était une fille du peuple, dit Marisol. Une fille pauvre parmi tant d'autres à Los Toldos.

– Vous auriez voté pour elle ? lui demanda Julian.

– Ici, on ne vote pas, répondit Marisol en haussant les épaules. On se décide seulement entre deux mauvais choix.

Elle fixa son attention sur la plaque apposée sur la tombe.

– Parfois, reprit-elle, aux personnes que j'emmène ici, je leur dis ce que Borges disait de la vie. C'est un plus pour moi en tant que guide.

– Que disait Borges ? relança Julian.

– La traduction n'est pas de moi, précisa-t-elle aussitôt en toute sincérité.

– Ça ne fait rien, j'aimerais bien savoir, insista Julian.

– D'accord, répondit-elle en se concentrant pour citer cette traduction de mémoire. Borges a dit : « Notre temps sur terre se partage comme des objets volés : un butin de nuits et de jours. »

Son regard s'assombrit un peu, puis, comme si elle prenait sur elle-même, s'éclaira de nouveau, mais, cette fois, une part demeura dans l'ombre.

– Venez, fit-elle.

Sur ce, elle tourna les talons et s'éloigna parmi les tombes.

– Venez, répéta-t-elle en nous y engageant d'un geste de la main. Une guide devrait toujours sourire.

Selon les termes de son contrat, elle ne devait travailler qu'un certain nombre d'heures par jour, mais elle n'arrêta pas à six heures ce soir-là, et nous nous attardâmes longuement au restaurant. Après dîner, nous allâmes nous promener Calle Florida, où nous regardâmes un couple d'artistes de rue danser le tango.

Marisol s'intéressa vaguement à leur numéro et je vis sa bonne humeur la quitter.

– Je n'aime pas le tango, déclara-t-elle, se détournant et nous éloignant des danseurs. L'homme s'avance. La femme le repousse, puis lui tourne le dos. L'homme s'élance de nouveau sur elle et l'oblige violemment à se retourner. Ça me dérange, cette danse. Elle n'est pas romantique. C'est… comment dire… un prélude. Oui, c'est le prélude à des coups.

Nous regagnâmes l'hôtel vers vingt heures. J'étais fatigué mais comme Julian débordait d'énergie, nous

nous installâmes au bar pour boire un dernier verre, et il ne me parla que de Marisol. Il avait peu voyagé depuis la mort de son père, et je voyais bien que l'exotisme de cette femme l'attirait : le fait qu'elle soit bilingue, contrairement à lui, et peut-être même son visage aux traits indigènes.

– Tu crois vraiment qu'elle ne s'intéresse pas à la politique ? me demanda-t-il. Ça se limite pour elle à ne pouvoir se décider qu'entre deux mauvais choix ?

– C'est ce qu'elle a dit.

– Pourtant, étant de si humble extraction, elle doit haïr la junte militaire.

– Oui, mais peut-être fait-elle partie de ceux qui découvrent en eux-mêmes le moyen d'échapper à l'oppression, répondis-je. C'est pour cette raison qu'ils s'embarquent sur des bateaux et partent vers de nouveaux mondes.

Julian hésita un bref instant, avant de dire :

– Si quelqu'un comme Marisol ne peut pas tenter sa chance, alors, c'est que quelque chose ne va vraiment pas, Philip.

Je souris.

– Tu régleras ça quand tu seras secrétaire d'État, lui lançai-je.

Je ne plaisantais qu'à demi, car à l'époque cela semblait tout à fait possible.

– Très peu pour moi, rétorqua Julian. Tout est politique. Ton père le sait. Il en a pâti plus d'une fois. Tu veux agir bien, or la politique, c'est le mal, et il faut servir la politique.

– Quoi alors ? Il faudra pourtant que tu fasses quelque chose de ta vie.

– Quelque chose dans les coulisses, je suppose. Les rouages secrets.

– Les rouages secrets ? répétai-je, plutôt amusé par l'aspect à la fois vague et aventureux de ce projet. Tu penses à des ruelles sombres et à des messages glissés dans des boîtes aux lettres ? Ça, c'est du travail d'espion, Julian.

– Sans doute, mais ce serait toujours mieux qu'un bureau à Foggy Bottom.

– Ce serait aussi plus dangereux, lui rappelai-je.

– Plus dangereux, oui, approuva Julian. Mais seulement pour moi.

Et sur ces mots, il rit.

9

– Il a ri ? s'étonna Loretta quand je le lui eus raconté.

C'était le jour de mon départ pour Paris, et elle avait insisté pour m'accompagner à l'aéroport. Elle était arrivée chez moi en fin d'après-midi, vêtue d'un tailleur-pantalon vert bronze, les traits si incroyablement reposés que j'aurais juré qu'elle sortait d'un spa.

– Il a ri, oui. Alors, je ne l'ai pas pris au sérieux.

Elle s'était assise devant la fenêtre, dos au parc ; il y avait tellement de lumière qu'elle était à moitié à contre-jour.

– Julian aurait fait un excellent espion, dit-elle. Ça me paraît évident si l'on considère ses livres, son art d'assimiler des informations, de faire des recoupements, d'avoir une vision globale.

– C'est vrai. C'est flagrant dans *Les Yeux d'Oradour*. Je pense à un passage qui ne se situe même pas en France. Il entraîne le lecteur devant les sarcophages de Cozumel, décrit que les habitants de cette île étaient de très petite taille, et de là suppose que tous les Indiens d'Amérique du Sud ont dû paraître bien petits aux yeux des hommes comme Cortés et Pizarro.

– Il n'est pas donné à tous d'avoir l'esprit de synthèse. Sans compter que l'aspect clandestin de ce genre d'activités n'aurait pas été pour lui déplaire : les menées secrètes.

Comme si j'étais assis dans l'obscurité d'une salle de cinéma, je me surpris à imaginer Julian exactement de cette façon-là : une silhouette dans une ruelle battue par la pluie, en imper, chapeau enfoncé sur les yeux, fumant une Gauloise en attendant l'arrivée de son contact, une femme particulièrement belle.

Non, ça ne colle pas, songeai-je.

Julian aurait attendu autre chose.

Mais quoi ?

Sur cette question, une étrange angoisse m'étreignit et, comme si je le regardais de très haut, je vis Julian se pencher hors de la barque, faire les deux horribles gestes, puis un arc de sang jaillir par-dessus bord, long et rouge, se déversant à n'en plus finir jusqu'à ce que toute la surface de l'étang soit d'un rouge profond, épais et impénétrable.

La voix de Loretta me ramena à la réalité.

– Je t'ai apporté ça.

Elle sortit de sa poche une photographie et me la tendit.

– Je l'ai trouvée dans le carnet de Julian. Celui que je lui ai donné le matin de sa mort. Il l'avait glissée à l'intérieur, donc je me dis qu'il devait repenser à ce premier voyage.

Sur cette photo, Julian et Marisol posent devant l'Obélisque, un lieu qui nous avait souvent servi de point de rendez-vous. Il est près de midi : le soleil, à son zénith, ne jette presque aucune ombre. Marisol est à la gauche de Julian, qui la tient par la taille et l'attire gentiment vers lui.

– C'est toi qui l'as prise, Philip ?

– Oui. Lors de notre dernière journée ensemble.

Je contemplai la photo encore un moment, puis levai les yeux vers Loretta.

– Oh, comme c'est bizarre, dit-elle. Julian a eu exactement la même expression que toi.

– Quelle expression ?

– De la frayeur, répondit Loretta. Nous dînions, c'était trois jours avant sa mort. Je révisais un livre sur l'espionnage soviétique. On y parlait d'un agent dont le nom de code était Beaker, une fine mouche. Un agent double. Ce Beaker jouait parfaitement la comédie, mais un beau jour, voilà qu'il se retrouve en présence d'un autre agent qui, il le sait, essaie de le démasquer. Donc Beaker s'emploie de son mieux à paraître détendu, à ce que rien dans son attitude ne laisse penser qu'il sait que ce type cherche à le coincer. Par le passé, il a toujours su dissimuler sa terreur d'être démasqué, mais cette fois-là son agitation prend le dessus… il plie et replie le coin de sa serviette. C'est un geste anodin, mais c'est un tic nerveux et, dès lors, Beaker sait pertinemment que l'autre l'a remarqué et y a vu ce qu'il fallait y voir.

Elle sourit, mais sans joie.

– C'était comme si une goutte de sueur venait de se former sur son front, continua-t-elle, et il n'en fallait pas plus pour que l'autre homme surprenne le petit espion fébrile sous le masque.

– C'est presque comique, dis-je.

– Je trouve aussi. Mais Julian n'a pas trouvé ça drôle du tout. Je l'ai bien vu. Ses pensées le ramenaient quelque part. Et une chose était claire : il comprenait ce Beaker. Je le voyais. Il comprenait que ses nerfs aient lâché. Sur le moment, il n'a rien dit, puis il a murmuré : « Quand on vit dans le mensonge, la vérité se paye au prix fort. »

Nous nous regardâmes en silence, et j'eus alors l'impression qu'un cordon invisible nous liait un peu plus l'un à l'autre.

– Ce n'est pas tout, reprit-elle. Une autre anecdote. Et après, je t'aurai donné tout ce que je peux sur Julian.

Elle semblait un peu réticente à me la raconter.

– La veille de sa mort, reprit-elle enfin, après dîner, il est allé dans le solarium. Un carnet était posé sur la table basse à côté de son fauteuil. Je l'ai vu le prendre et y noter quelque chose. Puis il l'a reposé et, peu après, il s'est assoupi. Quand je suis allée le réveiller, j'ai vu ce qu'il avait écrit. Une seule phrase, et je m'en souviens parce qu'elle était très étrange.

Un bref instant, elle parut captivée par ces mots qu'elle ne s'expliquait pas.

– Il avait écrit : « La vie n'est, au bout du compte, que le Coup de Saturne. »

Je ne savais pas du tout ce que cela signifiait, et le lui dis.

– Je n'en sais pas plus que toi, répondit Loretta. Mais ça devait avoir un sens pour Julian, car après sa mort, quand j'ai retrouvé ce petit carnet, je me suis aperçue qu'il avait arraché cette page. Je ne l'ai trouvée nulle part, et c'était l'été, nous ne chauffions pas au feu de bois. J'ai cherché partout où il aurait pu la jeter ou la cacher. Je ne l'ai pas trouvée, alors il n'y a qu'un seul endroit où il a pu la mettre.

– L'étang, dis-je.

Elle acquiesça.

– Détruire cette note aura été son avant-dernier acte.

– Un subterfuge, murmurai-je. Une dissimulation.

J'eus comme un déclic.

– C'est un de ses thèmes, ajoutai-je.

La frayeur qui avait décomposé le visage de Julian et plus récemment le mien se diffusait maintenant sur les traits de Loretta.

– Un jour, Julian m'a parlé d'une légende dont il avait eu connaissance, dit-elle. Elle vient des îles du Pacifique. Il s'agit du mythe des Roseaux, selon lequel l'âme d'un homme est ligotée par ses crimes inavoués, chacun d'eux s'enroulant autour de lui comme un roseau. Et c'est seulement le jour où ces crimes sont résolus qu'il en est libéré.

Elle m'accorda le temps de la réflexion avant d'ajouter :

– J'ai parfois pensé que Julian était pris dans un roseau.

– Et qu'il en est mort ?

– Peut-être était-ce ce qu'il tranchait. Ce lien métaphorique, j'entends.

Aucune idée lumineuse ne me venant, nous parlâmes d'autre chose jusqu'à l'heure de partir pour l'aéroport.

Le soir tombait sur la ville qui baignait dans les lumières des appartements et les feux de la circulation. Le moment était venu pour moi de m'en aller.

À l'aéroport, je sortis mes bagages du coffre de la voiture.

– Tu reviens quand ? s'enquit Loretta.

– Je n'ai pas encore réservé pour mon retour.

– Ça te convient ?

– Je crois que oui, et en même temps j'avoue que je suis un peu déboussolé, admis-je. Regardons les choses en face : ma seule compétence est de repérer les métaphores et les symboles.

Elle sourit.

– Julian avait coutume de dire qu'on découvre toujours plus de choses quand on ne sait pas ce qu'on cherche.

J'eus un élan d'admiration pour mon ami perdu, pour les richesses qui émaillaient son œuvre. Harry Gibbons se plaignait souvent qu'il était inclassable. Écrivait-il sur les crimes ou sur l'Histoire ? Devait-on considérer ses livres comme des essais ou des enquêtes sur de vraies affaires criminelles ? On y trouvait de petites pépites dans tous les domaines – histoire, science, philosophie, de nombreuses citations – qui, à elles seules, empêchaient les libraires de lui trouver une place dans leurs rayons. Il m'était arrivé de tomber sur ses livres casés en désespoir de cause dans le domaine « Voyages » et même une fois « Vampires ».

– Il aura fait beaucoup de découvertes, murmurai-je.

– Tu en feras toi aussi, Philip, m'assura Loretta.

Je pensai aux si nombreuses années au cours desquelles elle-même avait accumulé nombre de connaissances et d'expériences, à tout ce qu'elle avait lu, à tout ce qu'elle avait vécu, et je me surpris à lui envier une part de ces trésors.

– Je l'espère, lui dis-je, car je pense que quelque chose de très important en dépend.

– Quoi ?

– Nous, répondis-je tout bas, sachant, obscurément, que c'était vrai.

Loretta s'avança et m'embrassa sur la joue.

– Julian n'aurait pu avoir de meilleur ami, dit-elle.

10

Mais Julian avait peut-être eu un aussi bon ami que moi en la personne de René Brossard.

Ils s'étaient connus en Afrique, à l'époque où Julian s'y était rendu pour enquêter sur les exactions de Paul Voulet, et avaient alors voyagé ensemble jusqu'aux avant-postes reculés où ces atrocités avaient été commises. Selon Julian, il flottait autour de Brossard une aura d'anciens crimes, encore qu'il n'en ait jamais révélé la nature. Il faisait en tout cas l'effet de connaître la violence aussi bien pour l'avoir subie qu'infligée ; Brossard étant de ceux qui, dans la vie, tantôt donnaient le coup tantôt le recevaient.

Je l'avais vu quelquefois en compagnie de Julian, mais, en ces occasions, il s'était toujours arrangé pour rester en retrait. Je n'avais jamais pu déterminer s'il fallait y voir une illustration des bonnes manières à la française ou seulement de sa réserve naturelle en présence d'inconnus. Bien entendu, ce pouvait être aussi un signe extérieur de dissimulation, car il y avait, c'est certain, quelque chose d'ambigu chez Brossard.

Il avait pris un coup de vieux en l'espace de ces dernières années. Ses cheveux, à peine poivre et sel dans mon souvenir, étaient devenus tout blancs. Ses pattes d'oie étaient plus marquées, ses rides plus profondes sur son visage allongé. L'éclairage diffus de l'aéroport Charles-de-Gaulle teintait de gris sa pâleur saisissante.

– J'ai été très attristé quand j'ai su pour Julian, dit-il en me tendant la main.

– Ça a été un choc.

– Humm, fit René.

Nous échangeâmes quelques menus propos, puis je le suivis jusqu'à sa voiture, et nous prîmes la route de Paris où j'avais réservé une chambre dans un petit hôtel du côté de l'Opéra.

C'était le début de la matinée, mais j'avais dormi pendant le vol, si bien qu'au lieu de fausser compagnie à René et monter me reposer je lui proposai de se joindre à moi pour boire un café et discuter de la meilleure organisation de mon séjour.

– Je suis navré, mais vous n'allez pas pouvoir accéder tout de suite à l'appartement de Julian, me prévint-il. J'aurais dû vous le dire plus tôt, mais je ne l'ai appris que ce matin.

– Quel est le problème ?

– Le propriétaire de l'immeuble s'est absenté de Paris pour quelques jours et je n'ai pas pu récupérer la clé. Je n'y passe que pour relever le courrier de Julian. Je n'ai jamais eu de double pour entrer chez lui.

Il eut un sourire.

– Peut-être parce qu'il n'était pas doué pour s'occuper de son intérieur, ajouta-t-il en sortant de la poche de sa veste un paquet de cigarettes pour en allumer une. Mais c'était un écrivain doué. Très doué.

Il semblait avoir dit là tout ce qu'il savait de Julian.

– Toujours en train d'écrire, reprit-il. Tap, tap, tap. Jour et nuit.

– Mais personne n'écrit vingt-quatre heures sur vingt-quatre, fis-je remarquer. Il devait bien sortir de temps en temps.

– Ça lui arrivait, oui. Il fréquentait surtout un bar. Le Chapeau-Noir. À Pigalle.

– Oui. Il m'en parlait dans ses lettres. Apparemment, il y allait souvent.

– Le vin y est bon marché, et comme Julian était toujours plus ou moins à court d'argent… Moi, je n'aime pas ce lieu. C'est plein de réfugiés et d'immigrés. Africains, Arabes, des gens qui fuient de mauvaises actions.

– Quel genre de mauvaises actions ?

– Des crimes, précisa Brossard. Il y a ce genre d'endroits à Alger. Les criminels sont comme les poules : ils se blottissent les uns contre les autres. Au Chapeau-Noir, tout le monde a du sang sur les mains.

– Sauf Julian, bien entendu.

– Sauf Julian, oui, répondit Brossard.

– Mais pourquoi avoir choisi un endroit pareil ?

– C'était près de chez lui. Ça a dû être la première porte qui s'est ouverte pour l'accueillir, supposa René en haussant les épaules. C'était un homme triste, Julian. Ces personnes-là le sont souvent. Je l'ai vite compris. Les ténèbres l'attiraient. Je m'en suis rendu compte à Oradour.

– Oradour, répétai-je tandis qu'une idée me venait. Puisque je ne peux pas aller chez Julian, pourriez-vous m'emmener là-bas ?

– Ce n'est qu'un village détruit. Mais, bon, d'accord, quand voulez-vous y aller ?

– Demain matin ?

– Déjà ? Vous ne ferez pas la grasse matinée à cause du décalage horaire ?

– Non, répondis-je. J'aurai récupéré au réveil.

– D'accord, demain, cap sur Oradour, dit René.

Il tira une bouffée de sa cigarette, puis l'écrasa.

– Si ma mémoire est bonne, reprit-il, Julian ne s'intéressait pas tellement aux Allemands. Plutôt aux Malgré-Nous.

Il vit que je ne comprenais pas de quoi il parlait.

– Les Malgré-Nous étaient des Alsaciens que les Allemands avaient enrôlés de force, m'expliqua-t-il. Certains d'entre eux sont passés par Oradour où on les a obligés à faire ce qu'ils ont fait, « malgré eux », comme ils disent.

Je me rendis compte que c'était un des thèmes récurrents de Julian : l'événement inattendu qui, en survenant, révèle chez l'homme un trait de caractère caché et qui, en cela, le laisse éternelle victime d'un mauvais tour du destin.

– Il en avait interviewé quelques-uns, poursuivit René. Des vieillards. Morts, aujourd'hui.

Il eut un petit sourire finaud, un air de fouine.

– Ce serait exactement comme dans un de ces bouquins, vous voyez ? Un thriller ? Le héros recherche un témoin, et le jour où il le trouve, ce témoin est mort.

– Dans un roman de genre, oui. Mais dans ce bar, celui que Julian fréquentait, il connaissait quelqu'un ?

René réfléchit, puis répondit :

– Un prêtre. Ils parlaient en espagnol. Un homme qui venait d'Argentine. Julian disait être allé dans ce pays à une mauvaise période.

– Pendant la « guerre sale », oui.

René hocha la tête.

– Je me rappelle qu'un soir il a évoqué une femme qu'il a connue là-bas. Il était très ému par cette femme. Julian dévoilait rarement ses sentiments, mais cette fois-là j'ai vu que, pour celle-là, la douleur était encore vive.

– Elle s'appelait Marisol, dis-je à René. Elle a disparu pendant que Julian et moi étions à Buenos Aires.

Il haussa les épaules.

– Beaucoup de femmes ont disparu à l'époque, non ?

– Oui, mais elles étaient enlevées par la junte. Marisol, elle, ne s'intéressait pas à la politique.

René s'esclaffa devant ce qu'il semblait considérer comme de la naïveté.

– Elle ne s'intéressait pas à la politique ? s'écria-t-il. Qu'en savez-vous ?

C'était une simple question, mais elle me prit de court car, en effet, j'ignorais si Marisol s'était ou non intéressée à la politique. En tout cas, je n'avais aucune certitude sur ce point.

Face à cette évidence, une lézarde fissura le mur de ce que j'avais toujours supposé la concernant. En vérité, elle n'avait parlé qu'une seule fois de la situation en Argentine, et encore en termes très généraux : *Argentina es un país perdido.*

Mais en quel sens le pensait-elle perdu ? m'interrogeais-je à présent.

Marisol ne l'avait jamais dit.

En tout cas, une chose était claire : si elle écoutait toujours très attentivement Julian, c'était avec un petit air d'adhésion critique à ses idées, comme si, parce qu'il était un Américain privilégié, elle se devait d'avoir des réserves sur lui et sa vision du monde.

Cette défiance éclata au grand jour un après-midi que nous nous promenions dans la Calle Florida. Julian nous parlait des nombreux endroits du bout du monde qu'il espérait visiter à l'avenir, dont Calcutta.

– Le Trou noir de Calcutta fait partie des lieux que j'aimerais voir, dit-il. J'avais toujours cru que cette expression désignait la ville elle-même, pour décrire le fait qu'on y vivait dans le désespoir et la pauvreté. Un cul-de-basse-fosse.

Marisol l'écoutait, toujours aussi concentrée, comme si elle cherchait non seulement à bien comprendre le sens de ses paroles, mais aussi à déceler ce qu'elles pouvaient sous-entendre, un peu à la manière d'un traducteur toujours à l'affût d'une nouvelle expression idiomatique ou d'une autre nuance de sens dans une langue qu'il ne maîtrise pas parfaitement.

– Mais en fait elle désigne un événement, poursuivit-il. Un massacre, en réalité.

Puis, avec moult détails, en nous indiquant la date et le lieu précis, Julian nous expliqua que l'armée indienne avait entassé plus d'une centaine de sujets britanniques dans une pièce exiguë et sans aération, où ils étaient morts asphyxiés ou piétinés au cours d'une longue nuit de calvaire.

– Qu'ont fait les Britanniques ? demanda Marisol.

– Ils ont décrété que les Indiens étaient des sauvages, lui répondit Julian. Et les conditions de l'assujettissement de l'Inde se sont…

– Durcies ? l'interrompit-elle tout bas.

C'était la première fois que je l'entendais couper la parole. Cela ne lui ressemblait pas. De plus, son ton était un peu cassant, mais c'était si imperceptible qu'on pouvait penser qu'il ne reflétait rien de plus que l'anticolonialisme très répandu alors parmi la jeunesse de l'époque. Mais cela ne suffisait pas pour que j'en conclue que Marisol était politiquement engagée au sens où l'entendait René, c'est-à-dire au point de faire d'elle une cible de la « guerre sale ».

René resta silencieux un moment après que je lui eus relaté cette conversation, puis dit :

– Quoi qu'il en soit, vous ne risquiez rien. Julian et vous, j'entends. (Il insistait sur ce point :) En dépit de tout ce qui se passait en Argentine, vous deux, vous ne risquiez rien.

– Non, Julian et moi ne risquions rien, murmurai-je en pensant aux légions de disparus, aux marches hebdomadaires de leurs mères sur la place de Mai.

Mais j'avais beau faire, je n'arrivais pas à placer la Marisol que j'avais connue – si discrète et sans aucun positionnement politique évident – dans les rangs de ceux qui, plus tard, avaient été rattrapés par la répression de la « guerre sale ». Je m'étais toujours dit qu'elle ne risquait pas plus que Julian et moi de tomber sous ses griffes, et c'est pourquoi il ne m'était jamais venu à l'esprit qu'elle avait pu finir dans une geôle humide, battue et meurtrie, gisant dans ses excréments, épiant, avec le peu de conscience qui lui restait encore, les terrifiants bruits de pas de son tortionnaire.

– Vous êtes bien silencieux, remarqua René.

Il me sembla que sa voix me parvenait d'un monde beaucoup moins dangereux.

– Ah bon ? dis-je. Je n'avais pas remarqué.

Il but le restant de son café.

– Demain, dit-il, nous irons à Oradour.

Nous partîmes le lendemain matin, par une journée chaude mais pluvieuse, les rues de Paris enveloppées dans la grisaille d'une brume qui se dissipa peu à peu ; il faisait plein soleil à peine une heure plus tard.

Le trajet jusqu'à Oradour-sur-Glane nous mena vers le Sud, au cœur de ce qui fut la France vichyste. C'était là que Pierre Laval avait signé l'ignominieuse loi sur la déportation des Juifs non français, les envoyant à la mort, et pour laquelle, entre autres actes collaborationnistes, il était passé devant un peloton d'exécution à la Libération.

Julian avait évoqué ces événements dans une lettre qu'il m'avait adressée pendant qu'il travaillait sur Oradour, et son récit de la mort de Laval brossait un portrait étonnamment compatissant de cet homme à ses dernières heures : sa tentative de suicide avortée parce qu'il n'avait pas agité l'ampoule de cyanure avant d'en avaler le contenu, l'écharpe tricolore qu'il avait tenu à porter jusqu'à son lieu d'exécution, pathétique effort pour s'auréoler des lauriers du patriotisme, son ultime déclaration d'amour à son pays qu'il avait criée juste avant que ne retentisse la salve : *Vive la France*[1] !

C'était bien là le savant équilibre entre vision globale et souci du détail que Julian saurait insuffler à ses derniers livres, et d'y repenser tandis que nous approchions d'Oradour-sur-Glane raviva mon admiration pour lui en tant qu'écrivain, renforcée plus encore par ce que René m'avait appris la veille : qu'en France, Julian avait mené une existence solitaire, avait été un habitué d'un bar glauque de Pigalle, qu'il s'était fait le compagnon des exilés et des laissés-pour-compte.

Nous arrivâmes à destination en tout début d'après-midi. Mon idée était de prendre le temps de visiter le site pour mieux m'imprégner de l'atmosphère des lieux à mesure que le jour déclinait, et de façon à terminer mon circuit là où, selon l'ultime passage de son livre, Julian en était parti pour la dernière fois, ayant terminé ses recherches, ses nombreuses heures d'entretiens et

1. En français dans le texte original.

de marche dans ces rues fantomatiques enfin arrivées à leur terme.

Nous nous garâmes près de l'office de tourisme, et pendant les heures qui suivirent, tenant le livre de Julian à la main, je parcourus lentement les rues du vieux village en ruine, flanqué de René qui avait l'air de s'ennuyer. Au côté d'une poignée de touristes, je me frayai un chemin parmi les vestiges de ces bâtisses et m'attardai un moment dans la nef carbonisée de l'église où tant de gens avaient été brûlés vifs, les autres tombant sous les balles en tentant de s'enfuir. Je fis une halte devant l'hôtel Avril où les trois enfants Pinède s'étaient réfugiés pendant que leur village brûlait tout autour d'eux, la fumée et les flammes finissant par les chasser de leur cachette. Derrière l'hôtel, je vis l'endroit où, dans leur fuite, ils étaient tombés sur un SS qui, contre toute attente, les avait laissés s'échapper.

Alors que ma visite touchait à sa fin, je m'arrêtai devant le puits au fond duquel les corps de plusieurs villageois avaient été jetés. Julian aussi avait dû se tenir à cet endroit, et je me pris à tenter d'imaginer ce à quoi il avait bien pu penser pendant que, de ce poste d'observation, ses propres yeux parcouraient les ruines d'Oradour-sur-Glane.

Assurément, il se représentait comment en quelques heures, le 10 juin 1944, Oradour était devenu un véritable enfer sur terre, car dans le récit qu'il en fit, il ne passait aucune horreur sous silence. Il s'était efforcé de décrire cette tragédie sous six cent quarante-deux points de vue, mais c'était de ses propres yeux, à la fin du livre, qu'il voyait le village martyr figé dans son tourment éternel. Cette ultime vision, il l'avait eue depuis la place du marché, c'est pourquoi, lorsque j'y arrivai, j'ouvris le livre et lus tout bas son passage final :

Le crépuscule est tombé sur la place du marché. La voiture avec laquelle le Dr Desourteaux est venu à Oradour cet après-midi-là est encore là où il l'a garée, mais plus dans le même état. Le temps a effacé sa peinture et sa carrosserie s'est rouillée car même une ruine continue de tomber en ruine. Ainsi disparaissent peu à peu les lieux des massacres : les granges Laudy, Milord et Bouchole, la forge Beaulieu, le garage Desourteaux et le petit marchand de vins sur la route de Saint-Junien, l'église où les femmes et les enfants ont été rassemblés et dont le clocher fracassé domine toujours la route que, s'il n'y avait eu la terreur de ce jour-là, ces mêmes femmes et enfants auraient empruntée pour gagner, à une vingtaine de kilomètres de distance, la ville épargnée de Limoges. Les panneaux qui indiquent la direction de ces lieux autrefois anonymes commencent à s'écailler, il faudra bientôt les repeindre. Les boulons qui les maintiennent aux murs d'Oradour-sur-Glane devront également être changés. Car les ruines aussi doivent être réparées, et à chaque réparation, Oradour la ville s'enfonce un peu plus profondément dans Oradour l'événement, processus qui arrivera à son terme le jour où le dernier de ceux qui ont survécu à ces heures terrifiantes sera au-delà de toute forme de réparation, et où les derniers yeux à avoir vu Oradour autrement que comme un village martyr se seront enfin fermés.

Après un silence tendu, je refermai le livre et me tournai vers René.

– Bon, dis-je. On y va ?

Peu après, nous arrivâmes à l'hôtel où il avait réservé. Situé dans le village voisin, petit, au calme, il disposait d'un restaurant où la serveuse, au demeurant très aimable, ne put dissimuler son étonnement quand René, pourtant français jusqu'au bout des ongles, réclama du ketchup avec ses frites.

– Un Américain qui sait se tenir ne ferait jamais ça, lui dis-je.

Il rit.

– Peut-être, rétorqua-t-il, mais étant français, je peux tout me permettre.

Il mangea de bon cœur, en homme habitué à satisfaire ses appétits sans vergogne et, de ce point de vue, l'exact l'opposé de Julian qui avait mené une existence beaucoup plus spartiate.

– Avez-vous jamais vu Julian heureux ? lui demandai-je. L'avez-vous vu un jour piquer un fou rire ?

– Il ruminait souvent des idées noires. C'était dans sa nature.

– Mais non. Jeune, il était heureux et insouciant. Il a eu beaucoup d'aventures. Il menait une vie de bâton de chaise.

– Une vie de bâton de chaise ? s'étonna René.

– Oui, il n'était pas en reste pour faire la fête.

– Oh, je ne dirais pas cela, mais c'est sûr que, de temps en temps, il aimait aller au Chapeau-Noir.

Il serra son verre ballon entre ses grosses mains et le fit tournoyer.

– On croirait un décor de film, ce bar, ajouta-t-il.

– Comment cela ?

Son verre s'immobilisa, tout comme son regard.

– Allez-y, vous verrez, me dit-il.

11

Qu'irais-je faire au Chapeau-Noir ? Julian n'évoquait ce bar dans aucun de ses livres. Il m'en avait parlé dans quelques lettres, mais toujours de manière très allusive, un mot par-ci, un mot par-là. Mais il en disait assez long pour que je comprenne qu'il s'agissait d'un bar typique de Pigalle, c'est-à-dire un peu glauque. Je m'en étais fait une certaine idée : sol en ciment, tables et chaises dépareillées. Julian qualifiait la clientèle de patchwork d'expatriés. Un détail avait retenu mon attention : que c'était le genre d'endroit où les hommes, même quand ils parlent d'amour, semblent parler de meurtre. Pour moi, cette phrase en disait long, et c'était sans doute pourquoi elle était restée gravée dans mon esprit.

Il était clair que Julian fréquentait régulièrement Le Chapeau-Noir et me voilà pris à l'imaginer là-bas, silhouette solitaire vêtue d'un vieil imper, marchant dans une rue luisante de pluie, les lumières du Moulin-Rouge scintillant dans la brume.

C'était une image d'Épinal, certes, mais elle piqua ma curiosité jusqu'à me donner envie de savoir pourquoi Julian avait évoqué Le Chapeau-Noir en ces termes franchement sinistres, un bar où l'amour et la mort se mêlaient à la fumée des cigarettes, s'y entrelaçaient et s'y confondaient jusqu'à ne faire plus qu'un.

– Ça évoquait un peu ces lieux décrits dans les romans d'espionnage qu'il lisait, me dit René quand je lui en parlai le lendemain matin pendant le petit déjeuner. On était encore en pleine guerre froide à l'époque, et ce bar, c'était un peu comme dans la Vienne du film, vous savez…

Il se mit à fredonner la musique du *Troisième Homme*.

– Et maintenant, voilà que vous vous retrouvez dans la même situation que l'Américain dans cette histoire, non ? lança-t-il avec un petit rire. Sur les traces de votre ami mort ?

Je ne m'étais jamais identifié à un personnage de film, même avec un scénario de Graham Greene, mais je devais reconnaître que j'avais, en effet, un peu l'impression de marcher sur les pas de Rollo Martins dans *Le Troisième Homme*. Or, contrairement à lui, je n'étais pas un auteur de romans d'espionnage fauché, et je ne m'attendais pas à rencontrer une policière mystérieuse dans un cimetière, mais en homme ayant mené une vie bien rangée, n'ayant connu que des aventures fort banales et n'ayant jamais pris aucun risque ailleurs qu'à la Bourse, il y avait quelque chose dans l'enquête de plus en plus fouillée menée par Martins sur le mystérieux Harry Lime qui n'était pas sans me rappeler ma propre démarche.

Cependant, j'étais animé de la même conviction que Martins, à savoir que rien de ce qu'il découvrirait sur son ami n'entamerait son amour et son admiration pour lui. C'était tout juste l'assurance que lui donne Anna Schmidt dans une des plus célèbres répliques du film : « Quelqu'un ne change pas simplement parce qu'on en sait plus sur lui. » J'étais sûr qu'il en irait de même avec Julian, car j'étais persuadé, à l'époque, que la bonté d'un homme était comme un filon d'or qui s'élargit en profondeur pour mieux étinceler en son noyau.

Ma visite d'Oradour-sur-Glane m'avait conforté dans ma confiance en sa bonté foncière car c'était là qu'il avait décidé de faire des innocents le sujet de son art en nous donnant à entendre leurs voix, et ce, grâce à un parti pris très simple et redoutable, celui de nier le droit à la parole de leurs bourreaux, de sorte que les villageois émergeaient en tant qu'êtres humains alors que les soldats allemands avaient, pour ainsi dire, disparu.

Disparu.

Étrange comme ce mot me ramena à Marisol, celle dont la disparition avait tant bouleversé Julian, les recherches qu'il avait entreprises pour la retrouver restant l'échec le plus cuisant de sa vie, triste fin de son aventure argentine que n'aurait pu laisser présager son radieux début.

Car radieux, ça l'était au début. Nous étions le plus souvent ensemble tous les trois, trio de jeunes gens à la Jules et Jim, le triangle amoureux en moins.

Mais si Julian n'était pas amoureux de Marisol de cette façon farouchement romantique, il n'en demeurait pas moins qu'il s'était lancé à sa recherche comme si elle avait été une ancienne maîtresse, n'hésitant pas à faire le voyage jusqu'au Chaco pour rencontrer le prêtre qui l'avait élevée.

Cet homme avait une soixantaine d'années, mais il paraissait beaucoup plus vieux. Ses cheveux étaient gris, son visage marqué de rides profondes, si bien que la première impression qu'il donnait était d'avoir connu autant de tempêtes que la paroisse où il avait travaillé dur toute sa vie.

– Il n'était déjà plus tout jeune quand ma tante m'a confiée à lui, nous raconta Marisol alors que nous nous apprêtions à le retrouver en ville. Pourtant, il n'avait pas hésité à accueillir cette gamine qu'il ne connaissait pas.

Cet après-midi-là, elle portait une tenue moins stylée que les autres jours, et elle avait piqué une petite fleur blanche dans ses cheveux, coutume paysanne qui n'avait pas cours dans la mondaine Buenos Aires. Un clin d'œil au prêtre, pour preuve que son cœur – au moins pour une part – était resté auprès de lui, au Chaco.

Le vieil homme, assis seul sur un banc, ne nous vit pas arriver. Il regardait droit devant lui en égrenant un chapelet en bois.

– C'est le père Rodrigo qui m'a envoyée à Buenos Aires, expliqua Marisol en s'adressant plus à Julian qu'à moi. C'est un saint au Chaco.

Nous n'étions plus qu'à quelques mètres de lui, et il me fit l'effet d'être plus vieux que la teinte de ses cheveux ou la texture de sa peau ne le laissaient supposer. Une dimension spirituelle émanait de son grand âge, l'impression qu'il était aussi ancien que sa foi, un témoignage vivant de la scène fondatrice de la crucifixion.

Ce fut lorsque nous fûmes presque devant lui que son regard tomba sur Marisol et qu'il se leva péniblement.

– Ah, ma douce enfant, dit-il en la prenant dans ses bras.

Elle l'embrassa sur les deux joues, puis se tourna vers nous pour faire les présentations.

Le prêtre serra d'abord la main de Julian, puis la mienne.

– J'ai entendu parler de votre père, me dit-il alors. Il paraît que c'est un bon Américain. Un ami. *Hermano en la lucha*.

– Je ne sais pas ce que ça signifie, lui avouai-je.

– Frère dans la lutte, me précisa Marisol.

Frère dans la lutte ?

Je ne voyais pas du tout de quoi le père Rodrigo voulait parler.

– C'est un homme qui est du côté du peuple, reprit Rodrigo. C'est ce qu'on m'a dit. Nous considérons que nous avons en lui un ami dans votre capitale. Les pauvres n'en ont pas beaucoup là-bas.

Il n'avait cessé de me serrer la main avec douceur en me disant tout cela, puis soudain, il la lâcha.

– Dites-moi, comment avez-vous connu ma Marisol ?

La question m'était destinée, mais ce fut Julian qui y répondit.

– Par le consulat américain.

L'expression du père Rodrigo s'aigrit quand il regarda Julian.

– Eux, ils travaillent main dans la main avec les bandits qui tiennent notre pays, affirma-t-il avec conviction. Fais attention à ce que tu dis, mon enfant, ajouta-t-il à l'adresse de Marisol. C'est un nid d'espions, c'est bien connu.

Espions. Le mot retint l'attention de Julian.

– Vraiment ? demanda-t-il. Pour qui travaillent-ils, ces espions ?

– Pour la Casa Rosada, répondit le père Rodrigo. Ils donnent des noms. Puis ces personnes-là disparaissent.

Son regard croisa celui de Marisol, et il mit le doigt sur sa bouche.

– Attention, fit-il avant d'ajouter, avec un coup d'œil vers un banc non loin de là : Venez, asseyons-nous.

Ensuite, le père Rodrigo prit le temps de regarder autour de lui.

– Ah, comme elle est belle, la San Martín ! s'exclama-t-il. Je ne l'avais pas revue depuis que j'étais petit.

Il parlait de la Plaza San Martín qui formait un joli espace vert au cœur de Buenos Aires, où, un peu plus tôt, nous avions rejoint Marisol à sa demande. Elle était située à proximité du terminal des bus de Retiro, nous avait-elle expliqué, et le père Rodrigo avait prévu de quitter la ville le soir même. Je ne voyais pas trop l'intérêt d'être présents, mais Julian y tenait. Il avait clairement indiqué à Marisol qu'il trouvait important de rencontrer ce vieux prêtre.

Au repos, le père Rodrigo paraissait encore plus âgé, et aussi plus négligé. Son col clérical était effiloché ; sa soutane présentait des accrocs. Cela donnait à penser qu'il ne bénéficiait d'aucune aide, que dans la province du Gran Chaco on ne trouvait pas l'équivalent des dames patronnesses de la paroisse de mon enfance, ces braves femmes qui veillaient à ce que leur prêtre soit toujours tiré à quatre épingles, et ce jusqu'à ses slips qu'elles repassaient avec le plus grand soin.

Mon père m'avait expliqué que les membres du clergé sud-américain qui souscrivaient à la théologie de la libération étaient punis par ce qu'il appelait « les hautes instances », mais ces privations imposées donnaient au père Rodrigo un air de sainteté. Voilà l'Église telle qu'elle devrait être, songeai-je, non pas recouverte de pourpre et d'or et abritée dans de splendides cathédrales, mais incarnée par un curé de campagne en soutane élimée.

– Dites-moi, reprit le père Rodrigo en lançant un coup d'œil d'abord à Julian puis à moi, Marisol vous a-t-elle parlé de la région où elle a grandi ?

C'était le cas, en l'occurrence, mais nous n'en écoutâmes pas moins attentivement le prêtre nous expliquer en détail les tristes conditions de vie au Chaco : la pauvreté, le manque d'instruction, toute une jeunesse qui ne pouvait y échapper. C'est à cette prédestination qu'il avait voulu soustraire Marisol. Il avait perçu son intelligence, sa volonté, le fait qu'elle saurait saisir les opportunités qui s'offriraient à elle.

– Ce qu'elle n'a pas manqué de faire, déclara-t-il fièrement, avant de la prendre par les épaules. Ce n'est plus une fille du Chaco.

Marisol arracha la petite fleur blanche de ses cheveux et la donna à Rodrigo.

– Je serai toujours une fille du Chaco, dit-elle.

Le soir tombait sur la Plaza San Martín. Le père Rodrigo se leva péniblement.

– Je vais devoir vous quitter. Mon car va bientôt partir.

Marisol glissa sa main sous le bras du vieil homme.

– Je t'accompagne à la gare, lui proposa-t-elle.

– Moi aussi, renchérit aussitôt Julian.

– Non, dit Marisol d'une voix douce. C'est à moi de le faire.

Et j'ai pensé : c'est l'âme même de la bonté – amour, devoir, sacrifice de soi et esprit de rédemption formant un tout pour lequel il n'existe pas de mot, sinon, peut-être : la grâce.

– Non, je tiens à vous accompagner, insista Julian comme si c'était important pour lui de rendre ce service avec Marisol.

Celle-ci parut hésiter à accepter la proposition de Julian et s'étonner de sa détermination.

– Laisse ces gentils garçons venir avec nous, lui dit le père Rodrigo en posant sa main desséchée par le soleil sur la peau immaculée de la jeune femme. Apprenons à connaître les nombreuses routes qui nous mènent les uns vers les autres.

Sans l'absolue sincérité que je lus dans le regard du vieil homme, j'aurais pu croire que cette dernière phrase sortait tout droit d'un sermon que seul un Barry Fitzgerald[1] aurait pu prononcer sans faire rire : un précepte qui était à la fois profond et mièvre, à la fois vrai et utopique, mais reflétait bien la sincérité du perfectionnisme chrétien du père Rodrigo.

– Venez, dit-il en nous souriant à tous deux, avec un petit signe de tête pour nous inviter à les suivre.

Le terminal des bus était tout proche, mais pour y accéder il fallait descendre une longue volée de marches en béton, ce qui nous obligea à faire des pauses, car le père Rodrigo n'était plus très stable sur ses jambes et, souvent, Marisol le prenait par un bras et Julian par l'autre.

À la gare de Retiro, une foule se pressait dans le brouhaha et les cris, et si certains avaient pour tout bagage des cartons fermés par de la ficelle, c'était le Buenos Aires des années quatre-vingt et non un avant-poste perdu au fin fond de la jungle un siècle auparavant, si bien que la grande majorité des gens portaient

1. Allusion au personnage de prêtre joué par cet acteur dans le film *La Route semée d'étoiles*.

des valises un peu cabossées ou de simples sacs de voyage pas très différents de ce qu'on pouvait voir dans n'importe quelle gare routière américaine.

La seule différence entre le car qui desservait la province du Chaco et les autres tenait au fait que les personnes qui l'attendaient paraissaient plus pauvres et plus résignées que celles qui s'apprêtaient à partir pour des rivages moins lointains et moins inhospitaliers. Le père Rodrigo nous expliqua que c'étaient des paysans qui cultivaient le soja, le sorgho et le maïs.

Le car arriva au bout de quelques minutes. Le père Rodrigo se leva.

– Que Dieu vous garde, nous dit-il.

Il se tourna vers Marisol et lui tendit un collier de perles sombres.

– Elles viennent du Chaco.

Marisol prit le bijou et le mit à son cou.

– Je le porterai tous les jours, dit-elle.

Le vieux prêtre sourit.

– Sois indulgente envers toi-même, ma fille, lui dit-il, et ne m'oublie pas.

Quand le car démarra, Marisol agita la main en tendant le cou pour suivre le père Rodrigo des yeux le plus longtemps possible. Comme il s'était assis du côté opposé, ces efforts étaient vains, mais elle n'y renonça que lorsque le car eut disparu dans la nuit.

– Il prend le risque de se faire arrêter, affirma Julian d'un ton péremptoire.

Puis il regarda Marisol d'un air entendu.

– En disant comme il le fait qu'il y a des espions au consulat américain, ajouta-t-il. Si c'est vrai, et qu'ils travaillent pour la Casa Rosada, ils pourraient se sentir menacés.

Marisol soutint son regard, et je compris qu'elle prenait cette remarque très au sérieux.

– Menacés ? fit-elle. Par un curé de campagne ?

Elle joua distraitement avec les perles que le vieux prêtre venait de lui offrir.

– Il n'est personne pour ceux de la Casa Rosada, souligna-t-elle. Qui prêterait l'oreille aux propos d'un prêtre du Chaco ? Pour eux, ce n'est qu'un grain de poussière.

– La poussière aussi, ça se piétine, avertit Julian en portant son regard vers le car qui s'éloignait dans le lointain. Personne n'est trop insignifiant aux yeux des généraux de la Casa Rosada.

Il s'exprimait avec beaucoup d'autorité, comme s'il avait connaissance de liens secrets entre le consulat américain et les maîtres de la Casa Rosada, ce qui, évidemment, n'était pas le cas. Et pourtant je voyais bien que Marisol prenait ses paroles à cœur, mais elle n'ajouta rien de plus, se contentant, d'un signe de tête, de nous indiquer l'escalier qui nous ramènerait à San Marco.

– Je connais un bon petit restaurant par là, dit-elle. La Flora.

Quelques minutes plus tard, nous nous installions à une table en terrasse. Sans raison apparente, Julian lança la conversation sur le livre que je lisais à ce moment-là, réfutant mon interprétation d'un point précis. Il avait rarement tort en la matière, mais cette fois, j'étais sûr de mon fait, ce qui n'était pas pour me déplaire, alors, pour le prouver, je retournai chercher le livre à l'hôtel – l'occasion pour moi, aussi puéril que cela soit, de clouer le bec à mon ami qui avait une si grande confiance en lui. L'hôtel ne se trouvant qu'à une rue de là, j'en revins donc très vite, pressant le pas vers le restaurant, tout à ma joie d'avoir raison et impatient de le prouver. Mais en m'approchant de notre table, je vis que Julian et Marisol discutaient avec beaucoup d'animation : Julian penché vers elle, et Marisol les traits incroyablement tendus, comme quelqu'un à qui l'on vient de faire une terrible mise en garde. Cette gravité les quitta en un clin d'œil dès qu'ils s'avisèrent de mon retour, et ce ne fut qu'après le départ de Marisol que j'abordai le sujet avec Julian.

– De quoi parlais-tu, tout à l'heure, avec Marisol ?

– De rien, répondit-il.

Il en resta là, mais l'humeur sombre qui avait présidé à leur conversation reprit possession de lui, lancinante, obsédante, et il me donnait l'impression de se poser des questions comme un petit garçon qui a quelque chose à se reprocher.

– Marisol aime le père Rodrigo, dit-il.

– Oui, c'est sûr. J'espère qu'il n'est pas en danger. Mais qui sait ? Tu as raison, ils seraient capables de faire n'importe quoi à un homme comme lui, fis-je remarquer en parcourant la rue du regard. L'Argentine est un pays perdu, comme dit Marisol. Si la gauche venait au pouvoir, elle opprimerait autant que la droite le fait actuellement.

Julian acquiesça sans dire un mot.

– Marisol fait bien de ne pas s'en mêler, poursuivis-je. Parce qu'ils sont aussi fous les uns que les autres dans les deux camps.

Nous restâmes silencieux un moment, les yeux de Julian s'agitant curieusement en tous sens, comme ceux d'un homme qui essaie de trouver son chemin dans une forêt obscure.

– Qu'est-ce qui ne va pas, Julian ? finis-je par demander.

Il me regarda, sa bouche s'entrouvrit, mais, finalement, il ne parla pas. Il détourna les yeux, plongeant son regard dans les profondeurs de la Plaza San Martín gagnée par l'obscurité.

– Rien, murmura-t-il.

Je sentis que si j'insistais, Julian me dirait sans doute à quoi il pensait. Mais la journée avait été longue, et j'étais fatigué.

– Bon, je vais me coucher, annonçai-je.

Julian continuait de scruter le parc.

– Bonne nuit, me dit-il.

Je regagnai ma chambre et me déshabillai, mais avant de me mettre au lit, je jetai un coup d'œil dehors, au bar à tapas six étages plus bas. Julian était toujours assis en terrasse, exactement dans la même position que lorsque je l'avais quitté, le visage tourné vers San Martín. Manifestement, il était préoccupé.

Aujourd'hui, je sais que j'aurais dû redescendre et retourner auprès de lui. S'il n'y avait que des fins heureuses dans la vie, c'est ce qu'un ami aurait fait. Il aurait regardé par la fenêtre, l'aurait vu sous l'éclairage diffus de la place, mesuré l'ampleur, à défaut d'en connaître la raison, de son trouble, pensé au lit qui l'attendait et ressenti le désir de retrouver très vite la douceur des oreillers et la caresse des draps, de s'abandonner au sommeil et aux rêves, car perclus de fatigue, il en aurait ressenti le besoin. Sauf qu'au bout du compte il se serait rhabillé, serait ressorti, serait retourné s'asseoir à la table de son ami auquel il aurait tout simplement dit : « Raconte. » Tout cela, il l'aurait fait parce que, malgré sa jeunesse et son inexpérience, il aurait compris que, parfois, c'est une petite attention comme celle-là qui fait toute la différence.

Fort d'une conception de la vie visant à donner une meilleure image de l'homme, cet ami aurait su tout cela et l'aurait fait.

Mais moi, non.

À présent, avec cette scène qui repassait dans mon esprit, se posait de nouveau la question de savoir si Julian avait raison de penser que le père Rodrigo risquait de se faire arrêter. C'est pourquoi, à mon retour à Paris, je décidai de voir si je pouvais y répondre.

12

Dès que j'eus regagné mon hôtel, je composai le numéro de mon père et patientai comme toujours le temps qu'il réponde, ce qui, cette fois, fut plus long que lorsque je l'avais appelé le soir de mon arrivée à Paris.

Il finit par apparaître sur mon écran d'ordinateur, déjà en pyjama alors que c'était la fin de l'après-midi à New York.

– Je te vois très nettement, lui dis-je.

Ça le fit sourire.

– Moi aussi. C'est amusant.

Nous parlâmes un moment de choses et d'autres : du temps qu'il faisait à New York et à Paris, des toutes dernières nouvelles du monde et des États-Unis, de ce que je pensais de René, et de notre visite d'Oradour-sur-Glane.

– Tu te rappelles que lorsque Julian et moi étions à Buenos Aires nous avions rencontré un vieux prêtre, le père Rodrigo ? plaçai-je enfin.

– Oui, bien sûr. Tu m'avais même dit qu'il avait entendu parler de moi. Ça m'avait surpris.

– Tu as une idée de ce qui a pu lui arriver ?

– Tout ce que je sais, c'est que lorsque Julian s'est rendu dans la province du Chaco, il n'y était plus. Mais ça, Julian a dû te le dire.

– Un disparu de plus.

– C'est aussi ce que pensait Julian.

– Il t'en a parlé ?

– Oui. Si j'ai bien compris, ce prêtre avait tenu des propos un peu subversifs. Julian me les a rapportés, mais je ne voyais pas où était le mal. Chacun savait, après tout, que nous étions plus ou moins de mèche avec la junte militaire.

– Quoi d'autre pourrait expliquer qu'on n'ait plus revu le père Rodrigo ?

– Bah ! tu sais, parfois, certaines personnes décident de s'évanouir dans la nature, répondit mon père. Dans l'Argentine de l'époque, les raisons ne manquaient pas.

– Qu'est-ce qui aurait pu le pousser à quitter le pays ?

– Rien, s'il n'était réellement que ce qu'il prétendait être.

– Un curé de campagne, tu veux dire ?

– Oui, acquiesça mon père. Même s'il avait la langue bien pendue.

– Tu crois que le père Rodrigo aurait pu mener une double vie ?

– Tout ce que j'en dis, c'est qu'il est envisageable qu'en Argentine, à l'époque, un prêtre comme lui ait pu être utilisé.

– Par qui ?

– Par les Montoneros, pardi. Beaucoup d'hommes d'Église travaillaient pour eux.

Il se rendit compte que je ne voyais pas du tout de quoi il parlait.

– Leur organisation était presque dissoute au moment où tu es allé là-bas, m'expliqua-t-il. Mais avant la prise de pouvoir par la junte, ils assassinaient tous leurs opposants. Si le père Rodrigo faisait partie des Montoneros et qu'il ait appris qu'il avait été démasqué ou était sur le point de l'être, il a pu juger plus judicieux de quitter le pays.

– Comment s'y serait-il pris ? C'était un pauvre curé de campagne.

– Oui, mais les Montoneros auraient pu financer son départ.

– Avec quel argent ?

– Avec les millions que leur rapportaient les enlèvements de personnes et les braquages de banques. Un kidnapping leur a procuré à lui seul soixante millions de dollars. C'est la plus grosse rançon jamais payée. Elle figure dans le Guinness des records.

– Julian aurait-il pu être au courant ?

– J'en doute. Pourquoi me poses-tu cette question ?

– Parce qu'il semblait penser que le père Rodrigo pourrait se faire arrêter. C'est ce qu'il a dit à Marisol.

Mon père se figea.

– Je l'ignorais, dit-il d'un ton égal et, sur le moment, il me fit l'effet d'être un homme assis dans une salle de cinéma dont les lumières se sont éteintes, attendant que commence un film dont il redoute le scénario.

– Il n'y a jamais fait allusion ? insistai-je. Pas même après son retour d'Argentine ?

Mon père secoua la tête.

– De toute façon, ajouta-t-il, nous nous sommes peu parlé par la suite.

C'était vrai. Julian n'avait que rarement revu mon père après l'Argentine, et seulement à l'occasion de réunions telles que le mariage de Loretta et les obsèques de Colin.

– Les gens bien comme ce père Rodrigo se font parfois manipuler, dit-il tout bas comme s'il pensait aux moments où la vie nous prend en traître.

– Mais Julian ne pouvait pas savoir si le père Rodrigo était un agent des Montoneros.

– C'est juste. Pour obtenir ce genre de renseignement, il aurait fallu qu'il ait un contact à la Casa Rosada.

– Ce qui n'était pas le cas.

– Non, bien sûr que non, répondit mon père. Eux, c'était le mal absolu.

Ses yeux parurent voir très nettement la nature de ce mal.

– Ils torturaient les gens sans aucune pitié, murmura-t-il.

Voyant son humeur s'assombrir, je décidai de changer de sujet.

– Tu sais, c'est intéressant d'envisager que le père Rodrigo puisse toujours être en vie, dis-je d'un ton plus léger. Et que, si les Montoneros l'ont aidé à quitter le pays, il puisse se trouver n'importe où.

En disant cela, je pensai au prêtre de l'ombre en compagnie duquel Julian avait souvent été vu au Chapeau-Noir.

– Vraiment n'importe où, murmurai-je presque pour moi-même.

– Oui, vraiment n'importe où, répéta mon père qui, de nouveau, se rembrunit. Il est dangereux, Philip, dit-il alors, le monde dont tu t'approches.

– Et pour finir, mon père m'a dit que je m'aventurais dans un monde dangereux, rapportai-je à Loretta quand je lui téléphonai plus tard dans la soirée.

Elle m'avait écouté en silence, et quand j'en eus terminé, elle s'accorda un instant de réflexion avant de prendre la parole.

– Tu crois que ce prêtre aurait pu réellement être un Montonero ?

– Je n'en sais rien, répondis-je, tout en envisageant aussitôt cette éventualité.

Il était toujours possible que le père Rodrigo ait pu se laisser séduire par une forme de théologie révolutionnaire, accepté d'aider les Montoneros d'une façon ou d'une autre puis, une fois la junte sur sa piste, ait jugé nécessaire de fuir le pays.

Je partageai cette hypothèse avec Loretta en ajoutant, et j'y croyais déjà à moitié :

– Qui sait, peut-être même qu'il est à Paris. Qu'il va dans ce petit bar que Julian fréquentait. D'après René, il y rencontrait souvent un prêtre.

J'avais dit cela sur le ton de la plaisanterie, un peu comme si j'énumérais les ingrédients d'un roman à sensation torché à la va-vite, mais ce fut avec gravité que Loretta me répondit.

– Ton père a raison. C'est un monde dangereux.

Il y eut un bref silence, puis elle murmura :

– Sois prudent, Philip.

Certains avertissements sonnent comme le glas, et ce fut le cas de celui que me donna Loretta.

Ne serait-ce que pour cela, j'aurais dû m'y conformer, ce qui m'aurait permis d'anticiper les terreurs qui s'ensuivraient. Mais le Coup de Saturne n'épargnant personne, ainsi que Julian l'avait appris, j'allai aveuglément de l'avant.

TROISIÈME PARTIE

L'Effroi

13

Dans *L'Effroi,* sa curieuse méditation autour d'un des affreux mignons de Gilles de Rais, Julian écrit :

> *La route de l'horreur morale n'est jamais toute droite. On passe toujours par des rampes d'accès, des escaliers, des couloirs et des tunnels, la salle secrète demeurant à jamais cachée aux yeux de ceux qui seraient horrifiés par ce qu'ils y trouveraient.*

Nous avons tous notre salle secrète, me dis-je, mais le plus souvent elle ne recèle rien de plus effrayant qu'un désir qui nous est propre, ou simplement la triste prise de conscience d'une inexplicable inadéquation que nous n'osons pas avouer. Pourtant, Julian aurait été le dernier dont j'aurais soupçonné que ce fût le cas. Il avait été profondément marqué par la mort de son père, mais avait surmonté cette perte, repris pied et continué d'aller de l'avant, retrouvant confiance en lui jour après jour et, au bout d'un mois environ, il semblait redevenu le garçon que j'avais toujours connu, et peut-être plus déterminé que jamais à laisser son empreinte dans le monde.

Déjà, sa résilience avait suscité mon admiration. Par la suite, à mesure que sa vie prenait forme, je trouvais aussi qu'il avait du courage physique. C'était un voyageur intrépide qui ne craignait pas de traverser des contrées si lointaines que, parfois, il avait pu se croire sur la Lune. Rimbaud, après avoir échoué en Égypte, avait écrit des lettres avec une plume trempée dans des regrets cuisants, aux cris de pourquoi, oh pourquoi suis-je ici ? J'étais convaincu que Julian avait souvent dû avoir le sentiment de flotter dans une telle mer d'étrangeté, seul, sans amis, connaissant peu la langue et les coutumes du pays, sans argent, avec, pour compagnons, les plus vils mécréants de l'Histoire qui occupaient ses pensées. Il faut du courage pour parcourir le monde de cette façon, et c'est peu dire que Julian l'a parcouru.

Mais ce courage physique me semblait parfois extrême et excessif. J'avais pu voir des cicatrices sur ses bras, des bleus sur son corps. Il ne m'expliqua jamais ces blessures, mais, une fois, j'ai cru comprendre comment il les recevait.

Nous nous promenions dans Chueca, un des quartiers les plus mal famés du Madrid de l'époque, quand deux jeunes hommes sortirent d'un bar en titubant et partirent vers les lumières scintillantes de la Gran Vía. En chemin, ils tombèrent sur une jeune gitane, avachie contre une façade dans la pose traditionnelle d'une mendiante. Normalement, pareils fêtards seraient passés sans lui accorder la moindre attention, mais ces deux-là s'arrêtèrent pour la provoquer. « Regarde-moi ça, disaient-ils. Tu sens la sale odeur de cette putain ? »

Quand Julian et moi arrivâmes à leur hauteur, leurs insultes avaient dégénéré en agression, l'un des deux ayant planté le bout de sa chaussure dans la poitrine de la femme en continuant de l'insulter : *puta, coño* et autres amabilités.

Julian lui lança, en espagnol :
– Laisse-la tranquille !
Il avait parlé calmement, mais avant que l'homme ait eu le temps de retirer son pied, il s'était élancé sur lui et tous deux se retrouvèrent étalés dans la rue. Je ne tentai pas de m'interposer, et l'autre agresseur en fit autant, si bien que Julian et son adversaire roulèrent sur eux-mêmes un moment avant de se relever, l'Espagnol pestant dans sa barbe tout en s'éloignant d'un pas chancelant.

Ce soir-là, Julian s'en sortit presque sans une égratignure, et nous poursuivîmes notre chemin. Mais je soupçonnais qu'en d'autres circonstances où il avait agi de la sorte il en avait été quitte pour se faire tabasser. J'idéalisai ces affrontements d'une façon qui l'ennoblissait, lui attribuai le rôle de défenseur de la veuve et de l'orphelin, non sans me demander quelles étaient ses véritables motivations. Éprouvait-il le besoin de mettre son courage à l'épreuve ? Avait-il décidé que la grande œuvre dont il rêvait autrefois ne trouvait sa réalisation que par de petits actes d'abnégation ? Je sais que, parfois, la palme du martyre s'obtient moins par la sainteté que par l'ambition spirituelle ; arrivait-il à Julian de ressentir des pincements au cœur dus à ses espoirs flétris, et était-ce pour cette raison qu'il se jetait à corps perdu dans des actes d'altruisme inconsidérés ?

Je n'avais pas de réponse à cette question, et pour cause ! Mais plus j'y songeais, plus je me disais qu'il y avait quelque chose d'enfoui en lui : un besoin, un remords qui livrerait la clé de son être. Je ne savais pas où aller chercher une réponse et, faute de mieux, décidai de faire un saut au Chapeau-Noir. Qui sait, avec un peu de chance, je croiserais peut-être l'homme que

Julian y rencontrait, celui avec qui il aurait discuté de Marisol.

René n'avait pas forcé le trait : Le Chapeau-Noir était bien le genre d'endroit qu'on trouverait dans les pages d'un roman de gare. Il se distinguait surtout par son atmosphère, et même si sa salle obscure ne disparaissait pas sous des nuages de fumée de cigarettes, on en ajouterait forcément à toute description qu'on ferait du lieu. On y inclurait également l'éclairage tamisé qui, oscillant bizarrement, jette telle silhouette dans l'ombre, dessine telle autre à contre-jour, faisant tantôt apparaître tantôt disparaître un front, une mâchoire, un œil sous un bandeau, chaque visage décomposé en pièces de puzzle. On compléterait le tout par quelques tables en bois disposées çà et là et, dans un coin, deux hommes en costume de lin, l'un arborant une très fine moustache et l'autre rasé de frais, coiffé d'un panama. Des bribes de phrases en diverses langues fondraient sur vous comme des chauves-souris : de l'espagnol en réponse à du grec, un zeste d'allemand derrière un rideau, du turc là où un homme en fez rouge boit du thé dans une tasse en porcelaine blanche. À sa gauche, un Anglais en tenue de soirée, venu s'encanailler après un dîner de gala à l'ambassade. Nul doute qu'il y aurait aussi, assis dans un coin, un Américain vêtu d'un costume foncé, à l'air candide et ingénu, mais avec un revolver à portée de main.

Ce serait moi, me dis-je en m'avachissant, sans revolver, au fond de la salle pour observer les habitués du Chapeau-Noir.

René m'avait précisé que l'endroit était mort jusque vers minuit, je m'étais fait un devoir d'arriver après. Quelques tables étaient occupées, mais pas du tout par la bande de personnages douteux que je m'étais attendu à voir. Effectivement, la clientèle était cosmopolite, mais rare était le client qui avait une tête de malfrat ou de trafiquant. Des Algériens s'étaient regroupés à une table sur le côté. Un petit groupe d'Indiens monopolisait une extrémité du bar, jetant des coups d'œil un peu nerveux vers la salle, mais je n'aurais su dire s'ils craignaient l'irruption de la police ou une rixe avec les Nord-Africains. Les autres étaient des Français ou des Européens de l'Est, et, à un moment, je crus entendre un peu d'allemand.

Les murs du Chapeau-Noir exhalaient une humidité moisie qui n'était pas sans m'évoquer un bouge à marins dans un port. J'aurais pu me croire à Marseille ou à Naples, mais je ne sais pourquoi – peut-être à cause de la présence des quelques Maghrébins –, je l'associai, en un artifice de la pensée très littéraire, à l'ancienne Cadix, connue des Phéniciens, comptoir commercial immémorial peuplé de toutes sortes d'aventuriers et de déserteurs, havre de paix pour l'engeance criminelle de deux continents, sûrement la première ville d'intrigues au monde.

J'étais venu dans l'espoir de rencontrer le prêtre avec qui Julian avait été souvent vu « en sombre conclave », comme disait René avec son emphase habituelle et son goût pour l'hyperbole. Encouragé par mes quelques questions, il m'avait décrit l'homme et même proposé de m'accompagner, ce dont je l'avais remercié en déclinant son offre. Je devais être seul, me disais-je, pour découvrir Le Chapeau-Noir, comme, supposais-je, Julian devait l'être le jour où il l'avait découvert. J'en étais venu à penser qu'il fallait que je voie ce que Julian avait vu, que je parle à ceux avec qui il avait parlé, que j'aille là où il était allé, que je « devienne » lui en quelque sorte, comme lui-même s'était mis dans la peau des grands criminels qu'il avait étudiés. Un tel projet est toujours potentiellement dangereux, car il équivaut à descendre les rapides de la psyché d'un autre. Pourtant, peu à peu, je me laissai emporter – ou peut-être attirer –, m'y enfonçant de plus en plus, par la tournure d'esprit et le caractère de Julian. C'était comme si je le suivais une fois encore à l'intérieur de ces grottes que nous allions parfois explorer dans les environs des Deux Bocages, lui, ouvrant toujours la marche, m'encourageant à continuer d'avancer par un « Oh, voyons, Philip, qu'avons-nous à craindre ? », et moi restant à la traîne, me retenant de répondre : « Tout. »

Oui, soudain, j'eus l'impression de me couler encore dans son sillage de cette façon-là, me glissant dans des espaces de plus en plus étroits, des grottes obscures, exiguës et étouffantes, en cela pas très différentes de celles des Deux Bocages.

Naturellement, personne ne m'adressa la parole, mais cela ne me dérangeait pas outre mesure car je parle très mal le français, et j'aurais été parfaitement incapable de soutenir une conversation avec n'importe quel client du bar.

Malgré tout, les soirées que je passai dans ce bar éveillèrent chez moi une certaine empathie pour les déshérités, semblable à celle qui avait animé Julian. Il faut dire qu'il flottait dans cet endroit une aura de choses précieuses irrémédiablement perdues. Pour certains, c'était leur patrie ; pour d'autres, leur idéal politique ; pour d'autres encore, quelque rêve romantique que les dures réalités de la vie remettaient perpétuellement à plus tard.

Sans m'en parler, René, plus pragmatique que moi dans ses recherches, avait réussi à localiser le prêtre que Julian avait parfois rencontré au Chapeau-Noir. Placé en garde à vue pour ce que René appelait « une histoire de papiers », il venait d'être relâché et René m'avait assuré qu'il se rendrait dans ce bar le lendemain soir.

Ce qu'il fit.

Depuis ma discussion avec mon père, j'entretenais le mince espoir que ce prêtre puisse être le père Rodrigo, espoir encouragé par la description que René m'en avait faite : un vieillard à la peau brune et tannée, très maigre, le dos voûté. Un tel homme pourrait bien être le prêtre si cher au cœur de Marisol, il aurait aujourd'hui plus de quatre-vingts ans, et sûrement, si la vague supposition de mon père se révélait exacte, retirait toujours de modestes sommes sur Dieu sait quel argent des Montoneros. J'imaginais qu'il n'avait pas changé, sauf physiquement, et que, depuis que le bon vieux communisme était en miettes, il défendait toujours le rêve d'un même genre de radicalisme chrétien et d'un égalitarisme selon moi naïf.

Mais l'homme que je rencontrai ce soir-là était beaucoup plus jeune que le père Rodrigo. Plus petit aussi, et un peu plus rond, au teint mat et aux cheveux noirs clairsemés qu'il séparait par une raie à gauche.

– Ah, c'est donc vous l'ami de Julian, dit-il comme je venais vers lui.

Son fort accent espagnol recelait aussi des traces d'autres pays, ce qui laissait supposer qu'il avait mené une vie nomade, que sa voix portait les empreintes de ses voyages.

– Quand je l'ai connu, il revenait tout juste de Bretagne, précisa-t-il.

Son sourire teinté de regrets suggérait que sa traversée de la vie n'avait pas été de tout repos, mais son regard disait une autre histoire.

– Julian a remarqué que je buvais du malbec d'Argentine, poursuivit-il. Et il m'a abordé.

Il me tendit la main.

– Je m'appelle Eduardo.

– Philip Anders, dis-je dans l'espoir de lui soutirer son nom.

Mais il ne réagit pas, et nous allâmes nous asseoir à une petite table au fond de la salle, Eduardo s'empressant de se placer dos contre le mur en homme clairement habitué depuis longtemps à garder l'œil à la fois sur la porte d'entrée et les sorties de secours.

– Nous avons d'abord parlé de Cuenca, raconta-t-il. Julian avait vécu quelque temps dans cette région d'Espagne.

Son sourire était chaleureux, cordialité démentie par ce qu'il ajouta :

– Il y a des années, j'étais jeune et révolté, je suis allé à Cuenca pour tuer un homme. Il avait fait du tort à ma sœur, à Saragosse. Il avait introduit les drogues dans sa vie, et ça l'avait tuée. Partout, il répandait son poison. Dommage qu'un autre couteau que le mien ait trouvé son cœur. Je voulais que mon visage soit le dernier qu'il voie.

Il fit signe au serveur et commanda une bouteille de vin, mais pas un malbec. Quand on nous l'apporta, il nous servit, puis leva son verre.

– Vous connaissez le toast des fascistes ? me demanda-t-il.

– J'ai bien peur que non.

– Il date de la guerre civile espagnole. Il a été porté pour la première fois à Salamanque. Vous imaginez ?

L'ancien siège du savoir de l'Espagne. En présence de Miguel de Unamuno, le plus grand philosophe du pays. Porté par un général borgne et manchot de l'armée de Franco.

Il fit tinter son verre contre le mien.

– « Longue vie à la mort. »

Ce toast n'était guère engageant, mais je trinquai de bon cœur.

– C'était un homme intéressant, Julian, dit Eduardo en reposant son verre. J'aimais beaucoup discuter avec lui.

– De quoi parliez-vous ?

– De plein de choses, répondit Eduardo avec un léger sourire. Julian était très cultivé. Il avait beaucoup lu. Mais, à l'époque, il s'intéressait surtout aux femmes diaboliques.

Je repensai à celles qu'il avait évoquées dans ses livres : la Meffraye, la comtesse Báthory.

– Oui, dis-je, il écrivait sur ces femmes-là.

– Oui, je le sais, mais celle dont il me parlait le plus, il n'a jamais écrit sur elle. Mais il s'y intéressait de très près et m'en parlait souvent.

– Qui était-ce ?

– Elle s'appelait Ilse Grese.

Voyant que ce nom ne me disait rien, il ajouta :

– Elle était kapo à Ravensbrück.

– Le camp de concentration ?

– Oui.

Irma Ida Ilse Grese, découvrirais-je plus tard, était née à Wrechen, en Allemagne, en 1923. Son père, ouvrier dans une laiterie, avait adhéré très tôt au parti nazi et, on peut le supposer, inculqué ses opinions politiques à sa fille. À quinze ans, elle abandonna l'école en raison de ses piètres résultats scolaires et parce qu'elle subissait les moqueries de ses camarades de classe, notamment pour son engagement déjà fanatique au sein de la Ligue des jeunes filles allemandes, une organisation nazie. Elle travailla alors comme aide-soignante dans un sanatorium SS. Elle tenta de suivre une formation d'infirmière, mais son projet fut contrarié par la Bourse du travail allemande qui lui procura d'abord une place de vendeuse en magasin, puis une succession de petits emplois agricoles jusqu'à ce qu'elle trouve sa véritable vocation comme garde, d'abord à Ravensbrück, puis à Auschwitz où, dotée de plus de pouvoirs qu'une modeste laitière n'aurait jamais pu en rêver, elle avait apporté sa touche personnelle à la fournaise de cet enfer.

– Elle était très cruelle, cette femme, poursuivit Eduardo. Julian m'a raconté les horreurs qu'elle a commises. Elle portait toujours de grosses bottes et une cravache. Elle affamait ses chiens jusqu'à les rendre fous, puis elle les lâchait sur ses prisonnières. Elle prenait plaisir à leurs souffrances. Un vrai monstre.

– Pourquoi n'a-t-il pas écrit sur elle ?

– Peut-être parce qu'elle était trop simple, suggéra Eduardo avec un haussement d'épaules. Pour lui, elle n'était rien qu'une brute parmi d'autres. C'était l'autre qui le captivait à l'époque. Celle qu'on appelle « la Meffraye ».

Perrine Martin, plus connue sous le sobriquet de la Meffraye, qui « donnait l'effroi à tous ceux qui la regardaient passer ». Julian la décrit sous les traits d'une vieille femme, rabatteuse de longue date pour Gilles de Rais. À son service, elle fit preuve de beaucoup d'habileté pour lui procurer de jeunes enfants, malgré son apparence peu engageante : longue robe grise, chapeau et voile noirs. Sa réelle implication dans les nombreux meurtres attribués à Gilles de Rais lors de son procès tenait davantage, selon Julian, d'un sombre récit de sorcière que de la vérité, mais il suggère qu'elle possédait des qualités démoniaques allant bien au-delà de ses crimes – en premier lieu, son étonnante capacité à tromper son monde.

Quoi qu'il en soit, c'est pour meurtres qu'elle fut arrêtée, et elle les avoua tous, faisant la déposition la plus circonstanciée et la plus terrifiante de tout le procès de Gilles de Rais. Ensuite, elle fut emprisonnée au château de Nantes, où, vraisemblablement à un âge très avancé, elle mourut : fin de son histoire, du moins telle que Julian l'avait reconstituée dans son livre.

– Cette femme inspirait de l'effroi, dit Eduardo. Julian s'est beaucoup intéressé à elle.

– Oui, je sais, dis-je, mais par moments, dans son livre, il donne l'impression de décortiquer moins ses crimes que sa remarquable maîtrise de la dissimulation.

Eduardo rit de bon cœur.

– Une gentille mère-grand, oui. Vous avez raison, c'est en cela que Julian voyait chez elle la véritable incarnation du mal. C'est ce qu'il disait. Avant le crime, il y a la dissimulation.

– La dissimulation, répétai-je tout bas.

Mot qui me ramena à un passage du livre de Julian sur la Meffraye, à sa métaphore très significative par laquelle il comparait la gentillesse, la simplicité, la dévotion et l'humilité de cette femme aux crans de la lame du couteau qu'elle tenait.

Eduardo parut deviner les sombres inquiétudes ravivées en moi.

– J’en étais venu à me demander si quelqu’un avait trahi Julian dans sa jeunesse, dit-il. Ce serait possible ? Y a-t-il eu une telle personne ?

– Pas que je sache, répondis-je, en ajoutant aussitôt ce qui me parut être encore plus vrai : Cela étant, je suppose que Julian ne me disait pas tout.

Nous continuâmes de bavarder un moment, ce qui me donna l’occasion de constater que Julian avait parlé de beaucoup de choses à Eduardo : de sa jeunesse, de la mort de son père, du profond sentiment de perte qu’il avait ressenti à ce moment-là, et de sa conviction, depuis lors, que tuer un père revenait à tuer un fils. Il lui avait aussi raconté quelques anecdotes sur ses voyages avec Loretta et ses séjours aux Deux Bocages.

Au passage, j’en appris un peu plus sur Eduardo, notamment qu’il n’avait jamais été prêtre, mais utilisait cette couverture et de faux papiers pour circuler discrètement dans toute l’Europe. Ces déplacements avaient piqué la curiosité de Julian, me dit-il, qui l’avait questionné sans relâche à leur sujet. C’était au cours de ces conversations qu’Eduardo lui avait demandé quels avaient été ses tout premiers voyages. Julian avait d’abord raconté ses heureux séjours à l’étranger avec son père et Loretta, puis, comme à contrecœur, selon Eduardo, il lui avait parlé de l’Argentine.

– Pour lui, ce n’était pas un endroit où il faisait bon vivre. Il m’a raconté que Buenos Aires était un nid d’indicateurs et d’espions.

– C’est vrai. Le pays était en pleine « guerre sale » quand nous y sommes allés.

Eduardo hocha la tête.

– Julian m’a dit qu’il était arrivé un malheur là-bas. À une femme qu’il a connue.

– Notre guide, oui. Pendant que nous étions à Buenos Aires, elle a disparu. On ne l'a jamais retrouvée.

– Et Julian aimait cette femme ?

– Non, répondis-je. Du moins, pas d'amour. Disons qu'il s'était pris d'affection pour elle.

– Alors, s'étonna Eduardo, c'est qu'il avait une autre femme dans sa vie ?

– Pas à ma connaissance. Pourquoi ?

– Parce que Julian donnait l'impression d'avoir été trahi.

– En quoi ?

– En ce qu'il paraissait ne pas pouvoir surmonter cette trahison. Chez la plupart des hommes, c'est une femme qui laisse cette blessure. Ce n'était peut-être pas le cas pour lui.

Il se tut, il se posait des questions sur Julian, je le voyais.

– Julian m'a dit que sur les murs des cellules du goulag, les prisonniers ont écrit un mot plus que tout autre, reprit-il au bout d'un moment. On ne s'y attendrait pas, à ce mot. Ce n'est ni maman, ni papa, ni Dieu.

Il parut être à nouveau en compagnie de mon ancien ami, scrutant la gravité de ses traits.

– C'est *zachem*.

– Qu'est-ce que ça veut dire ? demandai-je.

– Ça veut dire « pourquoi ».

Le regard d'Eduardo se fit plus noir, plus intense.

– Je pense qu'il était aussi gravé dans l'esprit de Julian, ce mot, dit-il. Et qu'il y a été gravé par une trahison.

14

Plus tard cette nuit-là, couché dans mon lit, incapable de trouver le sommeil, je revis Julian tel qu'il était pendant notre vol à destination de Buenos Aires, sa surexcitation enfantine de l'époque n'ayant rien à voir avec l'homme qu'il deviendrait plus tard : solitaire, secret, un habitué d'un bar de Pigalle qui parlait de femmes diaboliques déguisant savamment leurs viles intentions criminelles, et qui, comme disait Eduardo, avait le mot *zachem* gravé dans la tête.

Au souvenir de l'ineffable angoisse que j'avais éprouvée en entendant ce mot, je repensai à mes retrouvailles avec Julian à son retour de France avec le manuscrit achevé de *L'Effroi,* et notamment à une remarque qu'il avait faite au cours de notre conversation : selon lui, la duplicité était l'acte le plus cruel qui soit. El Cepa avait trompé ses voisins en leur faisant croire à sa mort. Les soldats allemands avaient trompé les habitants d'Oradour-sur-Glane en leur laissant penser qu'il s'agissait d'un simple contrôle d'identité. La Meffraye trompait les enfants qu'elle amenait à Gilles de Rais pour qu'il les tue.

– C'est sur ce thème que tu travailles en ce moment, Julian ? lui avais-je demandé. La duplicité ?

Je le sentis aussitôt sur la défensive, comme s'il dressait un mur entre nous. Il jeta des coups d'œil à droite et à gauche, puis regarda ses mains avant de répondre :

– Je repense souvent à ce qu'a écrit Thoreau : que même si c'est par jeu que les enfants tuent les grenouilles, les grenouilles meurent pour de vrai.

Aussi étrange que me parut cette réflexion, j'y vis une invite à parler ouvertement de ce qui, à l'évidence, le tourmentait, mais je cédai à un moment de suprême insensibilité et devins pédant.

– Thoreau l'a emprunté à Plutarque, dis-je en une petite démonstration d'érudition, qui l'avait lui-même emprunté à Bion de Smyrne.

Julian hocha la tête.

– Nous sommes tous des voleurs, je suppose, ajouta-t-il. Des espions, des agents secrets.

– Des maîtres dans l'art de la manipulation, me déclara René le lendemain matin pendant que nous prenions le petit déjeuner dans la salle à manger de l'hôtel. C'est ainsi que Julian qualifiait les espions et les agents secrets.

– Il avait dit à Eduardo que Buenos Aires en était rempli à l'époque où nous y étions. Ce qui était probablement le cas, mais Julian ne pouvait disposer de beaucoup d'informations sur ce genre de choses.

– Alors, pourquoi ce qu'il disait vous trouble-t-il ? Je le vois bien.

Il n'avait pas tort. Encore maintenant, je ressentais un pincement au cœur de ne pouvoir être certain de ce que Julian avait pu savoir ou pas.

– Ce qui me trouble, répondis-je, c'est que Julian a estimé avoir été trahi à un moment de sa vie. C'est ce qu'Eduardo m'a dit. Il a été très affirmatif.

Je lui racontai le souvenir qui m'était revenu pendant la nuit : la conversation assez énigmatique que j'avais eue avec Julian au moment où il remettait le manuscrit de *L'Effroi,* son air tourmenté quand il avait abordé la question de la duplicité en la présentant comme le plus grand des crimes, ma sensation que s'entrouvrait une porte donnant sur une salle encore plus obscure.

– Il n'a jamais écrit un livre sur l'espionnage, déclarai-je. C'est curieux, non ? Alors qu'il parlait souvent d'espions et d'agents secrets, il n'aura jamais écrit sur eux.

– Non, jamais, en effet, répondit René en allumant sa traditionnelle cigarette post-petit déjeuner. À mon avis, il ne s'intéressait pas tant que ça aux espions, mais plutôt, comme vous le disiez, à l'art de la dissimulation. Nous en discutions quelquefois. La duplicité, moi, je l'ai bien connue à l'époque où je séjournais à Alger. Des sournois de première, ces terroristes en Algérie ! Je vais vous dire ce que j'ai raconté à Julian. Ils se transmettaient des informations en langage codé pendant les prières, ils récitaient le Coran, mais en se trompant. C'était cette erreur, le code, expliqua-t-il en riant. Parfois, même leurs maladies en devenaient un. Une indigestion, c'était un homme qui avait peur et devait être exclu d'un complot. Une migraine, c'était un fait nouveau ou un point de logistique qui devait être élucidé avant que ces enculés ne fassent sauter un autre bâtiment ou tuent d'autres policiers.

Il repartit à rire.

– La moitié du temps, on aurait dit un jeu d'enfant ! s'exclama-t-il.

– Un jeu d'enfant, répétai-je, étonné que des agissements aussi dangereux puissent être assimilés à cela.

René inspira une longue bouffée de sa cigarette.

– Un jeu d'enfant, oui, dit-il. Julian le savait. C'est en ces termes qu'il parlait de Mata Hari, par exemple. Une femme qui n'avait fait que jouer à un jeu. Du moins jusqu'à ce qu'on la fusille. Il m'a dit un jour : « Mais ça n'a plus rien d'un jeu quand les balles crépitent. »

Il me transperça du regard.

– Julian pensait que ceux qui refusent de grandir commettent beaucoup d'horreurs. Refuser de grandir, disait-il, est une forme de crime.

– Qu'entendait-il par là ?

René écrasa sa cigarette avec une violence qui semblait monter du tréfonds de son être.

– Nous parlions de l'Algérie, des jeunes filles qui posaient des bombes. Je lui disais qu'elles me faisaient penser à des gamines dans une cour de récré, ces terroristes. Sauf qu'elles lançaient des bombes en guise de ballons.

Soudain, il changea d'expression : un souvenir resurgissait dans sa mémoire.

– Qu'y a-t-il, René ?

Avec une étrange gravité, il me répondit :

– Julian a pris un air bizarre en entendant ça. Il m'a donné le sentiment que c'était une vérité qu'il connaissait déjà, une vérité qui lui était désagréable.

– Qu'a-t-il dit ?

– Ce que je viens de mentionner : que refuser de grandir était aussi un crime.

René s'enfonça dans sa chaise, alluma une autre cigarette dont il tira plusieurs bouffées avant de reprendre la parole.

– C'était un garçon triste, Julian.

– Ou un grand romantique, objectai-je. Quand il était jeune, il espérait changer le monde.

– Non, rétorqua René en secouant la tête. Julian voyait très clairement les choses. Un jour, il m'a demandé : « Tu sais ce que c'est que l'amour, René ? Un manque de perspective. » Les romantiques ne disent pas ces choses-là.

Je réfléchis aux terribles connotations de cette remarque : l'idée que nul amour ne résiste à l'examen d'un esprit lucide, que l'amour est, par nature, trompeur.

– Pour lui, nous étions tous accrochés à une immense toile d'illusions, n'est-ce pas ? dis-je.

René acquiesça.

– Illusions que nous devons entretenir si nous voulons être heureux, ajoutai-je.

René examina un moment le bout de sa cigarette, puis braqua les yeux sur moi et me lança :

– Il vous les avait cachées, ses tristes vérités.

Une douloureuse prise de conscience s'imposa à moi.

– Peut-être pensait-il que je n'étais pas assez fort pour les supporter.

Ça le fit sourire.

– Un jour, il m'a dit : « Ce n'est pas ce qu'on confie à un ami qui montre combien on l'aime, mais ce qu'on s'abstient de lui confier. »

Un fil de la toile à laquelle je m'accrochais peut-être depuis longtemps se brisa.

– Donc, Julian tromperait son ami, murmurai-je. Pour son bien.

René haussa les épaules en tirant une dernière bouffée de sa cigarette.

– Au fait, ajouta-t-il. Il est de retour à Paris. Le propriétaire.

Devant mon air perplexe, il précisa :

– De l'appartement de Julian.

– Oh.

René me regarda d'un air incertain.

– Vous ne voulez plus sa clé ? Vous n'avez peut-être plus envie de trier les affaires de Julian ?

– Pourquoi ne le voudrais-je plus ?

René haussa les épaules.

– La chambre d'un homme contient toujours des secrets. J'ai appris ça en Algérie. Il y a toujours des choses qui doivent rester cachées, et dont certaines ne sont pas belles à voir.

Je repoussai cette idée d'un geste de la main.

– Je n'ai pas peur de ce que je pourrais trouver dans la chambre de Julian, lui assurai-je. De toute façon, c'est pour ça que je suis venu à Paris.

René broya son mégot en homme qui viendrait de proposer à son prisonnier de saisir sa dernière chance d'échapper à un sort funeste.

– Très bien, déclara-t-il. C'est vous qui voyez.

– Tu veux que je te dise : sur le moment, je n'étais plus très sûr d'avoir envie d'aller chez Julian et de trier ses affaires, avouai-je à Loretta quand je lui téléphonai plus tard dans la soirée et lui rapportai ma conversation avec Eduardo, ainsi que celle que j'avais eue ensuite avec René, lui parlant de sa mise en garde finale et de l'étrange impression de malaise que tout cela me laissait. Et, en même temps, je ne peux pas ne pas aller jeter un coup d'œil à l'appartement de Julian, dis-je. Je l'imagine dans cette barque, et cette irrépressible impulsion me saisit de nouveau : le besoin de l'empêcher de faire ça, de découvrir par quel moyen j'aurais pu y parvenir.

– Tu me fais penser aux enquêteurs obsédés par une affaire classée, me dit Loretta. Et pour toi, ce dossier porte le nom de Julian.

– Oui. C'est tout à fait ça. Que veux-tu, Loretta, tout ce qu'il a dit sur la duplicité, la dissimulation en amitié, ça me perturbe, concédai-je avec un petit sourire crispé. Dans un thriller, ce seraient les autres qui essaieraient de m'empêcher d'en savoir plus. On me tirerait dessus ou on tenterait de m'écraser en voiture. Mais là, on dirait que c'est Julian qui brouille les pistes.

Je réfléchis à ce que je venais de dire, puis demandai :

– T'avait-il parlé d'une certaine Ilse Grese ?

– Non, répondit Loretta.

– Il n'a pas écrit sur elle, mais tout porte à croire qu'il s'y intéressait de près. Elle était kapo à Ravensbrück. D'une très grande cruauté.

Je sentis comme un trouble ricocher dans la voix de Loretta quand, après un bref silence, elle dit :

– Un jour, il m'a parlé de celles qu'il appelait ses « beaux monstres ». Des femmes qui se servaient de leur beauté ou de leur air innocent pour tromper les autres.

Ce qui me ramena à l'intérêt que Julian portait à Ilse Grese et aux autres femmes qui, comme elle, avaient commis leurs crimes en s'aidant de parfaits déguisements. Dans *L'Effroi,* il évoque, par exemple, Charlotte Corday, qui a assassiné Marat avec la conviction qu'en tuant cet homme elle en sauvait des milliers d'autres. Il établit certaines similitudes avec Mata Hari, et se livre à de longues analyses de la personnalité des femmes révolutionnaires, meurtrières et espionnes – dans tous les cas de figure, perfides. Des femmes qui cachaient leurs véritables intentions, souvent sous le masque de la beauté, mais parfois sous celui de la gentillesse, de la modestie, de l'innocence. Des femmes qui, si malfaisantes fussent-elles, ne semblaient pas plus dangereuses que…

Le prénom qui me vint alors à l'esprit me glaça le cœur.

Marisol.

15

Tard, cette nuit-là, en repensant à Marisol, je fus surpris de l'associer non pas à l'Argentine, mais à un passage de *L'Effroi,* que je relus ensuite pour vérifier si le souvenir que j'en avais gardé était exact.

La Meffraye se trouve près d'une cabane dans la forêt et observe un petit garçon qui s'avance en sautillant sur l'étroit sentier envahi par les mauvaises herbes. Elle porte un panier de gâteaux sortant du four, et quand l'enfant est suffisamment proche, elle les découvre juste assez pour que leur bonne odeur se diffuse dans « l'air qui crie famine ». Elle ne lâche pas le torchon, elle le tient bien – « entre ses doigts qui ne sont pas encore devenus serres » –, comme si elle s'apprêtait à en recouvrir les gâteaux, de façon, par ce geste, à signifier clairement au petit garçon qu'elle ne lui en offrira pas. L'espace d'un instant chargé de promesses, l'issue de son geste est aussi incertaine que ses bonnes intentions, car elle a devant elle la première de ses victimes désignées. Elle fait signe à l'enfant d'approcher, en se disant qu'il ne s'agit que d'un jeu, qu'elle lui offrira un gâteau mais qu'il le refusera. Elle se persuade que c'est vrai, et forte de cette certitude elle retire le torchon, tend le panier et lui en propose un que le petit garçon s'empresse de prendre.

À ce moment-là, il semble que ce soit la vie même qui trahisse la Meffraye en lui dissimulant l'abîme moral au bord duquel elle se tient, artifice qui perdure jusqu'à l'instant de sa chute.

Ce passage parlait avant tout de la Meffraye, mais en le relisant, je me surpris à mettre Julian à la place du petit garçon qu'elle attire vers sa mort. Cette projection cauchemardesque avait sans doute été suscitée par l'allusion de Loretta aux « beaux monstres » et m'aurait sûrement tourmenté toute la nuit si je n'avais fini par y échapper en me réfugiant dans un livre que je devais chroniquer. À mon grand soulagement, il se situait aux antipodes des sombres écrits de Julian : tout en douceur et en légèreté, enfin une histoire qui mettait du baume au cœur et qui n'avait rien d'inoubliable, entre une institutrice privée du sens de la vue et un chien doué de celui de la parole.

– Quand pourrons-nous accéder à l'appartement de Julian ? demandai-je à René le lendemain matin au petit déjeuner, comme nous prenions place dans la salle minuscule où l'hôtel servait à ses clients peu reluisants du café trop clair et du pain trop rassis.

Ce fut le pain qui attira les foudres de René.

– Je n'aurais jamais cru possible de manger du pain aussi mauvais à Paris, maugréa-t-il. Ils l'ont peut-être fait venir d'Angleterre ?

Il remua son café qu'il ne semblait pas plus trouver à son goût.

– Nous pouvons y aller dès aujourd'hui, me dit-il.

Je bus une gorgée de café.

– Ce matin ?

– Si vous voulez.

– Je suppose que les affaires de Julian y sont encore ?

– Où voulez-vous qu'elles soient ? C'est rue Saint-Denis, mais je ne vous apprends rien, précisa-t-il en me souriant. Julian a toujours été proche des prostituées, mais je ne crois pas qu'il ait jamais sollicité leurs services.

– Parce que vous pensez qu'il aurait dû ? demandai-je.

René y réfléchit, puis leva sa main droite et ferma le poing.

– Quand on est avec sa femme, avec ses enfants, et même avec ses amis, on est comme ça, dit-il. Mais quand on est avec une pute, on est comme ça.

Il ouvrit sa main comme s'il libérait un oiseau de sa cage.

– On peut lui dire les vérités qu'on cache aux autres, poursuivit-il. Qu'on déteste la vie qu'on mène, que ses amis sont stupides, qu'on est détruit par son travail, qu'on est un imposteur à ses propres yeux.

Une vague tristesse noya son regard.

– Julian l'avait compris, ajouta-t-il. Il m'avait dit un jour : « Avec les déchus de la terre, on peut déchoir aussi. »

Il replia les doigts, serrant de nouveau le poing.

– Malgré tout, Julian était toujours comme ça : contracté, refermé sur lui-même.

Je me dis que cette remarque ressemblait bien à René, qu'il en rajoutait peut-être un peu, et pourtant je me demandai si ce n'était pas ce que Julian retenait dans le poing serré de son être qui avait fini par attirer la lame jusqu'à ses veines.

Une heure plus tard, nous arrivions chez Julian. René avait pris les dispositions pour que le propriétaire dépose la clé chez une vieille dame qui habitait au premier étage. C'était une Nord-Africaine, et je sentis que, d'emblée, René se méfia d'elle, comme s'il se croyait encore à Alger au temps où toute femme était susceptible de transporter une bombe dans son panier.

– Allez, montons, me dit-il en m'entraînant vers l'escalier. Mais faites attention. « Napoléon a pissé ici », comme on dit. On ne peut pas se fier à ce bois.

Malgré mes premières réserves, j'éprouvais, curieusement, un plaisir anticipé en montant les marches, la sensation physique de m'approcher de Julian. Car c'était le seul endroit sur terre où, au terme de tous ses nombreux et longs périples, il revenait toujours.

Alors pourquoi, pensai-je en y entrant, donnait-il une si grande impression d'exil, de tristesse, de froideur qu'on n'associerait jamais à un lieu où quelqu'un avait vécu pendant plusieurs décennies ? Dans cette pièce, je m'étais attendu à découvrir un aperçu de la dévotion que, à mes yeux, Julian avait pour son travail. À la place, je vis seulement les preuves de sa solitude et de son isolement. Aucune photo n'égayait la pénombre ambiante, pas même un calendrier sur lequel il aurait pu noter tel ou tel rendez-vous. Il n'y avait ni radio ni télévision. Il faut croire qu'il n'écoutait pas de musique pendant qu'il travaillait ou pour se détendre.

Ce que je trouvai, c'était une pièce mansardée au cinquième étage, donnant sur une rue sinistre. Elle était pourvue de petites fenêtres dont les volets intérieurs étaient restés fermés depuis si longtemps que j'eus toutes les peines du monde à les ouvrir. Quand j'y parvins, la lumière du jour révéla toute l'austérité du lieu : lit en fer, bureau étroit en bois, autant d'éléments qui ne me surprenaient pas le moins du monde. Julian avait mené une vie presque monacale, et cette pensée me ramena au jour où nous étions allés visiter le Mont-Saint-Michel. Nous avions monté les marches jusqu'à la Merveille où les moines s'asseyaient autrefois face aux vents violents de la côte normande. Dans ce scriptorium envahi par le froid et battu par les bourrasques, ils avaient passé leur vie à recopier des textes en se servant de fines baguettes de métal pour briser la petite couche de glace qui s'était formée à la surface de l'encre, et dans le sien, installé presque tout aussi inconfortablement et dans un isolement psychologique tout aussi grand, Julian, l'anachorète séculier, avait écrit ses noirs récits.

Sa documentation garnissait les rayonnages qui occupaient presque toute la surface des murs. Il devait y avoir au moins cinq cents livres qui, pour la plupart, traitaient des périodes au cours desquelles les crimes qui l'intéressaient avaient été commis. On y trouvait des ouvrages sur l'Espagne de l'époque de l'affaire de Cuenca, ainsi que sur le reste de l'Europe, en particulier sur l'Allemagne et la France de la Seconde Guerre mondiale, le massacre d'Oradour-sur-Glane. Plusieurs étagères étaient consacrées à ses recherches sur la Meffraye, telle autre à des biographies d'Erzsébet Báthory et à des histoires générales de la Hongrie au temps de ses crimes, encore qu'il y avait beaucoup moins d'ouvrages concernant cette affaire, telle autre encore aux travaux sur Andreï Tchikatilo et aux études sur la Russie à l'époque où vivait ce tueur en série, la période noire du stalinisme.

– Julian n'avait que cet endroit ? demandai-je à René, en espérant que quelque part sur terre il avait vécu dans un lieu moins déprimant.

– C'est le seul que je connaisse, répondit René en jetant des regards autour de lui, comme dégoûté par l'austérité de cette chambre.

– Qu'y a-t-il là-dedans ?

Il regarda le petit classeur métallique que je lui montrais, et leva les yeux au ciel.

Son indifférence ne m'amusa pas. Ignorant sa réaction, je marchai jusqu'au classeur et ouvris l'unique tiroir.

Dans un roman, ce serait la « salle secrète » de Julian et, en un instant spectaculaire, tout serait révélé et je rentrerais à New York en sachant ce que j'aurais dû savoir pour le sauver de lui-même.

Mais la vie garde ses atouts dans sa manche, et je n'y trouvai que cinq chemises cartonnées, chacune identifiée par un nom de lieu : Cuenca, Oradour, Bretagne, Čachtice, Rostov – des endroits qui, tels d'obscurs aimants, avaient attiré Julian –, et une sixième, sous les autres, qui ne portait pas d'étiquette.

Je me tournai vers René.

– Vous n'êtes pas obligé de rester pendant que je trie tout ça, lui dis-je.

Il s'affala sur l'une des deux chaises de la pièce.

– Je peux attendre, répondit-il.

– Très bien.

Sur ce, je posai les chemises sur le bureau et actionnai l'interrupteur de la lampe, m'attendant toutefois à ce que René ait déjà pris les dispositions pour faire couper l'électricité puisque Julian était mort depuis plus d'un mois. Mais la lampe s'alluma et, sous son faible éclairage, j'ouvris la première chemise.

Elle contenait surtout des photographies prises par Julian à Cuenca et dans ses environs, divers endroits qu'il décrirait plus tard dans son livre : la grand-place poussiéreuse, le pont, les routes menant à l'extérieur de la ville et différents bâtiments administratifs. Il y en avait également une de nous deux. Prise par un passant. Julian, l'air distrait, détournait la tête de l'objectif, et il me revint que son regard avait été attiré par l'agent de la Guardia Civil qui, proche de nous, bavardait avec une élégante Américaine dont nous avions fait la connaissance à peine quelques minutes plus tôt. Ni lui ni moi ne figurions sur aucune autre photo, aussi en conclus-je que sa présence parmi les autres n'était que le fruit du hasard. C'était aussi la seule, contrairement à son habitude, que Julian n'avait pas identifiée en notant le nom du lieu au verso.

Les photographies que Julian avait rangées dans la chemise intitulée « Oradour » étaient du même ordre, toutes prises sur les lieux du massacre et clairement destinées à lui rafraîchir la mémoire quand il écrirait. Je ne m'étais pas rendu avec lui sur le site, si bien qu'il ne pouvait y avoir de photos de nous deux là-bas. Il n'y en avait pas non plus de Julian, ni de René qui, lui, l'avait accompagné plusieurs fois au cours des années qu'il avait consacrées à l'écriture de son livre sur cette tragédie. En revanche, j'en découvris une d'un septuagénaire habillé en paysan se tenant à côté d'une charrette attelée à un cheval, arrêtée devant un bosquet. Elle était très banale ; un peu floue, et le cadrage ne présentait aucun intérêt particulier.

Après Oradour et ses recherches en Bretagne, Julian s'était rendu en Hongrie, où il avait longuement séjourné dans la région que surplombe le château de la comtesse Báthory. La chemise « Čachtice », comme les autres, ne contenait que des photographies : là encore, surtout celles des ruines du château où les crimes avaient été perpétrés. Il y en avait aussi des paysages qui descendent à flanc de colline de chaque côté du château, ainsi que des villages alentour d'où avaient été arrachées de nombreuses victimes d'Erzsébet. À cette seule différence près : Julian y avait adjoint les photocopies de quatre portraits provenant de diverses sources. Je reconnus celui de la comtesse, et les trois autres avaient été identifiés par Julian au verso. Le premier était celui d'une certaine Dorottya Szentes, dite « Dorkó », selon la note de Julian, et les deux autres, ceux des dénommés Ilona Jó et János Újváry, connu sous le sobriquet de « Ficzkó ». Tout ce beau petit monde avait été complice des crimes, et Julian avait également précisé quel avait été leur châtiment. Dorkó et Ilona avaient toutes les deux été brûlées vives après qu'on leur eut arraché les ongles. Ficzkó avait uniquement eu la tête tranchée.

La quatrième chemise contenait, comme je m'y attendais, une série de photographies : bien sûr, celles du train et de la gare où Andreï Chikatilo repérait ses victimes, en général de jeunes vagabonds, garçons ou filles, que l'effondrement de l'Union soviétique lui procurait en un flot ininterrompu.

Julian n'avait pas nommé la cinquième chemise, mais vu son contenu, son titre s'imposa à mon esprit : Argentine.

Marisol figurait sur toutes les photos qui s'y trouvaient, et sur chacune d'elles, elle avait le même âge et la même coupe de cheveux que lorsque nous étions à Buenos Aires, arborant sur l'une les mêmes vêtements que la première fois où nous l'avions rencontrée.

Aucune ne s'apparentait aux sempiternelles photographies touristiques. Toutes, sauf une, étaient en noir et blanc et prises de très loin, probablement par quelqu'un qui ne voulait pas qu'on le voie et, de toute évidence, à l'insu de Marisol.

L'exception, en couleurs et d'une esthétique très « touriste », était une photo que j'avais prise à San Martín. On y voyait Marisol assise à côté du père Rodrigo. Tous deux étaient en pleine conversation. Rodrigo levait la main en l'air, l'index pointé vers le ciel, comme pour mieux insister sur un point crucial. Je l'avais prise alors que Julian et moi les rejoignions, et ne l'avais fait développer qu'à notre retour. Quand je la lui avais montrée, il l'avait longuement regardée, puis m'avait seulement demandé : « Je peux la garder ? » Je la lui avais donnée, naturellement, et ne l'avais plus jamais revue jusqu'à ce jour.

Je ne savais pas du tout qui avait bien pu prendre les autres photos.

Sur la première, Marisol est seule, cette fois sur la place de Mai, devant la Casa Rosada. Elle regarde vers la droite, l'air angoissé, son expression suggère qu'elle attend quelqu'un qui n'arrive pas.

La deuxième date, à l'évidence, d'un autre jour. Il pleut, elle replie son parapluie alors qu'elle se prépare à monter dans un bus.

Sur la troisième, on la voit près de l'entrée du cimetière de Recoleta, assise avec un jeune homme. Il a des traits indigènes, comme elle, mais ses cheveux sont noirs et frisés, et on devine qu'il est très grand. Il porte un jean et un sweat-shirt. Un je-ne-sais-quoi dans son attitude laisse supposer qu'il se tient sur ses gardes.

Marisol est penchée vers lui, les perles noires que lui a offertes le père Rodrigo pendent lâchement à son cou. Sa bouche est tout contre l'oreille du jeune homme, ses lèvres entrouvertes indiquent qu'elle est en train de lui parler. Je retournai la photo et trouvai au verso une mention dactylographiée : *Marisol Menendez y Emilio Vargas*.

– Venez voir, dis-je à René.

Il me rejoignit et regarda les photographies.

– Celle-ci, c'est moi qui l'ai prise, précisai-je. J'ignore d'où les autres proviennent. Elle, c'est Marisol, notre guide en Argentine, la jeune femme dont je vous ai parlé et qui a disparu.

– Ah, murmura René. Jolie, mais pas mon type, ajouta-t-il en souriant. Trop menue. Pas assez de viande. Et lui, qui est-ce ?

– Un certain Emilio Vargas. Du moins, c'est ce qui est écrit au verso.

– On dirait des photos de filature, fit observer René en continuant de les examiner. Ça me rappelle la grande époque à Alger.

Il prit une cigarette, l'alluma.

– Ils étaient surveillés, ces deux-là, ajouta-t-il.

– Par la police, vous croyez ?

– La police, l'armée, les services secrets. Quelle différence cela fait-il ?

Il eut un sourire amer, comme sous l'effet d'un souvenir qui le troublait encore.

– Il y avait une jeune femme à Alger, reprit-il. Elle s'appelait Khalida. Ça veut dire « éternelle » en arabe, mais il n'en fut pas ainsi pour elle.

Son regard bascula du côté obscur.

– Par ce qu'on appelle une coïncidence, un de nos hommes…

– « Vos hommes » ?

– Un policier, comme moi, répondit René machinalement. Bref, il avait pris une photo de l'établissement quelques minutes avant l'explosion. On y voyait Khalida, à quelques mètres de l'entrée du café, l'air nerveux.

Il tapota le visage d'Emilio Vargas sur la photo.

– Comme lui, dit-il. Ça se lit dans ses yeux. Il n'est pas tranquille, ce gars-là. Quelque chose le préoccupe. Pour ce qui est de Khalida, nous avons pensé qu'elle se trouvait là parce qu'elle était au courant pour l'attentat, qu'elle faisait peut-être le guet, qu'elle attendait le poseur de bombe, mais en réalité, c'était son petit ami qu'elle attendait, un garçon que son père ne voulait pas qu'elle fréquente.

Il haussa les épaules.

– Mais… nous ne l'avons découvert qu'après coup, acheva-t-il.

René semblait considérer cet épilogue comme un tour cruel joué par la vie, un malheureux concours de circonstances où la pauvre Khalida avait été balayée par le maelström du soulèvement algérien.

Il eut un rire sec.

– À l'époque, reprit-il, nous avons fait ce que nous devions faire à tous ceux qui, d'après nous, le méritaient.

Il eut un rire dénué d'humour.

– Que voulez-vous, la révolution est une mauvaise mère, ajouta-t-il.

– Qu'est-il arrivé à Khalida ?

– Nous l'avons filée. Nous pensions qu'elle nous mènerait peut-être au big boss. Mais cette fille va à la casbah et achète des légumes, puis elle rentre chez elle avec son panier. Elle vit avec son imbécile de père qui lui farcit la tête avec le massacre de Sétif, l'idée qu'il faut tuer tous les pieds-noirs, « *Allahu Akbar* » et autres crétineries.

– C'est elle qui vous a répété ce que son père lui disait ?

– Pas tout de suite, répondit René d'un ton désinvolte. Mais, comme je vous le disais, on a fait ce qui devait être fait. Et quand on en a eu terminé, c'était trop tard pour la petite Khalida.

Il prit la photo de Marisol et d'Emilio Vargas et la regarda attentivement.

– Leurs mains se touchent, dit-il.

J'y jetai un coup d'œil : c'était vrai. Entre eux, sur le banc, ils avaient posé leurs mains de manière à ce que leurs doigts s'effleurent.

René continuait d'examiner l'image.

– La trahison, c'est comme un glissement de terrain dans l'âme, non ? dit-il. Après, impossible de reprendre pied.

Comme je n'ajoutais rien, il se tourna vers moi.

– Peut-être ce garçon était-il l'amant de Marisol ? suggéra-t-il. C'est une histoire vieille comme le monde, non ? L'amant caché. Voilà qui aurait rendu Julian très jaloux, non ?

Je secouai la tête.

– Pas du tout : Julian n'a jamais été amoureux de Marisol, dis-je. Vous regardez trop de *soap operas*, René.

Il me considéra d'un air ahuri.

– Des feuilletons mélos, ajoutai-je pour éclairer sa lanterne.

René s'empressa de sortir son carnet et d'y noter le mot.

– Très joli, s'écria-t-il avec un petit rire. J'aime beaucoup la langue anglaise.

Son sourire, en s'estompant, se mua en grimace.

– La mentalité, ajouta-t-il, beaucoup moins.

16

Quelques minutes plus tard, nous repartions de chez Julian. René, de toute évidence, avait trouvé l'endroit déprimant. Moi également, c'est pourquoi, n'ayant plus aucune raison de m'y attarder, j'avais déjà regagné mon hôtel cet après-midi-là quand le téléphone sonna.

– Philip Anders ?

– Oui.

– Walter Hendricks. Votre père m'a demandé de vous contacter. Il m'a dit que vous enquêtiez sur un de vos amis.

Que j'enquêtais ?

Était-ce donc ce que je faisais, en réalité ?

– Votre ami était Julian Carlton Wells, je crois ? insista Hendricks.

Il avait prononcé le nom complet de Julian comme s'il le lisait dans un dossier, mais je répondis seulement :

– Oui.

– J'habite Londres maintenant. Mais au début des années quatre-vingt, j'étais en poste à Buenos Aires. Votre père pense que je pourrais peut-être vous aider car je dirigeais le bureau argentin à l'époque où M. Wells a commencé à s'intéresser de près à une jeune femme qui travaillait comme guide pour le consulat.

– Marisol, dis-je. Qu'entendez-vous par « s'intéresser de près » ?

– Eh bien, au moins dans la mesure où, après sa disparition, il est allé se renseigner sur elle à la Casa Rosada, répondit Hendricks.

– Julian est allé à la Casa Rosada ? Je l'ignorais.

– Cela figure dans le dossier.

– Quel dossier ?

– Oh, vous devez bien vous douter que toute dictature a des fiches de toutes les personnes qui se présentent au siège du gouvernement.

– Oui.

– Y sont consignés leurs nom et adresse et, au moindre soupçon, une enquête est ouverte sur eux.

– La Casa Rosada a enquêté sur Julian ?

– Non, mais il était fiché. Toutes les personnes liées de près ou de loin à Mlle Menendez étaient fichées.

– Marisol ? Pour quelle raison ?

– Parce qu'elle était dans le collimateur du gouvernement. Suffisamment en tout cas pour qu'il ait vérifié ses antécédents.

– Pourtant, elle semblait s'intéresser si peu à la politique. Elle paraissait tout à fait inoffensive, pour tout dire.

Hendricks se mit à rire.

– Il y a un vieil adage dans les milieux de l'espionnage, dit-il d'un ton léger. Fais le chaton, dissimule la tigresse.

Il paraissait estimer qu'il avait mené sa petite tâche à bien et était pressé de passer à autre chose.

– Quoi qu'il en soit, la Casa Rosada disposait d'un rapport sur Marisol. Il ne contenait rien d'intéressant pour les services de renseignements. Des centaines, voire des milliers de rapports de ce genre ont été rédigés pendant la « guerre sale ». Celui concernant Marisol n'est pas différent des autres.

– Je peux le consulter ?

– Pourquoi pas. Mais vous allez devoir venir ici. Ce n'est pas une chose que je peux vous envoyer par courrier.

Il eut un petit rire.

– Il n'a aucune importance pour personne, poursuivit-il, mais la procédure est une forme de paranoïa, ce en quoi je ne vous apprends rien, je suppose.

– Bien entendu. Je pourrai être à Londres lundi si cela vous convient.

– Lundi, c'est parfait. Si vous êtes sûr de vouloir faire cet effort.

Il semblait sincèrement étonné par mon désir d'aller plus avant dans cette voie.

– Ça vous surprend que je souhaite voir ce rapport ? lui demandai-je.

– Franchement, oui.

– Pourquoi ?

– Oh, pour rien… c'est juste une chose que votre père m'a dite.

– Laquelle ?

– Que vous étiez tout l'opposé de Julian.

– En quel sens ?

– Que vous n'aviez aucun goût pour les activités clandestines, répondit Hendricks.

– À la différence de Julian ?

– C'est ce que votre père semblait penser, admit Hendricks.

– Mais Julian était écrivain, lui fis-je remarquer.

C'était un sujet de conversation qu'Hendricks n'avait nulle envie de poursuivre.

– Bien, dit-il, vous serez à Londres lundi, c'est ça ?

– Oui.

– Retrouvons-nous au bar du Durrants Hotel, proposa-t-il en m'en donnant l'adresse. Disons… à seize heures ?

– À lundi, dis-je d'une voix ferme, puis, plutôt que de m'appesantir sur la curieuse remarque de mon père à propos de Julian, je décidai de profiter de la nuit parisienne et trouvai un café où je m'installai en terrasse et commandai un verre de rouge.

C'était une chaude soirée d'été qui, parce que j'étais allé chez Julian un peu plus tôt dans la journée, me rappela forcément Buenos Aires, de pareilles soirées, souvent à la terrasse de tel ou tel bar à tapas, parlant tous les trois de ce qui nous passait par la tête, mais très rarement de politique. C'était un sujet que Marisol évitait soigneusement, mais j'avais remarqué que Julian essayait régulièrement d'orienter la conversation dans cette direction. Pourquoi le faisait-il ? me demandai-je à présent. Il me revint qu'il lui était arrivé de brutalement se décommander alors que nous devions nous retrouver à tel ou tel endroit, sans me dire où il allait, si bien qu'à présent je me pris à l'imaginer tapi derrière un kiosque, prenant des photos de Marisol.

Julian espion, l'idée était presque comique, mais un infime décalage de perception provoque parfois le séisme du soupçon et, justement, je ressentis pareille secousse en me rappelant notamment une soirée particulière où nous étions tous les trois attablés dans un petit café.

Celui-ci se trouvait près de l'intersection de l'Avenida de Mayo et de l'Avenida 9 de Julio, l'obélisque de la Plaza de la República se dressant, géante aiguille, au loin. La veille au soir, un des tristement célèbres breaks Ford Falcon de la junte avait pilé au pied de l'obélisque. Selon plusieurs témoins, quatre hommes en avaient surgi, s'étaient saisis d'un jeune couple, l'avaient forcé à monter à l'arrière avec eux, puis le véhicule avait redémarré en trombe.

L'enlèvement était si manifeste et avait eu lieu en présence de si nombreux témoins que le gouvernement s'était fendu d'une déclaration pour le condamner, alors que tout le monde savait que c'étaient ses voyous paramilitaires qui en étaient les auteurs et que ces toutes dernières victimes de la répression ne réapparaîtraient sans doute jamais.

– Mais où vont-ils les emmener ? demanda Julian. Au beau milieu d'une si grande ville, des centaines de gens les verront, tout de même !

– Des centaines de gens qui ne diront rien, donc une maison de La Boca fera l'affaire, rétorqua Marisol avec son petit air d'indifférence à l'égard de la politique, comme si elle ne faisait que souligner l'aspect pratique du fait que ces personnes puissent disparaître dans un des quartiers les plus pittoresques de Buenos Aires.

– Il faut bien qu'ils les conduisent quelque part, avait insisté Julian.

– Mais pourquoi dans un lieu tenu secret ? S'ils peuvent les enlever en pleine rue et en plein jour, pourquoi se donner la peine de les détenir dans une caverne loin de tout ?

Elle vit que Julian était surpris par ces paroles.

– C'est avant que ces hommes-là arrivent au pouvoir que ton courage doit te pousser à agir, dit-elle.

Une fois qu'ils sont en place, c'est la peur qui te contrôle.

– Donc, vous ne feriez rien pour tenter de retrouver ce jeune homme et cette jeune fille ? s'écria Julian, comme s'il l'accusait maintenant de complicité dans ces crimes.

Face à ces propos, et pour la seule et unique fois de notre séjour, le regard de Marisol brûla de colère puis, comme poussée par la force du vent, elle projeta son buste vers lui.

– Et vous, Julian, comment vous y prendriez-vous pour les retrouver ? s'écria-t-elle. Vous enlèveriez un autre homme et une autre femme en pleine rue ? Vous les conduiriez quelque part pour les torturer et peut-être torturer leurs enfants sous leurs yeux ? Parce que c'est ça que vous devriez faire. C'est la vérité, et vous savez pourquoi ? Parce qu'une fois qu'un monstre a pris le pouvoir, pour détruire ce monstre, on doit en devenir un à notre tour.

Sur ce, elle se laissa aller contre le dossier de sa chaise et but d'un trait son reste de vin.

– Il n'y a pas de sang dans votre politique, murmura-t-elle. Mais ici, c'est toujours du sang.

Julian en resta sans voix tandis que Marisol ôtait ses mains de la table et les joignait sur ses genoux, geste qui m'indiqua qu'elle regrettait son éclat car ce comportement n'était pas digne d'un guide professionnel.

Oui, Julian en resta sans voix, mais je me remémorai une lumière noire qui avait lui dans ses yeux, comme si, dans un recoin secret de son être, une porte venait de s'entrouvrir.

J'avais emporté les photos de Marisol que j'avais trouvées chez Julian. Je les sortis de la poche de ma veste et les regardai encore une à une. Celle du dessus était celle que j'avais prise, et j'examinai un moment le visage de Marisol, ses traits paisibles, son regard très doux.

« Joue le chaton, dissimule la tigresse... » Tandis que les mots d'Hendricks résonnaient dans ma tête, mon regard glissa du visage de Marisol à ses mains. Je les trouvais fines et délicates. J'avais beau faire, je ne pouvais les imaginer munies de griffes.

QUATRIÈME PARTIE

La Tigresse

17

Il faut imaginer une petite fille qui lève les yeux de ses mains entravées, voit une femme s'approcher et a soudain la certitude qu'on vient pour la sauver. Car cette femme, c'est la châtelaine, celle dont les beaux doigts blancs ont pleine autorité sur les salles secrètes de Čachtice. Un geste d'elle ouvrira toute porte condamnée, dénouera toute corde, ôtera toute chaîne, conduira Ficzkó au gibet et Dorottya au bûcher parce qu'ils l'ont déshabillée de force, jetée sur cette paillasse, mis des fers à ses mains et à ses pieds, des crimes pour lesquels, elle le sait maintenant, ils seront punis. C'est la belle Erzsébet qu'elle voit entrer dans son cachot, qui s'immobilise devant elle et qui, après un bref temps d'arrêt et avec un regard qu'aucun innocent ne devrait jamais croiser, ordonne à Ficzkó de lui apporter son fouet.

Ce ne furent pas les phrases de Julian qui me tirèrent du sommeil, mais les images mentales que ce passage provoqua en moi : j'avais vu la comtesse Báthory en robe d'apparat, couverte de bijoux, les doigts hérissés de pierres précieuses, s'approcher de moi, au sommet de son art de la duplicité. J'avais baissé les yeux, comme quelqu'un présenté à une altesse royale.

Je n'étais pas sujet aux cauchemars. D'ailleurs, je ne me rappelais pas la dernière fois que l'un d'eux m'avait arraché au sommeil. Mais celui-là avait été extraordinairement vivace, au point que j'avais senti les fers à mes poignets, la paille rêche sous mes pieds.

Dans mon souvenir, cette description était beaucoup plus longue et détaillée, mais je me rendis compte en la relisant, par un de ces procédés dont il était coutumier, que Julian avait joué la concision, puis invité le lecteur à une brève méditation sur le décuplement de l'horreur dû, selon lui, au fait d'être torturé par une femme et non par un homme. Le supplice était décuplé, expliquait-il, par l'atroce ironie selon laquelle l'ancestrale conception que se faisait l'humanité de la douceur féminine se trouvait tout à coup atrocement inversée.

René passa me chercher peu après neuf heures, les traits reposés, en homme qui ne luttait jamais contre lui-même et ne s'interrogeait pas sur ses actions passées, pas même les plus obscures comme celles qu'il avait dû commettre en Algérie.

– Vous me faites penser à Julian, me lança-t-il en guise d'accueil quand je le rejoignis dans le café à deux pas de mon hôtel. Le matin, on aurait dit un homme qui, toute la nuit, avait été poursuivi par des chiens.

– Ça lui arrivait souvent ?

– Bien des nuits, oui. Des cauchemars.

Il alluma sa cigarette du petit déjeuner que je soupçonnais ne pas être sa première de la journée.

– Julian en faisait d'horribles, ajouta-t-il.

– J'en ai moi-même fait un cette nuit. Il était lié au livre de Julian, *La Tigresse*. Le passage où le lecteur voit la comtesse à travers les yeux d'une petite fille qu'elle est sur le point de torturer et d'assassiner.

– C'était ce que Julian faisait toujours, dit René d'un air absent : s'identifier à la victime.

Il tourna la tête vers la rue, parut s'absorber dans la contemplation de la circulation, jusqu'à ce qu'il dise :

– Peut-être qu'il était mal dans sa peau.

Puis, haussant les épaules, il murmura :

– Mais on ne se refait pas, hein ?

Sa question étant purement rhétorique, je jugeai superflu d'y répondre.

– Hier soir, un homme m'a appelé de Londres, l'informai-je. Il aurait un dossier sur Marisol. Il m'a laissé entendre – en termes assez explicites, je dois dire – que Marisol n'était pas seulement guide.

René souffla un filet de fumée du côté droit de sa bouche.

– Une femme dangereuse, alors ? J'en ai connu une en Algérie. On l'appelait « la Lame », et on la craignait plus que n'importe quel homme.

– Vous redoutiez qu'elle vous réserve le sort que vous aviez réservé à Khalida ? demandai-je du bout des lèvres.

– L'Algérie était un sale endroit, et dans ces endroits-là, il se passe de sales choses, dit René.

Il contempla le bout incandescent de sa cigarette comme s'il avait sous les yeux un morceau de braise de l'enfer.

– La Lame pratiquait la torture et l'assassinat, se remémora-t-il. C'étaient ses activités *by night,* comme vous dites.

Il sourit, comme si cette duplicité forçait son admiration.

– La journée, c'était une femme ordinaire, poursuivit-il. Une instit'.

Son sourire s'élargit, se fit plus incisif.

– Elle a trompé son monde. Seul son amant était dans la confidence. Et il ne valait pas mieux qu'elle. C'étaient des… comment dit-on déjà ?… des complices dans le crime.

Je repensai aux photos de Marisol que Julian avait placées dans la chemise sans intitulé : Marisol y affichait toujours une indifférence toute professionnelle, sauf sur celle où elle figurait avec Emilio Vargas. Sur cette photo-là, son regard était très intense. Aurait-elle mené une double vie, me demandai-je, en ayant Emilio Vargas comme complice ?

Le lendemain matin, je quittai Paris. Par l'Eurostar, le trajet durait à peine plus de deux heures, agréable voyage à travers la campagne française, puis sous la Manche avant de continuer jusqu'à Londres. En chemin, je ne pensai qu'à Marisol, et un souvenir en particulier l'emportait sur tout le reste.

Julian et moi étions allés la retrouver au Gran Café Tortoni, un des hauts lieux de l'Avenida de Mayo, longtemps fréquenté par le milieu artistique argentin. Avant qu'il ne quitte plus ou moins le pays, Borges en avait été un des habitués, de même que de nombreux dramaturges et actrices moins connus que lui de par le monde. L'établissement était allé jusqu'à faire fabriquer des reproductions en cire de ses plus illustres clients, alors il y avait là un Borges, figé dans le temps, assis à une table, en pleine conversation avec Carlos Gardel, le célèbre chanteur de tango, le grand écrivain arborant une expression si sereine que j'avais du mal à l'imaginer dans l'Argentine qui bouillonnait à présent autour de cette placide effigie de lui-même, dans cette violence et ce chaos, son pays bien-aimé au cœur de la tourmente que mon père nous avait recommandé de voir par nous-mêmes.

Marisol, toujours si ponctuelle, n'arrivait pas. Ne pas la voir apparaître mit Julian dans tous ses états, ce qui me surprit, car il commença à s'agiter, à regarder dans tous les sens.

– Elle est toujours à l'heure, dit-il.

– Elle n'a que cinq minutes de retard.

– Mais elle est toujours à l'heure !

– Je trouve que tu t'affoles bien vite, Julian. Ce n'est que cinq minutes.

– Oui, rétorqua Julian avec un regard explicite, mais cinq minutes en Argentine.

Il entendait par là dans un pays où tout pouvait arriver, où un couple pouvait se faire capturer en plein jour devant l'Obélisque, et où, à La Plata, dix lycéens pouvaient se faire enlever, violer et torturer, telle cette opération, quelques années plus tôt, connue sous le nom de « La nuit des crayons ».

– Au départ, Borges a soutenu la junte, dis-je. Maintenant, il la conteste. Depuis l'Europe.

– Où il ne risque rien, rétorqua Julian tout en scrutant l'avenue, fouillant du regard la foule matinale en espérant apercevoir Marisol.

– Parfois, c'est la seule solution. À quoi servirait-il de rester ici ?

– À lutter, me répondit Julian avec tant de fougue que j'en vins à me demander s'il ne caressait pas l'idée romantique d'adopter l'Argentine, de faire sien son combat : Julian en brigade internationale à lui tout seul.

Je faillis lui dire quelque chose de cet ordre, mais à cet instant Marisol se précipita vers nous, arrivant dans notre dos, un peu débraillée, mais toujours aussi énergique et enjouée.

– Ah ! s'écria-t-elle gaiement, mais avec un sourire qui semblait avoir été peint sur sa bouche. Nous voilà donc au cœur de la vie culturelle de la ville.

Elle porta son regard sur les personnages de cire, et quand elle l'arrêta sur Borges, aveugle, tenant sa canne, une expression que je ne lui connaissais pas obscurcit ses traits.

– Il a écrit que « le présent est notre seul lot », dit-elle.

Sur ces mots, elle regarda les autres clients autour de nous, qui, pour la plupart bien habillés, fumaient tranquillement en buvant leur café.

– Il n'était pas aveugle au point de ne pas voir que le couteau de la junte se tournait vers lui.

Jamais jusqu'alors je n'avais perçu la moindre trace d'ironie chez Marisol, et même si elle s'empressa de la contenir et de retrouver sa posture apolitique de guide, son dédain pour le plus grand écrivain argentin vivant était indéniable.

– Il a écrit que la douceur n'est pas ce que veut le poignard, dit Julian, le regard très intense.

Marisol le considéra d'un air qui donnait à penser qu'elle le voyait sous un jour nouveau.

– Vous lisez Borges ? s'étonna-t-elle.

– Depuis que vous l'avez cité à Recoleta, forcément !

– Qu'avez-vous lu en dernier ?

– Une nouvelle intitulée « Le Zahir », répondit Julian.

Il eut un petit sourire et en cita une phrase :

– « Dans le tiroir de mon secrétaire, parmi mes brouillons et de vieilles lettres, le poignard ne cesse de rêver, en toute simplicité, du tigre. »

Tigre.

Poignard.

Qu'est-ce que tout cela pouvait bien signifier ? me demandai-je tandis que mon train m'emportait vers Londres.

18

J'arrivai à Londres aux alentours de midi, quelques heures avant ma rencontre programmée avec Hendricks au Durrants Hotel, qu'il m'avait conseillé car il se trouvait à proximité de l'ambassade des États-Unis. Le Durrants avait souvent accueilli des hauts responsables américains pendant la guerre, une époque où, prétendent les auteurs de romans d'espionnage, la frontière entre les bons et les méchants était clairement tracée.

Londres avait considérablement changé depuis ma dernière visite, le phénomène de l'immigration apposant sa marque sur des lieux tels qu'Oxford Street, où des hommes fumaient le narguilé à la terrasse de cafés et où des femmes portaient la burqa. Ces changements donnaient à la ville une profonde apparence de mystère et d'intrigue, du moins telle fut mon impression. Mais je n'aurais su dire si je devais ma vision actuelle de Londres comme lieu de tous les complots et de toutes les contre-ruses au nouveau visage qu'elle m'offrait ou aux détails troublants qui émergeaient de la vie de Julian – en particulier son obsession de la trahison qui caractérisait autant ses livres que sa conversation.

Le Durrants était situé dans une rue transversale proche de Hyde Park. Quand j'y arrivai, le fameux petit crachin londonien s'était invité, nimbé d'une touche de fog. Par la vitre du bar, je voyais les parapluies noirs éclore comme autant de fleurs sombres dans la rue.

– Vous devez être Philip.

Je tournai la tête et vis un homme arrêté à hauteur de ma table.

– Walter Hendricks. J'espère que votre père va bien ?

– Autant qu'on est en droit de l'espérer, répondis-je.

– Pour un homme de son âge, vous voulez dire ? rétorqua-t-il avec un sourire entendu. Oh, du mien aussi, d'ailleurs.

Hendricks paraissait pourtant beaucoup moins frêle que mon père. Il donnait l'impression d'être un dur à cuire, de pouvoir encore mener des hommes à la baguette. Son accent du sud des États-Unis laissait entendre les sons légèrement nasillards de la région des Appalaches, plutôt que les « o » ouverts de celle de Tidewater. En voilà un dont les ancêtres s'étaient battus du côté de Lee, mais pas à ses côtés, me disais-je, des hommes qui, lorsqu'ils étaient revenus hagards, titubants, de la charge de Pickett[1] en avaient été quittes pour écouter les excuses de leur général de division en faisant mine de ne pas remarquer qu'il n'avait pas une seule goutte de sang sur son plastron.

– J'aurais cru que Julian et vous auriez plutôt fait le Grand Tour[2] après l'université, déclara-t-il, s'asseyant

1. Assaut tristement célèbre de l'infanterie des Confédérés lors de la bataille de Gettysburg qui doit son nom à l'un des généraux qui l'a mené et qui vira au désastre pour l'armée sudiste.

2. À l'origine, long voyage effectué à travers toute l'Europe et jusqu'en Grèce et en Asie Mineure par les jeunes gens de la haute société dans le but de parfaire leur éducation.

en face de moi avec un sourire aimable. L'Argentine m'a toujours paru être un choix curieux. « Les endroits poussiéreux », comme les appelait votre père. Il avait un faible pour les habitants de ces régions. Je lui disais qu'il devrait séjourner quelque temps à Tombouctou où même la nourriture a un goût de poussière, ajouta-t-il avec un petit rire.

– Je suis certain qu'il aurait aimé y être muté, rétorquai-je, prenant la défense de mon père. Pour regarder cette réalité-là en face.

Le rire d'Hendricks se prolongea.

– Mais pour une courte période, affirma-t-il avec la certitude de ceux qui en ont fait l'expérience. Personne n'aime cette réalité-là très longtemps.

Il regarda autour de nous.

– Vous étiez déjà venu ici ? demanda-t-il.

– Non.

– À mon avis, reprit-il avec un sourire, bien des complots ont dû y voir le jour. Je ne serais pas étonné d'apprendre que Reilly, l'espion gentleman, s'est un jour assis dans ce coin-là de la salle, à cette table même, poursuivit-il en tapotant le plateau rond tout juste assez grand afin d'y poser nos verres, pour réfléchir au moyen de faire assassiner Lénine.

Alors que nous ne faisions que parler à bâtons rompus, le regard d'Hendricks restait toujours aussi pénétrant : c'était celui d'un homme à qui il devait être impossible de mentir.

– Je suis un passionné d'histoire, ajouta-t-il. C'est pour cette raison que je me suis installé à Londres quand j'ai pris ma retraite. Je ne lis que des ouvrages historiques. Sans doute autant que votre père lit des romans d'espionnage. Il donnait l'impression de vivre dans les livres, à l'époque.

Il repartit à rire.

– Il lisait *Les Trente-Neuf Marches*[1] quand je l'ai connu.

– Il ne lit plus. Il regarde de vieux films. Ceux en noir et blanc, surtout. Des années quarante.

– Oui, ça lui ressemble bien.

Son sourire affichait toute l'indulgence de l'homme réaliste envers son semblable plus rêveur, ce en quoi je vis le meilleur de ce que mon père avait sans doute pu recevoir des êtres plus endurcis et beaucoup moins idéalistes que lui qui tiraient les ficelles à Foggy Bottom.

– Des histoires de héros solitaires. Ce qu'il aurait voulu être, je pense.

– Au lieu de quoi, il a passé sa vie derrière un bureau, dis-je.

– C'est vrai, admit Hendricks en hochant la tête. Mais je ne suis pas convaincu que votre père aurait été efficace ailleurs que derrière un bureau.

– Ah bon ?

– En fait, il me rappelait parfois ce que Trotski disait à propos du tsar Nicolas.

– Quoi ?

– Qu'il aurait fait un brave petit épicier ou autre chose du même genre. Un simple commerçant qui passe inaperçu pour l'Histoire. Mais votre père voulait non seulement changer la face du monde, mais de plus y parvenir par un acte de bravoure, m'expliqua-t-il en riant. Dans le bâtiment C, c'était le Walter Mitty[2] à demeure.

1. Célèbre roman d'espionnage de John Buchan.

2. Le personnage de Walter Mitty, créé par James Thurber, est celui d'un homme ordinaire qui s'évade du quotidien en faisant des rêves extravagants.

Le Walter Mitty à demeure.

C'était la chose à la fois la plus triste et la plus juste qu'on m'ait jamais dite sur mon père : qu'il avait passé sa vie assis à un bureau en se nourrissant de films d'espionnage et de romans de la même eau tout en rêvant à une vie aventureuse d'agent secret qu'il ne mènerait jamais.

Penser à mon père de cette façon me chagrina, et j'éloignai la conversation de tout sujet le concernant.

– Alors, ce rapport sur Marisol ? demandai-je, ramenant Hendricks à la raison de ma venue à Londres.

– Marisol, oui. Je dois vous avouer que je suis un peu curieux de savoir pourquoi vous vous intéressez tant aux efforts utopiques déployés par votre ami pour mettre la main sur cette jeune femme.

– Ils étaient utopiques ?

– C'est le mot, oui, répondit Hendricks sans détour. Il espérait retrouver quelqu'un qu'il ne connaissait pas dans un pays dont il ignorait tout. Il n'avait ni contact en Argentine ni aucune autorité pour mener quelque enquête que ce soit sur le sort de cette jeune femme. Pourtant, il a cru qu'il lui suffirait de se payer l'audace de se présenter à la Casa Rosada et de poser des questions comme bon lui semblait.

Il secoua la tête d'un air grave.

– Quel gamin ! soupira-t-il.

Ce qui me rappela une chose que Julian m'avait dite voilà bien des années. Je lui parlais de Mussolini, de son côté incroyablement enfantin : son amour des chevaux blancs qu'il se plaisait à faire caracoler, sa manière comique de se pavaner. Mes remarques parurent assombrir l'humeur de Julian, et ce fut d'un ton très sérieux qu'il me rétorqua : « Ça n'a pas fait rire les Éthiopiens. » Et hochant doucement la tête, il avait ajouté : « Les hommes qui détiennent le pouvoir ne devraient pas agir comme des gamins. »

Hendricks me transperça du regard.

– Comment a-t-il pu croire un seul instant que les militaires au pouvoir lui diraient quoi que ce soit ? Non seulement où se trouvait Marisol, ce qui lui était arrivé, mais aussi qui elle était ?

– Qui elle était ? demandai-je pour ramener la conversation sur elle.

Hendricks me sourit.

– Aujourd'hui, on dirait d'elle que c'est une « personne d'intérêt ».

– Pour la Casa Rosada ?

– Oui.

– Pourquoi ?

– Parce que tout portait à croire qu'elle travaillait pour un Montonero bien connu, un certain Emilio Vargas, répondit Hendricks d'une voix tranquille.

Je fis de mon mieux pour dissimuler mon étonnement.

– Julian possédait une photographie de Marisol et de lui, dis-je. Où avait-il pu se la procurer ?

– Peut-être a-t-il eu plus de succès que je ne le pensais à la Casa Rosada ? suggéra Hendricks. En tout cas, pour ce qui est de Vargas, on l'appelait « le Crochet ». C'était sa méthode de prédilection : pendre les gens à des crochets de boucherie.

Il me revint alors une atrocité que Julian avait décrite dans un de ses livres : les habitants d'un village des Balkans rassemblés et chargés à l'arrière de camions, puis emmenés à l'abattoir local où tous les hommes, femmes et enfants sans exception subirent chaque étape de l'abattage d'un animal. Il décrivait le processus si crûment et avec tant de détails que j'avais fini par le lire en diagonale.

– Il n'y avait pas plus sanguinaire que Vargas, poursuivit Hendricks. On lui donnait une liste de noms, et il faisait enlever ces gens. Leurs enfants aussi, parfois. Les torturer, c'était sa spécialité. Il l'aurait justifié, bien sûr. Et c'est vrai, il y en a qui ne craquent pas sous la torture. Mais quand on voit ces enfants nus, ligotés à un lit relié à une dynamo électrique… Bon, vous m'avez compris ?

J'acquiesçai.

– Il contrôlait un centre de torture dans une ferme du Chaco, ajouta Hendricks.

– Marisol était originaire de cette région.

– Oui, renchérit Hendricks, j'ai lu ça dans le rapport.

– Qu'est-il arrivé à Vargas ?

– Il a été tué par balle. Il ne faisait aucun doute qu'il avait subi des mauvais traitements avant de mourir.

– Mais encore ?

– Il a été longuement torturé. Il lui manquait certaines parties du corps, et non des moindres, si vous voyez ce que je veux dire.

Il se fendit d'un sourire.

– Il méritait chacune de ces mutilations, si vous voulez mon avis, ajouta-t-il.

– Où l'a-t-on trouvé ?

– Flottant dans le Rio de la Plata.

– Je n'arrive pas à imaginer Marisol fréquentant un tel homme.

– En ce cas, comment expliquez-vous cette photo ? J'ignore où Julian a pu se la procurer, mais je sais une chose : la Casa Rosada en était venue à soupçonner

Marisol d'espionner pour le compte de Vargas et de chercher avant tout à obtenir des renseignements sous couvert d'être guide pour le consulat américain.

Je l'avais brièvement imaginée dans ce rôle d'aventurière, tapie dans les recoins sombres du consulat, pressant l'oreille contre le battant d'une porte ou l'œil contre un trou de serrure.

– Bien entendu, ce n'était peut-être que sa couverture, ajouta Hendricks.

Il s'aperçut que je ne comprenais pas ce dont il me parlait.

– On appelle ça « faire un doublé », expliqua-t-il. L'agent s'autorise à s'exposer comme élément insignifiant du réseau alors qu'en fait elle en est un très important. Du coup, on doit l'observer doublement. Par conséquent, « faire un doublé ».

– Mais il n'existe aucune preuve que Marisol était…

Je laissai ma phrase en suspens.

– Non, mais nous disposions d'un rapport de nos services de renseignements sur elle, répondit Hendricks. Il contenait peu de choses, mais néanmoins établissait clairement que la Casa Rosada s'intéressait de près à Marisol. Je ne vous apprendrai rien en vous disant que Buenos Aires était un nid de vipères à l'époque, ajouta-t-il en haussant les épaules. Dans les deux camps, des gens étaient torturés, tués. La politique n'est pas un jeu fait pour tout le monde.

Je perçus non seulement un brin de condescendance dans sa dernière remarque, mais aussi le sous-entendu qu'en Argentine Julian et moi avions joué à la marelle dans une salle de torture.

Hendricks posa son porte-documents sur la table.

– Julian s'intéressait-il à la politique ? demanda-t-il.

– S'il s'intéressait à la politique ? répétai-je. Vous voulez dire s'il était un idéaliste, une sorte d'idéologue ?

– Ce sont deux choses très différentes.

– En quoi ?

– Un idéaliste, c'est un homme qui porte des œillères, me répondit Hendricks. Un idéologue, c'est un aveugle.

Il me regarda d'un air grave.

– Qu'en était-il pour Julian ?

– Je crois qu'il n'était ni l'un ni l'autre. À mon avis, il n'en a pas eu le temps avant…

– Avant quoi ?

– Avant la disparition de Marisol. Ensuite, comme vous le savez, il n'a fait que chercher à retrouver sa trace.

Hendricks hocha la tête.

– Retrouver sa trace, oui, murmura-t-il.

Son regard était celui d'un homme qui en avait trop vu et estimait que les autres étaient à peine plus que des enfants.

– Pour qui se prenait-il, votre ami ? reprit-il. Un superhéros ? Du genre que votre père rêvait d'être ?

Il me considéra comme si la jeunesse fleurissait toujours sur mes joues.

– Grandissez, je vous en prie ! dit-il.

Il ménagea une pause, puis se pencha vers moi d'un air résolument paternaliste.

– Savez-vous ce que les guerriers professionnels disent d'un personnage de fiction tel que Rambo ? demanda-t-il. Qu'il mourrait dans les cinq minutes. Mais qu'au cours de ces cinq minutes fatidiques, ses actes héroïques à la con provoqueraient la mort de toutes les personnes sous son commandement.

Il m'observa comme s'il cherchait à déceler chez moi un mobile caché, puis se pencha vers moi comme s'il avait acquis une certitude : que malgré tous mes privilèges, toute mon éducation coûteuse, une autre leçon me ferait le plus grand bien.

– On ne connaît un peuple que si on partage ses souffrances, affirma-t-il, et Julian ne savait rien de ce qu'il se passait en Argentine. Ce n'était qu'un touriste qui, par un concours de circonstances, a trempé son orteil dans une rivière de sang.

Il sortit une enveloppe de son porte-documents.

– Réjouissez-vous d'avoir vécu prudemment, Philip. Les téméraires meurent jeunes.

L'enveloppe glissa vers moi.

– Et c'est jeunes qu'ils tuent, aussi.

19

En littérature, la lettre non décachetée occupe une place de choix. La plus célèbre de toutes est peut-être celle que ne trouve pas Angel Clare dans *Tess d'Uberville,* ce qui permet que survienne un drame encore plus grand.

En entamant la lecture du rapport qu'Hendricks m'avait remis, j'en vins à me demander s'il y surviendrait aussi un autre drame.

Il comportait dix-sept pages. À l'origine, il avait été rédigé en espagnol, mais Hendricks avait pris soin de le faire traduire.

Ça commençait par une biographie fastidieuse. Il y était stipulé la date et le lieu de naissance de Marisol, la date de la mort de chacun de ses parents, celle de toutes les fois où elle avait par la suite traversé la frontière entre l'Argentine et le Paraguay, et celle de son installation définitive à l'âge de six ans, désormais orpheline, chez le père Rodrigo, dont la paroisse « présidait à différentes œuvres charitables dans toute la région du Gran Chaco ».

Page 3, Marisol arrive à Buenos Aires. Elle a quatorze ans et bénéficie d'une modeste bourse d'études dans une école catholique, que lui a obtenue le père Rodrigo « en raison de ses capacités et de ses motivations ». Marisol y reste quatre ans, collectionnant notes impressionnantes et commentaires élogieux de la part des religieuses qui la jugent consciencieuse, obéissante et « prompte à saisir la moindre occasion de faire plaisir ». L'anglais est sa matière préférée.

Page 9, Marisol sort diplômée de cette école et suit un enseignement professionnel axé sur divers aspects de ce que le rapport appelle « l'habillement ». Elle se passionne pour le stylisme.

Pour gagner sa vie, Marisol fait des petits boulots, de ceux qui sont traditionnellement réservés aux plus démunis. Tantôt elle est serveuse, tantôt ouvreuse à l'opéra et vendeuse dans une boutique de cadeaux. Elle travaille comme guide pour un musée de la ville. Là, sa maîtrise de l'anglais est remarquée, et elle arrondit ses fins de mois en se chargeant des visites guidées pour les touristes anglophones.

Parallèlement, Marisol poursuit sa formation dans son école professionnelle. En cela, elle n'est pas différente de centaines d'autres jeunes filles *porteñas*. Mais alors, et pour la première fois, un élément inquiétant apparaît dans le rapport : « Le sujet a pris contact avec le consulat américain à Buenos Aires et y a été embauché comme guide. »

Je savais qu'il n'en fallait pas davantage pour que la junte militaire vous ait à l'œil, mais l'activité de guide de Marisol me semblait si peu susceptible de fournir des renseignements utiles que j'avais du mal à concevoir qu'elle ait pu faire l'objet d'une surveillance rapprochée, et a fortiori qu'on se soit donné la peine de l'enlever et de la faire disparaître. Je ne trouvai aucune preuve qu'elle ait tenté de nouer des rapports privilégiés avec quiconque, que ce soit un haut fonctionnaire ou un haut responsable militaire qu'elle aurait pu séduire, et grâce à qui, en le faisant parler sur l'oreiller dans la langueur post-coïtale, elle aurait glané des informations confidentielles. En réalité, elle n'avait jamais servi de guide à quiconque dont les informations auraient pu présenter quelque intérêt.

Les deux dernières pages du rapport présentaient une chronologie succincte des événements précédents et la liste des personnes auprès de qui Marisol avait été recommandée par le consulat, ainsi que leur profession et les raisons de leur présence en Argentine. Il s'agissait principalement d'hommes d'affaires ou d'acteurs des réseaux culturels. Parmi ceux à qui elle avait servi de guide, on ne trouvait aucun militaire, aucun diplomate, aucun haut responsable de gouvernement. Elle semblait avoir passé son temps à escorter des caravanes de membres d'organisations religieuses à travers les régions réputées riches en âmes égarées, ou d'obscurs représentants d'associations caritatives. Bien modestes personnages que ceux qui composaient la liste des clients de Marisol, guère susceptibles d'intéresser un espion.

À supposer qu'elle ait réellement servi d'informatrice à un Montonero tel que Vargas, quels renseignements lui aurait-elle procurés et par qui les aurait-elle obtenus ? Assurément, ils n'auraient eu que peu de valeur et elle-même n'aurait été qu'une espionne sans envergure.

Voilà ce que n'importe quel agent de la Casa Rosada aurait vu en Marisol au premier coup d'œil.

Mais qu'aurait-il vu s'il avait « fait un doublé » ?

La page de Skype tremblotait un peu, mais je voyais tout de même assez nettement mon père. Il portait un peignoir bordeaux aux revers en velours qui, trouvaije, lui donnait davantage l'air d'un patron de la CIA à la retraite que d'un petit fonctionnaire du Département d'État. À cette idée, je me demandai s'il lui arrivait encore de se laisser emporter par les rêves à la Walter Mitty auxquels Hendricks avait fait allusion : un homme qui, lorsqu'il était seul avec lui-même, se donnait dans son imaginaire un rôle bien plus important que tous ceux qu'il avait pu jouer dans la réalité.

– J'ai rencontré ton ami, M. Hendricks, lui dis-je. Il pense que Marisol aurait pu être agent pour les Montoneros.

Je m'attendais à moitié à ce que mon père pouffe de rire à cette idée, mais il se contenta de hocher la tête.

– Ah, ça peut avoir son charme, dit-il. Le monde des intrigues et des complots.

Je lui rapportai en détail ma conversation avec Hendricks, mentionnant que la Casa Rosada aurait soupçonné Marisol d'être une espionne qui ouvrait grand les yeux et les oreilles pendant qu'elle travaillait pour le consulat américain. Puis j'ajoutai la supposition plus étrange encore qu'elle ait pu être une figure bien plus importante, son boulot de guide n'étant qu'une couverture.

– Qu'aurait-elle donc pu être ? demanda mon père.

– Tout laisse penser qu'elle était liée à un opposant au régime. Un certain Emilio Vargas. Originaire du Chaco, comme elle.

Mon père ne sembla pas s'étonner de cette supposition qui, pour moi, demeurait d'un ridicule achevé.

– C'est facile de se laisser embarquer dans une révolution, dit-il d'un ton des plus mondains. Ça vous monte à la tête. Surtout quand on est jeune. On se voit en Mao ou en Lénine, en libérateur de son pays.

Je repensai à ce qu'Harry m'avait dit sur le livre que Julian avait consacré à Tchikatilo : il s'y était employé à décrire par le menu les fantasmes délirants de ce tueur en série psychopathe qui se considérait comme un sauveur de la mère Russie.

– Ça a un charme terrible d'appartenir à une armée secrète, poursuivit mon père. Il est possible que Marisol ait été balayée par un phénomène de ce genre. La jeunesse est un champ de mines, finalement. Julian aussi était attiré par l'idée de devenir agent secret.

Il disait vrai. Avant même notre voyage en Argentine, Julian me parlait de « rouages secrets », ce que je prenais pour une allusion au travail de renseignement. Mais il parut avoir perdu tout intérêt pour ce genre d'existence après l'Argentine.

– Qu'est-ce qui l'intéressait dans ce travail ?

– Le double jeu, répondit mon père le plus naturellement du monde. La désinformation, tout ça. Jouer avec la psychologie de son adversaire. Il se croyait très malin, tu sais.

– Très malin, oui.

– Il pensait que là où il excellait, c'était à mettre les autres en confiance. Surtout seul à seul.

Je me remémorai les fois où, arrivant à l'heure pile à l'endroit où nous nous étions donné rendez-vous, j'avais trouvé Julian et Marisol m'attendant déjà, assis à une petite table, leurs verres à moitié vides démontrant qu'ils étaient là depuis un bon moment.

– Hendricks m'a transmis le rapport que la Casa Rosada détenait sur Marisol, dis-je. Il y est clairement établi que personne parmi les gens avec qui elle a été en contact en tant que guide pour le consulat américain ne représentait un quelconque intérêt pour les Montoneros.

Je m'arrêtai net à la pensée qui m'était venue, l'évaluai, puis la formulai.

– Enfin, personne sauf moi. Et Julian.

– Pourquoi les Montoneros se seraient-ils intéressés à toi ou à Julian ?

– Parce que nous étions liés à toi, papa, répondis-je.

Mon père ne réagit pas, mais je voyais qu'il réfléchissait à cette possibilité.

– Nous aurions constitué des cibles parfaites, non ? repris-je. Si Marisol était réellement une espionne.

– Comment aurait-elle pu savoir que vous étiez liés à moi ?

– Eh bien, pour commencer, le père Rodrigo t'avait évoqué devant elle. Par ailleurs, une fois, j'ai entendu Julian te décrire un peu comme son mentor. Il avait même laissé entendre que, au Département d'État, tu occupais un poste un peu plus élevé qu'il n'y paraissait.

– Ah bon ? fit mon père tout bas.

– Oui, et je me rappelle aussi qu'il lui avait parlé de notre maison. À l'entendre, on pouvait croire que c'était une propriété grandiose, alors Marisol a pu s'imaginer que tu étais un homme de pouvoir, au centre d'un cercle influent.

– Quelle ironie, murmura mon père. Moi qui n'ai jamais rien été d'autre qu'un…

– Julian possédait une photo de Marisol avec Emilio Vargas, l'interrompis-je. Par qui a-t-il bien pu l'obtenir ?

– Par quelqu'un de la Casa Rosada, je suppose, répondit mon père qui, semblant envisager une curieuse éventualité, ajouta : Peut-être par mon contact là-bas.

– Tu avais un contact à la Casa Rosada ? m'écriai-je, étonné qu'il ait côtoyé, fût-ce de très loin, ces sphères aventureuses.

– Ce n'était qu'une employée de bureau. Elle doit avoir plus de quatre-vingts ans aujourd'hui.

– Et n'est donc plus fonctionnaire à la Casa Rosada, ça va de soi.

– Plus depuis des années.

– Où est-elle à présent ?

– Pourquoi veux-tu le savoir, Philip ?

– Parce que ton contact de l'époque peut avoir une idée de qui était Marisol, et de ce qu'elle faisait. Elle sait sûrement s'il y a du vrai dans ce qu'on raconte sur elle, si elle… jouait un double jeu.

Mon père inspira profondément.

– Elle est retournée en Hongrie, dit-il. Sache que son dossier à elle non plus n'était pas sans tache. Tu n'as sans doute jamais entendu parler du massacre de l'hôpital de la rue Maros ?

Il me raconta cet événement particulièrement monstrueux qui avait eu lieu à Budapest, ultime effort des collaborateurs des Croix fléchées pour exterminer les quelques Juifs qui n'avaient pas encore été déportés de Hongrie. Ayant pris le contrôle de la ville dans le sillage des Allemands qui avaient battu en retraite, les hommes du parti des Croix fléchées firent un carnage, et parmi leurs victimes se trouvèrent les plus vulnérables des Juifs qui étaient restés en ville. L'hospice de la rue Alma fut pris d'assaut, de même que l'hôpital de la rue Városmajor. Mais ce furent les médecins, les infirmières et les patients de l'hôpital juif de la rue Maros qui subirent de plein fouet la cruauté des Croix fléchées lors d'une journée entière de tortures et de massacres.

– Mon contact y a pris part, me dit mon père à la fin de son récit. Elle ne l'a jamais nié. Au moins une chose à mettre à son actif.

– Qu'est-elle devenue après son départ de la Casa Rosada ?

– Elle est rentrée à Budapest. Elle a obtenu un poste au consulat américain.

– En récompense de ses bons et loyaux services en tant qu'espionne ?

Mon père garda le silence, mais je lus sa réponse dans ses yeux – tous les sales petits arrangements dont il avait eu connaissance mais qu'il n'avait jamais approuvés : les « routes des rats [1] », les attentats secrets, les renversements clandestins.

– Tu sais où elle est ? demandai-je.

– Quand elle a pris sa retraite, elle s'est installée dans un village de l'actuelle Slovaquie.

J'étais étonné que mon père le sache, ce qu'il comprit à mon expression.

– Nous avons été… amis pendant une brève période, dit-il. Ta mère était décédée depuis longtemps.

– Je vois.

– Nous avons fait connaissance dans un restaurant lors d'un de mes premiers séjours à Buenos Aires. Chaque fois que j'y allais, je la voyais. Ça n'a jamais été de l'amour. Mais elle travaillait à la Casa Rosada, alors je…

Il haussa les épaules.

– Tu jouais à l'agent secret ?

Mon père acquiesça avec l'air triste de celui qui a épuisé toutes ses illusions, un Walter Mitty qui n'est plus enclin à rêver tout éveillé.

1. *Ratlines* : filières d'exfiltration utilisées par les nazis et autres fascistes fuyant l'Europe après la Seconde Guerre mondiale.

– Stupide, murmura-t-il. Tout cela était très stupide.

L'espace d'un instant, il parut perdu dans ses pensées. Puis, tout à coup, tel un suspect acculé aux aveux, il lâcha :

– Et comme elle était mon seul contact, je lui ai adressé Julian quand il s'est lancé à la recherche de Marisol.

– C'est toi qui l'as envoyé à la Casa Rosada ? m'écriai-je, étonné qu'il ne m'en ait jamais parlé.

– C'était perdu d'avance, affirma mon père, mais il avait tellement envie de retrouver cette jeune femme. Il l'avait dans la peau, d'une certaine façon. Il était très déterminé. Je pensais que mon contact l'aiderait à élucider le mystère de cette disparition.

– Tu crois que ton « contact » accepterait de me parler ?

– J'en suis sûr, répondit mon père. Au nom du bon vieux temps, comme on dit.

– Pour qui travaillait cette femme ?

– Pour un colonel, un certain Ramírez. Juan Ramírez. C'était le directeur de plusieurs *escuelitas* de la junte.

Il vit que je ne comprenais pas le mot.

– Les « petites écoles », précisa-t-il. Il n'en manquait pas en Argentine à l'époque. C'était là que la Casa Rosada conduisait ses « ennemis » pour qu'ils y soient rééduqués. Autrement dit : torturés.

Il réfléchit à sa prochaine proposition avec un sérieux qui me parut excessif.

– Je peux lui écrire, si tu veux. Je suis sûr qu'elle voudra bien te parler.

– Oui, fais-le, répondis-je. Puis je lui enverrai aussi une lettre de mon côté.

Je pris un papier et un stylo.

– Comment s'appelle-t-elle, ton contact ?
– Irène.
– Et son nom de famille ?
– Jóság. C'est hongrois, comme tu t'en doutes. Ça signifie « bonté ».

Bonté.

Et dire qu'un mot si lumineux allait donner, me rendrais-je compte, une nouvelle direction si noire à la suite.

20

Plus tard, localisant sur la carte le village où habitait Irène Jóság, je constatai qu'il se trouvait à proximité de Čachtice, là où la comtesse sanglante avait vécu et où, dans son château qui surplombait la campagne, elle avait pratiqué la torture et le meurtre ; sa vie et ses crimes constituant le sujet du quatrième livre de Julian : *La Tigresse*.

Erzsébet Báthory naît à Nyírbátor, en Hongrie, en 1560, dans une des grandes familles dirigeantes du pays et, d'après Julian, rien dans sa jeunesse ne laisse augurer le monstre qu'elle deviendra par la suite. C'est au contraire une jeune fille studieuse qui, lorsqu'elle se marie, a une parfaite maîtrise du latin, de l'allemand et du grec, et a lu quantité d'ouvrages de science et d'astronomie – une érudition en laquelle Julian voyait un des éléments de son art de la dissimulation.

À quinze ans, elle épouse un fils d'aristocrates, et en 1575, le couple, qui a tout pour être heureux, s'installe au château de Vranov avant d'emménager dans celui, un peu plus spacieux, de Sárvár, puis finalement dans celui, qu'elle a reçu en cadeau de mariage et qui se dresse sur la cime d'une colline souvent prise dans les brumes, de Čachtice.

La guerre pour défendre l'Europe contre l'avidité ottomane va durer jusqu'en 1606, et pendant toutes ces années-là il incombe à Erzsébet non seulement de gérer mais aussi de défendre ses biens contre les Turcs. Ce à quoi elle s'emploie avec une grande habileté et une intense énergie. Mais ce n'est pas sa seule et unique occupation, car si les murailles de Čachtice tiennent bon, quelque chose s'effrite à l'intérieur : c'est au cours de cette période que la solitude commence à saper l'édifice savamment construit par Erzsébet, érosion qui, peu à peu, révèle ce qui se trouve en dessous. Pendant que son époux se consacre à ses stratégies militaires à Vienne, Erzsébet, pour la première fois de son existence, détient le vrai pouvoir, c'est-à-dire tous les pouvoirs à l'échelle humaine. Elle est la châtelaine, exerce l'autorité absolue et, comme Ilse Grese à Ravensbrück, se prend à manier le fouet.

C'est une arme qu'elle peut utiliser en toute impunité, car entre-temps son époux a été nommé commandeur en chef des troupes hongroises dans la guerre qui oppose le royaume à l'Empire ottoman, campagne qui l'éloigne pendant plusieurs mois. Ainsi, sans personne pour arrêter sa main, elle se met à menacer ses domestiques, puis à les frapper, chaque acte de violence attisant le suivant, jusqu'au jour où, en fouettant une au sang, elle s'aperçoit que sur sa joue, là où une goutte a giclé, sa peau semble plus belle. Dans le sang de ses servantes, elle a, par miracle, découvert un élixir de jouvence.

Se procurer ce sang régénérateur ne présente aucune difficulté pour Erzsébet, et dans les mois et les années qui suivent, elle en trouve à profusion. D'abord juste assez pour en avaler une goutte, puis une gorgée, puis une coupe. D'abord juste assez pour en mettre sur le bout de son doigt, puis pour en étaler sur son visage, puis pour en badigeonner tout son corps.

Mais même les murailles de Čachtice ne sont pas assez épaisses pour dissimuler ce qu'il se passe au château. Les premières rumeurs circulent dès 1602, et en 1604, à la mort de l'époux d'Erzsébet, on ne peut plus les ignorer, car elles ne concernent pas seulement des infidélités ou de curieuses pratiques sexuelles, les unes comme les autres étant choses courantes parmi l'aristocratie de l'époque.

C'est un pasteur luthérien qui lève ce lièvre, à la cour de Vienne qui plus est, si bien que les autorités ne peuvent faire la sourde oreille. Mais même alors elles ne réagissent pas tout de suite, et ce n'est qu'en 1610 qu'on ordonne une enquête au cours de laquelle Erzsébet est surprise en train de trancher la tête d'une jeune fille.

Erzsébet, parce qu'elle est une femme de très haute lignée, est assignée à résidence dans son château, et ce jusqu'à sa mort en 1614.

Durant toutes ces années, l'enquête permet de découvrir plus de trois cents victimes, rapporte Julian, encore que l'on n'ait jamais pu établir avec certitude le nombre exact de jeunes filles qui perdirent la vie dans les salles secrètes du château de Čachtice.

Julian n'avait pas lésiné sur les détails en dépeignant les horreurs de Čachtice : flagellations et mutilations, Erzsébet arrachant à coups de dents des parties du visage de ses victimes, ainsi que d'autres parties de leur corps, abandonnant certaines jeunes filles dehors dans la neige et les regardant mourir de froid, procédant sur elles à des opérations chirurgicales et autres expérimentations médicales, observant les étapes de l'agonie chez celles qu'elle laissait mourir de faim, maniant les tenailles et le fer rouge. Il semble ne pas y avoir eu de limites à sa féroce ingéniosité.

Mais, sous la plume de Julian, les crimes de la comtesse, aussi horribles soient-ils, devenaient, en un sens, moins cruels que son double jeu : ses démonstrations ostentatoires de piété, ses nombreux dons à l'Église, les expressions changeantes de son visage. Pour Julian, de toutes les créatures grandes et petites, c'est le caméléon qui était le plus à craindre, surtout – je pensais autant à la Meffraye, Perrine Martin qu'à La Tigresse, la comtesse Báthory – quand la dissimulation prend les traits d'une femme.

Sur la carte, je vis qu'une route en lacets menait du château de la comtesse à la demeure que je devinais bien plus modeste d'Irène Jóság, et je me pris à imaginer Julian l'empruntant en voiture, les yeux bouffis après une nouvelle nuit d'insomnie, la tête farcie des horreurs de Čachtice.

J'aurais pu tout simplement correspondre avec Irène Jóság, c'est sûr, mais j'en étais arrivé à me considérer comme une sorte de détective privé et, grâce à ce subterfuge, j'entretenais l'espoir, en lui parlant de vive voix, d'apprendre quelque chose qui puisse débroussailler le taillis de ronces dans lequel je m'étais fourvoyé : un nœud d'intrigues où les identités et les motivations changeaient sans cesse, où je ne pouvais plus dire ce qu'avait été Marisol ni si Julian avait découvert qu'elle était autre chose que ce qu'elle semblait être.

– Paris te manquera, m'assura Loretta quand je lui fis part de ma décision de me rendre en Hongrie. Comme il manque à tout le monde.

Je lui expliquai que j'allais en Hongrie parce que mon père m'avait donné le nom d'une femme qui travaillait à la Casa Rosada à l'époque où Julian était en Argentine.

– Il s'est présenté à la Casa Rosada quand il recherchait Marisol, ajoutai-je.

– Ah bon, pourquoi ? Je pensais que Marisol était apolitique.

– Ce n'est plus aussi évident.

Je lui relatai ce que j'avais appris de la bouche d'Hendricks à Londres, ainsi que la conversation que j'avais eue ensuite avec mon père, le résultat étant que je n'étais plus du tout certain de qui avait été Marisol.

– Donc, tout est envisageable, constata Loretta à la fin de mon récit.

– Oui, dis-je.

Pour la première fois, je sentis que j'abordais un tournant dans l'histoire que je vivais.

Loretta perçut, évidemment, les ambiguïtés contenues dans ma réponse.

– Tu crois que Julian a su tout cela ? demanda-t-elle.

– Je l'ignore, répondis-je.

Pendant une fraction de seconde, j'eus la sensation que nous étions tous deux figés en un lieu auquel personne d'autre que nous n'avait accès.

– Philip, tu es toujours là ?

Elle avait une voix inquiète, et je pris conscience d'être resté longtemps silencieux, un silence qui la troublait.

– Oui, fis-je.

Il y eut un moment de flottement, puis Loretta ajouta :

– Tu accepterais que je me joigne à toi, Philip ? Cela te dirait-il d'avoir une compagne de voyage ?

Il me vint à l'esprit que Julian n'avait pas eu cette chance, et que cela aussi, peut-être, avait précipité sa perte.

Se pourrait-il que cela précipite aussi la mienne ?

Face à cette question, je me sentis curieusement en danger, comme si je descendais un fleuve vers des ténèbres, et craignais soudain qu'au terme du voyage je puisse apprendre des révélations qui me soient aussi fatales qu'elles avaient pu l'être pour Julian, connaître des terreurs qu'il avait affrontées dans la solitude et l'isolement, mais que je n'aurais pas le courage d'affronter seul.

– Oui, répondis-je, tel un homme qui tend la main vers une corde de sauvetage. Oui, ça me dirait bien.

Loretta arriva à Budapest vêtue d'un corsage rouge foncé et d'une jupe à fleurs, jetant des coups d'œil à la ronde jusqu'au moment où elle me vit qui attendais dans la foule.

– Heureux que tu sois venue, lui dis-je en l'accueillant.

Et ce n'était pas une formule.

– C'est vrai, Philip ?

– Oui, c'est vrai. Tu as deviné juste : j'avais besoin de compagnie.

– Toi qui m'as toujours semblé si indépendant.

– Il ne faut pas toujours se fier aux apparences.

– Presque jamais, d'ailleurs, dit Loretta.

L'expression de son regard m'interpella, au point que j'eus tout à fait l'impression d'être Charles Bovary la première fois qu'il rencontre Emma, quand il est frappé par son regard brun empreint d'une « hardiesse candide ».

Le sentiment qui m'envahit alors fut d'une telle force que je dus m'en défendre et désignai l'endroit où j'avais garé la voiture de location.

Pendant le trajet vers la ville, Loretta dévorait des yeux son nouvel environnement. Dans cet enthousiasme, cette avidité de ce qu'elle voyait pour la première fois, j'entrevis la jeune fille qu'elle avait dû être, celle qui avait voyagé avec Julian : deux enfants brillants prenant la pose devant l'appareil photo de leur père au pied des Escaliers espagnols ou de la tour Eiffel, deux photos qu'elle avait fait encadrer et qu'elle avait accrochées au mur dans la maison de Montauk. Il y en avait d'autres de ces mêmes enfants déambulant dans la maison des Papillons ou la forêt viennoise. Ils s'étaient aussi promenés ensemble sur les Ramblas de Barcelone, et extasiés devant la Sagrada Familia.

Sur toutes ces photos, ils paraissaient superbement heureux : des enfants qui avaient toutes les chances de leur côté.

Ces visages jeunes et radieux avaient beaucoup changé au fil des ans, surtout celui de Julian qui, la dernière fois que je l'avais vu, m'avait laissé le sentiment que ce n'était pas tant l'épuisement qui le rongeait, mais plutôt une sorte de tumeur maligne psychologique qui avait fini par faire surface.

Je m'en ouvris à Loretta, qui y réfléchit un moment, puis me répondit :

– Tu sais, il m'a dit quelque chose qui m'a beaucoup troublée deux jours avant qu'il ne monte dans la barque. Il était assis au bord de l'étang. Je l'ai rejoint. Il avait le regard de quelqu'un qui est abîmé dans ses réflexions. Juste pour parler, je lui ai demandé : « Ça va, Julian ? » Je m'attendais à ce qu'il me réponde, comme chaque fois, un truc du style : « Oui, Loretta, et toi ? » Au lieu de quoi, il a cité ce vers de « La complainte du vieux marin » : « La vermine par milliers a continué de vivre, dont moi. » J'ai cru qu'il voulait plaisanter et je n'ai pas relevé. Julian tenait souvent ce genre de propos. Dévalorisants. Mais, cette fois, j'aurais dû comprendre qu'il allait très mal.

– Nous n'avons pas été suffisamment attentifs, n'est-ce pas ? Il y a eu de nombreux signes que nous n'avons pas su interpréter.

– Oui, acquiesça-t-elle. C'est vrai.

Quand nous arrivâmes à l'hôtel, Loretta descendit de voiture et leva les yeux sur la façade très ornementée. Je vis qu'elle la reconnaissait.

– Julian m'a décrit cet hôtel dans une de ses lettres, dit-elle. « Il y a de très belles céramiques Zsolnay. »

– Dans la salle de bains, précisai-je. À l'époque, c'était le point de ralliement des Soviétiques. C'était là qu'ils rencontraient leurs espions. En tout cas, c'est ce que le directeur de l'hôtel m'a raconté. Ça pimente l'histoire du lieu.

Quelques instants plus tard, nous pénétrions dans le hall. Je fis un signe de tête en direction du bar.

– Un verre avant de monter ? proposai-je.

– Oui, excellente idée.

Bientôt, nous étions assis à une petite table du bar, une coupe à la main, Loretta jetant des coups d'œil autour de nous avec toujours le même émerveillement enfantin.

– Que c'est sombre ici, murmura-t-elle. Il faut dire que les tentures des fenêtres sont épaisses.

– Tout à fait le genre d'endroit où « certains documents » ont pu changer de main, dis-je, plaisantant à demi.

– Dans une de ses lettres, Julian écrit qu'il lui fait penser à un vieux monsieur qui continuerait de dissimuler son crime, raconta-t-elle en buvant une gorgée. Tu crois qu'il est descendu dans cet hôtel par hasard ?

Je haussai les épaules.

– Gageons que les traces de balles autour de la porte et des fenêtres du rez-de-chaussée ont dû retenir son attention. Le directeur de l'établissement parle très bien l'anglais, il m'a raconté l'histoire des lieux. Je lui ai demandé qui était à l'origine de ces impacts de tirs. Ce sont les Croix fléchées – le parti fasciste hongrois qui a collaboré avec les nazis – en défendant la ville contre les Russes. Les Allemands l'avaient déjà évacuée.

Loretta ouvrit son sac et en sortit une photographie.

– J'ai pensé que ça t'intéresserait de la voir, dit-elle en me la tendant.

Sur l'image, Julian est assis dans l'alcôve-bureau à l'étage de la maison de Montauk, la grande fenêtre est derrière lui, l'étang scintille à l'arrière-plan. Il lit un livre, dont je ne parviens pas à déchiffrer le titre et dont la couverture est aussi fatiguée que l'homme qui le tient. Il a les cheveux en bataille, comme c'était souvent le cas le matin, et il porte la robe de chambre bleue que je lui avais offerte comme cadeau de retrouvailles à son retour de Russie.

– Pourquoi cette photo ? demandai-je.

– J'y ai repensé après t'avoir parlé. C'est la dernière de Julian. C'est lui qui a positionné l'appareil et qui l'a prise.

– Curieux autoportrait. Peu flatteur.

– Je ne connaissais pas son existence, mais quand j'ai voulu ranger l'appareil, je l'ai vue et l'ai imprimée.

Elle me la prit des mains et l'examina très attentivement.

– C'est une mise en garde, cette photo, affirma-t-elle. « Ne finis pas comme moi. »

Elle me la rendit, puis regarda par la fenêtre la rue animée.

– J'ai souvent pensé que si la vie était bien faite on devrait recevoir une photo qui nous montrerait comment on finira si on continue dans la voie qu'on a empruntée.

Elle se tourna vers moi avec un sourire fugace.

– Ça suffirait peut-être à nous sauver, murmura-t-elle.

Elle demeura silencieuse un instant puis, tout à coup, me demanda :

– Alors, pour le moment, quelle est ta théorie sur Julian ?

– Je n'en ai pas, admis-je.

– Moi non plus, dit-elle. Tout ce que je sais, c'est que Julian était un homme condamné, un homme qui s'était infligé une forme de peine d'emprisonnement intérieur à vie.

– Mais pour quel crime ?

– C'est toute la question, n'est-ce pas ? dit-elle en prenant son verre pour boire une autre gorgée. « Le crime de Julian Wells. » Qui n'a toujours pas été résolu.

Soudain, elle parut s'être débarrassée de la fatigue de son long vol, peut-être même d'une part de la grande aridité qui marquait sa vie depuis le décès de Colin.

– Bon, lança-t-elle, par où commence-t-on ?

21

Toute la littérature élude la question a priori insurmontable des différentes langues de l'humanité. Le personnage de fiction parcourt le monde en parlant, comme par miracle, celle du pays où le mènent ses pérégrinations. Dans le monde de la fiction, tout le monde se comprend, la tour de Babel renaît perpétuellement de ses ruines, si bien que, dès sa première rencontre avec un bushman africain ou un marchand bédouin, tout problème de communication disparaît, et notre héros se lance aussitôt dans une profonde discussion sur la vie, la mort et l'éternité alors que, dans la réalité, il aurait du mal à se faire expliquer où se trouve le troquet le plus proche.

Tout cela pour dire qu'il n'était pas en mon pouvoir ni en celui de Loretta de partir pour Budapest et, sans assistance, d'arriver à localiser Irène Jóság dans les plaines slovaques. Il y avait des dispositions à prendre, qui demandèrent plusieurs jours au cours desquels Loretta et moi en profitâmes pour nous promener en ville, visiter églises, musées, monuments.

Les brèves conversations que j'avais eues avec le directeur de notre hôtel m'en avaient appris suffisamment sur l'histoire locale pour me permettre d'enrichir nos sorties.

– Après la chute de l'Union soviétique, les Russes ont dû démolir tous les monuments qu'ils avaient fait construire en leur honneur à Budapest, racóntai-je à Loretta. Toutes les plaques, toutes les étoiles rouges, tout.

Je pointai le doigt vers le socle d'une statue dont il ne restait qu'une paire de bottes.

– Bien sûr, les Hongrois avaient d'ores et déjà décapité Staline, dis-je. En fait, ils l'ont carrément coupé jusqu'à ses bottes.

Nous poursuivîmes notre chemin, nous approchant à présent du Danube.

– Un jour, repris-je, Julian m'a dit : Un voyageur pénètre le monde qu'il visite, alors qu'un touriste apporte son propre monde avec lui sans jamais voir celui où il se trouve.

– Où t'a-t-il dit ça ?

– À Buenos Aires.

Nous continuâmes de marcher en silence, puis soudain elle s'arrêta et me dit :

– Donc, à un certain moment, Julian ne s'est plus considéré comme étant là-bas un simple touriste.

– C'est pourtant ce qu'il était, rétorquai-je en repensant à mon entrevue avec Hendricks, au regard quelque peu dédaigneux qu'il portait sur le « donquichottisme » des efforts de Julian pour retrouver la trace de Marisol. Je pense que, d'une certaine façon, Hendricks est dans le vrai au sujet de Julian, poursuivis-je. Parce que, en un sens, ce n'était qu'un touriste. Pouvait-il en être autrement ?

– S'il avait été entraîné dans la tourmente ?

– Comment cela aurait-il pu arriver ?

Elle me regardait d'un air de pure connivence, comme si désormais nous étions de mèche, elle et moi, nous livrant aux mêmes conjectures, explorant les mêmes possibilités.

– J'ai repensé à une chose que tu m'as dite le soir où tu m'as appelée pour m'annoncer que tu allais en Hongrie, répondit Loretta. Tu me parlais du rapport sur Marisol, du fait qu'elle aurait pu être une espionne. Tu me faisais remarquer qu'en tant que guide elle n'avait pas eu l'opportunité de rencontrer des gens importants, mais qu'elle a pu supposer que toi ou Julian pouviez connaître certaines choses.

– Ou certaines personnes.

– Oui, dit Loretta dont le regard s'éclaira. Alors je me suis dit : si c'était vraiment une espionne, elle a pu considérer Julian tout à fait différemment. Non pas comme quelqu'un détenant des informations, mais quelqu'un qui, plus tard, serait peut-être en mesure de lui en procurer.

– Où veux-tu en venir ?

– Elle aurait pu envisager qu'il avait directement accès à certaines informations. Ou indirectement. Par ton père, par exemple. Et, pour cette raison, elle aurait pu essayer de retourner Julian. C'est bien l'expression, non ? « Retourner » un espion ?

– Tu veux dire que Marisol aurait cherché à faire de lui un traître ?

Elle vit que je jugeais cette hypothèse hautement fantaisiste.

– C'est la plus vieille technique de retournement du monde, Philip. En fait, elle remonte à Ève.

Et il y eut Jézabel et Dalila. La duplicité féminine ne date pas d'aujourd'hui. Se pouvait-il que Marisol ait été une de ces femmes ? Auquel cas, sa couverture était particulièrement réussie, car il ne m'était jamais venu à l'esprit qu'elle pût être autre chose qu'une jeune personne admirable, consciencieuse et motivée qui voulait seulement tenter sa chance.

La photographie que j'avais trouvée chez Julian n'en existait pas moins : Marisol assise à côté d'Emilio Vargas, penchée vers lui, lui parlant à l'oreille. Était-il possible qu'elle ait ciblé un jeune homme naïf et inexpérimenté pour l'entraîner dans des intrigues, un jeune homme d'ores et déjà déterminé à faire quelque chose de grand et de bien dans le monde, un romantique, un idéaliste, un Américain qui avait des relations influentes, qu'elle pourrait « retourner » ?

Je repensai à la photo. Aux lèvres de Marisol contre l'oreille de Vargas.

Lui chuchotait-elle le prénom de ce jeune homme ?

Rien ne me permettait de l'affirmer, et pourtant c'était tout juste si je n'entendais pas ce prénom franchir ses lèvres.

Julian, me dis-je, et à ce prénom je songeai de nouveau à la fois où il m'avait cherché des poux dans la tête pour un point de détail sur lequel il se montrait catégorique alors qu'il avait tort, ce qui ne lui ressemblait pas, et où, pour le lui prouver, je m'étais précipité à ma chambre d'hôtel pour en rapporter la preuve, le laissant seul avec Marisol dans un petit bar à tapas près de la Plaza San Martín, peu après le départ du père Rodrigo. À mon retour, ils se parlaient avec gravité, et à cet instant, pensais-je à présent, on eût vraiment dit deux conspirateurs en train de tenir, comme disait René, « un sombre conclave ».

Comme si j'avais sous les yeux la photo d'un suspect surveillé, je revis Julian à l'instant précis où nos regards s'étaient croisés, son expression assez semblable à celle d'un garçonnet surpris alors qu'il commet un acte répréhensible.

L'avais-je pris sur le fait ?

Et le « crime » dont, tant d'années plus tôt, il avait prétendu que j'avais été témoin, était-ce donc sa trahison ?

Parfois, aucune autre issue ne s'offrant à nous, nous n'avons d'autre solution que de continuer d'avancer sur la même route. À présent, la mienne me conduisait hors de Budapest.

Avant de l'emprunter, je m'étais assuré les services d'un guide. Il s'appelait Dimitri, était très jeune, très enthousiaste, l'opposé de René. Pendant le trajet jusqu'au village où vivait Irène Jóság, il nous parla de sa passion pour l'anglais et de sa lecture compulsive des grands écrivains anglophones. Il n'en revint pas d'apprendre que j'étais critique littéraire et que Loretta était la sœur de ce qu'il appelait un « vrai écrivain », tout en admettant aussitôt, non sans s'en excuser, qu'il n'avait jamais entendu parler de lui.

– Quel est le nom de votre frère, déjà ? redemanda-t-il en sortant un petit carnet.

– Julian Wells.

– Je suis désolé, je n'ai pas lu ses livres. Mais soyez sûre que je vais m'empresser de combler cette lacune.

Loretta promit de lui en envoyer un des États-Unis, et quand nous nous arrêtâmes pour déjeuner, Dimitri, pour lui témoigner sa reconnaissance, lui cueillit une brassée de fleurs des champs.

Puis nous repartîmes à travers une campagne qui paraissait de plus en plus dense.

– Voici Čachtice, annonçai-je quand le village nous apparut. La salle de torture de la comtesse Báthory.

Loretta contempla le décor avec une intensité mêlée de crainte.

– Tu es certaine d'avoir envie d'aller jusqu'au château ? lui demandai-je pour ne pas la brusquer.

À ma grande surprise, elle m'affirma que oui, et Dimitri s'engagea alors sur la route sinueuse qui montait jusqu'à ces ruines.

Le château n'était pas très grand et, comme souvent dans de pareils endroits, ses murs étaient écroulés depuis fort longtemps. Un pan du donjon se dressait toujours là, de même que d'imposantes fondations dont nous parcourûmes les vestiges, la vaste campagne s'étendant en contrebas à perte de vue.

C'était entre ces murailles réduites à des éboulis que les victimes de la comtesse s'étaient vu infliger d'innommables souffrances, Erzsébet se déchaînant de plus en plus à mesure que les années passaient, littéralement, dans le sang.

Dans un des châteaux de Gilles de Rais, un homme de lettres et non des moindres, Anthony Trollope, se recueillant un moment pour penser aux victimes, avait affirmé par la suite qu'on pouvait encore entendre leurs cris, comme si les ondes sonores ne se dissipaient pas. Pourtant, elles s'estompent bel et bien, ainsi que Julian l'écrit dans *La Tigresse,* au point que les arbres de l'hiver qui entouraient le corps d'un enfant de plus étaient restés silencieux et n'avaient été d'aucune utilité pendant que les hommes du magistrat cherchaient des indices, comme s'ils étaient des témoins soudoyés aux mains incrustées de neige dans lesquelles la comtesse aurait glissé quelques pièces d'argent.

– Cet endroit donne la chair de poule, tu ne trouves pas ? dit Loretta.

– Oui, répondis-je.

Jusqu'à la fin de notre promenade parmi les décombres du château de Čachtice, Loretta resta plongée dans ses pensées. Elle les garda pour elle, mais je la soupçonnais de s'interroger sur la terrible possibilité que Julian ait réellement pu être « retourné » par Marisol, et donc, pendant une brève période de sa vie, avoir été un traître. Cependant, je ne la pressai pas de questions, et ce ne fut qu'en repartant pour nous rendre chez Irène Jóság qu'elle s'en ouvrit à moi.

– Un jour, Julian et moi étions assis dans la barque où je l'ai trouvé, raconta-t-elle. Il était revenu à la maison, il avait fini d'écrire *La Tigresse,* mais n'avait pas encore commencé *Le Commissaire*. Nous parlions de notre enfance. De nos voyages. Du fait qu'à l'époque nous n'avions peur de rien. À un moment, je lui ai confié que mes peurs, dorénavant, étaient celles de tout un chacun. La vieillesse. La maladie. La mort. J'ai vu que lui, il ne craignait rien de tout cela. Alors je l'ai interrogé sur les siennes. Il m'a répondu que, désormais, il n'avait plus peur de rien. C'est le « désormais » qui m'a paru étrange, à cause de sa façon de le dire, comme s'il voulait me faire comprendre qu'il avait déjà combattu sa plus grande peur.

– Et l'avait vaincue ?

Loretta secoua la tête.

– Non, seulement qu'il l'avait combattue.

Elle leva les yeux vers les tours effondrées du château de Čachtice.

– Après, murmura-t-elle, il était comme ces ruines : détruit.

Détruit.

Puisque nous n'avions aucun moyen d'approfondir ce sujet, Loretta et moi nous lançâmes dans une discussion à bâtons rompus jusqu'à notre arrivée devant la maison d'Irène Jóság environ une heure après avoir quitté Čachtice.

La demeure était modeste, et la végétation qui l'entourait, faite de hautes herbes et de plantes grimpantes, la rendait à peine visible de la route.

– Vous êtes sûrs que c'est ici ? demanda Dimitri.

– J'en suis sûr, répondis-je.

Nous descendîmes de voiture et nous approchâmes de la maison par une allée inégale envahie par des mauvaises herbes et obstruée par des arbustes aussi difformes, aurait pu écrire Julian, que des cadavres gorgés de soleil.

Je frappai et entendis des pas traînants à l'intérieur. Puis la porte s'ouvrit, et un petit bout de femme nous apparut : vêtue sobrement, les cheveux striés de mèches jaunâtres, les yeux d'un bleu étincelant au regard perçant qui suggérait, je n'avais aucun doute là-dessus, une intelligence très vive. Elle ne portait pas la tenue habituelle des paysannes hongroises, mais une robe noire aux poignets bordés de dentelle qui n'était pas sans lui donner un léger air de matrone espagnole. Elle avait sûrement fait des efforts de toilette pour l'occasion, et je notai la touche de fard à joues ainsi que le rouge à lèvres carmin qui débordait un peu aux commissures de sa bouche.

– Ah, fit-elle avec un accent plus espagnol que d'Europe de l'Est, voilà les Américains.

Elle recula en chancelant, nous fit signe d'entrer et nous guida jusqu'aux fauteuils de son salon exigu.

– Vous voulez boire quelque chose ?

– Non, merci, répondis-je.

Sur ce, elle s'assit précautionneusement dans un petit fauteuil en bois, et les mondanités purent commencer. Elle s'enquit du confort de notre hôtel à Budapest, mais s'intéressa davantage à mon passage par Paris, une ville qu'elle idéalisait mais n'avait jamais vue et maintenant ne verrait jamais, ce qui orienta la conversation sur les maux dont elle souffrait, ses douleurs articulaires et sa perte d'audition, sa vue qui baissait, les vicissitudes de l'âge, ce qui, finalement, lui fit penser à mon père.

– Votre père va bien ? me demanda-t-elle.

– Pas au mieux de sa forme, non. Les mêmes problèmes que ceux dont vous parliez. Des douleurs.

– Ah là là, soupira-t-elle. Il n'y a pas à dire : rien ne vaut la jeunesse.

Nous parlâmes assez longuement du temps où elle travaillait pour le gouvernement américain, et notamment de mon père qui, nous raconta-t-elle, s'était toujours montré très gentil avec elle et toujours comporté en gentleman, sans se donner de grands airs – un homme capable de discuter en toute simplicité avec une modeste employée de bureau. Elle avait lu ou entendu dire que « le grand George Marshall » avait eu de telles qualités et, après l'arrogance des décideurs de la Casa Rosada, la modestie de mon père avait été pour elle plus que réconfortante. Elle ne laissa rien entendre au sujet de la relation nettement plus intime à laquelle mon père avait très clairement fait allusion, aussi me gardai-je de l'évoquer.

À la fin de ce récit, elle inspira profondément, puis lorgna Loretta.

– Je ne m'attendais pas à avoir deux invités. C'est votre charmante épouse ?

Je lui avais présenté Loretta en entrant, mais cela semblait avoir échappé à la vieille dame.

– Non, c'est Loretta Wells, lui rappelai-je. La sœur de Julian.

– Ah oui, dit Irène. La sœur de Julian. Ma mémoire s'en va, non ? Oui, oui, Julian.

Elle reporta son attention sur moi.

– La raison de votre venue ici, votre père me l'expliquait dans sa lettre : Julian. Quel triste jeune homme !

Cette transition en valant bien une autre pour nous ramener à la raison de notre visite, je saisis la balle au bond.

– Mon père me disait que, au début des années quatre-vingt, vous aviez travaillé à la Casa Rosada.

Je jetai un coup d'œil aux notes que j'avais prises pendant notre conversation sur Skype.

– Pour un certain colonel Juan Ramírez ? ajoutai-je.

Irène le confirma d'un mouvement de tête.

– C'était un homme à femmes, ce Juan, se remémora-t-elle avec un sourire. Très très beau. Plus d'une fois, il a voulu m'inviter dans sa tanière du quartier de Puerto Madero. C'était un fasciste pur et dur. Un jour, il m'a dit : « On ne vit pas avec les rouges, on vit sous leur botte ou on ne vit pas du tout. » Il était prêt à tout pour préserver l'Argentine de la menace communiste. En réalité, il a fait ce que tous les fascistes font, à savoir la même chose que les rouges.

Apparemment, elle méprisait pareillement ces deux groupes.

– Il en avait toujours après les Montoneros, poursuivit-elle. Eux, il en rêvait la nuit. De les tuer tous jusqu'au dernier. C'était sa raison de vivre. Il voulait leur faire la chasse comme le renard chasse le lapin. Le nez au sol jusqu'à ce qu'il les débusque. Alors, il les déchiquetait.

– Mais comment les trouvait-il ? demandai-je.

– Des noms remontaient jusqu'à lui.
– Par des informateurs ?
Elle acquiesça.
– Il en avait beaucoup, dit-elle, mais c'était un gros poisson, un Montonero, qui lui fournissait les noms des gens importants. Et l'endroit où vivaient les autres Montoneros qui se terraient dans leurs grottes. Même le nom de leurs enfants, il les lui donnait.
– Ramírez avait retourné un chef montonero ? s'étonna Loretta.
– Oui, répondit Irène qui donna l'impression de revoir cet homme devant elle. Très grand, mais un indigène. Il venait du Chaco.
– Emilio Vargas ? bafouillai-je.
Irène écarquilla les yeux de surprise.
– Vous avez entendu parler de celui-là ?
– Oui. Il pratiquait la torture pour les Montoneros.
Irène rit.
– Ça, c'était pour montrer que c'était un homme méchant, dit-elle. Il est parfois nécessaire de le faire. Ça prouve que vous haïssez l'ennemi, que vous n'avez pas de pitié. Quand il le faisait, les autres se disaient : « Voilà à quel point il hait. Voilà à quel point il est des nôtres. »
Elle se remit à rire.
– Sa cruauté était sa couverture, murmura-t-elle, et en disant cela, une lueur de curieuse admiration passa dans ses yeux. Mais ce n'en était qu'une parmi d'autres.
L'espace d'un instant, elle me fit penser à une petite fille qui regarderait des silhouettes changer dans les miroirs déformants d'une fête foraine.
– Parce que devant Juan aussi, il était sous couverture, ajouta-t-elle.

– Pourquoi en avait-il besoin ? demandai-je.

– Parce qu'il n'était pas réellement passé dans l'autre camp. C'était toujours un Montonero fanatique.

– Vargas était un agent double ?

– Oui, me répondit Irène. Et Juan avait des soupçons. C'est pourquoi il mettait la pression sur Vargas pour le tester. Ça a toujours été sa méthode : prendre l'autre dans un étau et serrer, serrer de plus en plus fort jusqu'à ce qu'il craque. C'est pour ça que Vargas s'efforçait de lui donner des renseignements de plus en plus intéressants.

Soudain, son visage se crispa comme si elle craignait, encore aujourd'hui, qu'on soit en train de l'observer.

– Mais ils n'étaient jamais assez bons pour Juan, reprit-elle. Il exigeait toujours plus de Vargas, pour preuve de sa loyauté. Il menaçait de lui trancher les oreilles, de lui couper la langue. Ça, il l'aurait fait s'il ne lui livrait pas les bons. Et par « les bons », il entendait des gens.

– Des gens ?

– Juan voulait faire peur à Vargas pour qu'il lui livre un chef montonero. Alors, il fait de lui un homme tombé dans l'océan qui voit le requin foncer droit sur lui. Comme il n'a pas le temps de sortir de l'eau, il met quelqu'un d'autre entre lui et le requin.

Ça la fit rire.

– Juan adorait ce petit jeu, ajouta-t-elle. Il me disait : « Vargas s'arrachera lui-même les yeux et se tranchera tout seul les oreilles. Il me donnera le nom de la femme quand j'en aurai terminé avec lui. »

– Une femme ? demandai-je.

Irène acquiesça.

– Une vraie diablesse, selon Juan. Elle avait kidnappé des enfants des membres de la junte. Elle les attirait avec des bonbons. Il y avait une camionnette, et en deux temps trois mouvements, ces enfants avaient disparu. Elle était douée pour ça. Elle les libérait mutilés, brûlés. C'était affreux. Les yeux arrachés. Les généraux de la Casa Rosada voulaient cette femme plus que quiconque à cause de ce qu'elle avait fait subir à ces gamins. Et c'était le nom de cette femme que Juan voulait obtenir de Vargas parce que ce serait une belle prise pour lui et qu'il obtiendrait une jolie promotion en l'arrêtant.

– Comment se fait-il que vous en sachiez autant sur les agissements de ce Ramírez ? intervint Loretta.

– Il me voulait dans son lit, alors il se vantait devant moi, lui répondit Irène. Il me racontait tout, ses nombreuses histoires d'espions et d'agents doubles. Surtout quand il avait bu trop de vin.

Elle plissa les paupières comme si j'étais un objet, au loin, qu'elle essayait de mieux distinguer.

– Mais c'était un malin, Juan : quand il y a eu le feu dans la maison, il a filé par un petit trou, ajouta-t-elle avec un sourire plein de mépris. Il ne parlait que l'espagnol, alors il partait en Espagne. Il s'asseyait dans un parc et bavardait avec les anciens de la Phalange.

Un étrange air de défaite envahit ses traits.

– Il existe toujours un endroit pour ces hommes-là, dit-elle.

Elle se tut, comme épuisée par son récit, puis, en un effort qui parut considérable, se décida à aller jusqu'au bout.

– Mais passons, reprit-elle en agitant la main comme pour chasser de son souvenir cette sombre période. Revenons à Julian. Votre père me dit que vous voulez savoir ce que je lui ai dit quand il est venu à la Casa Rosada, c'est ça ?

– Oui, répondit Loretta d'une voix posée.

– Eh bien, il venait me voir parce qu'il recherchait cette femme, raconte Irène. Vous m'excuserez, mais je ne me souviens pas de son nom.

– Marisol, lui dis-je.

Irène lança un coup d'œil à Loretta, puis vers moi.

– Julian s'est présenté à la Casa Rosada parce qu'il voulait retrouver cette Marisol.

Elle se tourna vers Loretta.

– Je suis triste d'apprendre qu'il est mort, lui dit-elle. Si jeune. C'est toujours une tragédie quand la mort frappe trop tôt.

Cela dit, Irène reporta son attention sur moi.

– Votre père m'a envoyé Julian, mais moi, je ne savais rien sur cette fille.

– Vous ne saviez rien du tout ? relevai-je. Je pensais que c'était peut-être vous qui lui aviez donné une photo de Marisol en compagnie d'Emilio Vargas. Je l'ai trouvée dans ses affaires, à Paris.

La vieille femme secoua la tête.

– Non, moi, je n'ai pas donné de photo à Julian. Je suis allée voir Juan. Je lui ai parlé de la disparition de cette fille. J'ai deviné qu'il la connaissait, mais il ne m'a rien dit.

– Je croyais qu'il vous racontait tout, dis-je.

– Moi aussi, c'est ce que je croyais, rétorqua Irène. Mais sur elle, pas un mot.

– Il ne vous a rien dit du tout ? insistai-je, incrédule.

– Si, il m'a dit : « Irène, sur celle-là, moins tu en sauras, mieux ça vaudra pour toi. » Il a ajouté que si cet Américain revenait, je devais lui conseiller de rentrer dans son pays et d'oublier cette fille.

– Mais qui était-elle ? intervint Loretta. Marisol ?

Irène leva les yeux au ciel.

– Ça, Juan ne me l'a jamais dit, mais je pense que c'était un gros poisson, car pas longtemps après, il a pris du galon à la Casa Rosada.

Elle sourit.

– Tout ça, je l'aurais raconté à Julian s'il me l'avait demandé quand il est venu ici, mais il n'a posé aucune question sur cette fille.

– Julian est venu ici ? s'étonna Loretta.

– Oui, répondit Irène. Il n'est resté qu'un après-midi. On a bu des boissons fraîches en parlant du bon vieux temps.

– Et à aucun moment, il n'a évoqué Marisol ? insistai-je.

– Non, sur elle, rien.

Soudain, elle parut s'interroger.

– Donc, je pense qu'il savait peut-être déjà ce qui lui était arrivé.

Ma bouche s'entrouvrit, j'étais sidéré.

– Il le savait déjà ? m'écriai-je. Mais il ne pouvait pas le savoir !

– C'est ce qu'il m'a semblé, oui, me dit Irène. Qu'il ne se posait plus de questions sur cette fille.

Pour la première fois, Loretta laissa paraître son scepticisme – lequel l'animait peut-être depuis le début. Mais à présent elle ne cachait plus le fait qu'elle doutait de la véracité des dires de cette vieille femme.

– Dans ce cas, pourquoi serait-il venu vous voir ? demanda-t-elle.

– Il avait fait le chemin jusqu'ici pour… comment vous dire ?… pour faire ses adieux. Il voulait me remercier de lui avoir parlé à l'époque, quand il est venu à la Casa Rosada.

Elle se tourna vers Loretta.

– Il avait de gros ennuis, votre frère. Il avait un poids sur la conscience. Ça, je le voyais. Alors, je lui ai dit que ce poids-là, je le connaissais.

Elle porta son regard sur un vieil album photos posé sur la table.

– Vous pouvez me le passer, s'il vous plaît ?

Je m'exécutai.

– Là-dedans se trouve le mal, je l'ai montré à Julian, je lui en ai parlé, dit-elle tout en ouvrant l'album et en feuilletant les pages cornées. Ah, voilà ! s'écria-t-elle en nous invitant d'un geste, Loretta et moi, à nous approcher pour regarder.

Sur la photographie, une jeune femme portant un fusil et un brassard du parti des Croix fléchées se tient à côté d'un prêtre et regarde les corps d'un groupe d'hommes et de femmes étalés à leurs pieds, tous en vêtements civils.

– Lui, c'est le père Kun, nous dit-elle. Il était prêtre, mais son fantasme, c'était d'être soldat. Il cachait toujours un pistolet sous sa soutane. Il a fait aligner les Juifs, il a braqué son arme et, à nous qui avions des fusils, il a crié : « Au nom du Christ, FEU ! »

Elle détacha son regard de la photographie.

– Alors, j'ai obéi, ajouta-t-elle.

Elle referma l'album.

– Ce sont mes aveux, dit-elle, et je l'ai dit à Julian.

Elle sourit.

– Il m'a dit au revoir. Il m'a baisé la main. Il a dit qu'il irait bientôt à Rostov.

– Parce que c'est là qu'habitait Andreï Tchikatilo, expliquai-je.

De toute évidence, ce nom n'évoquait rien pour Irène.

– Un tueur en série russe, lui précisai-je.

– Julian ne m'a pas parlé de ce tueur. Il m'a raconté qu'il allait à Rostov pour faire aussi ses adieux à un homme qu'il avait connu bien des années plus tôt. Je connaissais son nom de l'époque où je vivais en Argentine. C'était un espion russe qui avait été envoyé là-bas.

– Julian était en contact avec un espion russe pendant qu'il était en Argentine ? demandai-je.

– Oui, répondit Irène. C'est ce qu'il m'a dit. Et aussi que cet homme, il l'a rencontré plusieurs fois. Un homme qui connaissait beaucoup de secrets sur les temps difficiles en Argentine.

– Qui est-ce, ce Russe ? intervint Loretta.

– Il s'appelait Mikhaïl Soborov, répondit Irène sans la moindre hésitation. Juan avait très peur de lui.

– Pour quelle raison ?

Irène eut un petit rire.

– Parce que c'en est un… comme on dit chez nous… c'en est un qui sait où trouver le couteau.

Elle se cala contre le dossier de son fauteuil.

– Julian l'a vu à Rostov ?

– Je ne sais pas, lui répondis-je.

Irène hocha lentement la tête et, dans ce mouvement, son esprit parut chavirer dans une part de son passé.

– Julian avait un je-ne-sais-quoi qui vous donnait envie de parler avec lui de choses dont on ne parle à personne d'autre. Quand je lui ai fait mes aveux, il m'a dit que lui aussi il avait connu le mal. Il m'a dit qu'il était comme moi.

– Comme vous en quel sens ? s'inquiéta Loretta.

– Par son crime, répondit Irène.

– Assassiner des gens innocents ? relançai-je.

Irène haussa les épaules.
– Ça, je l'ignore.
– Il n'a rien dit sur la nature de son crime ? insista Loretta.
– Non, dit Irène. Mais ça l'avait fatigué, je pense. Il a laissé entendre qu'un jour il aurait envie de rentrer chez lui.
– Chez lui, répéta Loretta tout bas.
– Chez lui, oui, dit Irène. Il voulait trouver la paix là-bas.
Elle sourit gentiment.
– Il a dit qu'il y avait un étang.

CINQUIÈME PARTIE

Le Commissaire

22

Dans son livre *Le Commissaire,* Julian imagine l'épouse de Tchikatilo – la mère de ses enfants, celle qui avait partagé sa vie pendant les nombreuses années où il avait secrètement parcouru le réseau ferroviaire de l'Union soviétique alors au bord de l'effondrement – au moment où elle commence à soupçonner que ce malheureux Andreï n'est pas seulement ce qu'il paraît être :

> *Elle se souvint de cette froide journée de décembre, si proche de Noël, où Yelena Zakotnova fut la première à disparaître. L'avait-elle croisée un jour dans les rues de la ville ? Selon les journaux, c'était une jolie petite fille de neuf ans, brune, aux cheveux courts. La femme de Tchikatilo se dit que, de loin, son assassin avait très bien pu la prendre pour un garçon. « Son assassin. » En se répétant ces mots, elle fut parcourue d'un frisson plus glacial que tous les hivers qu'elle avait connus à Chakhty car, à l'instant même où ils résonnèrent dans sa tête, elle eut la vision d'Andreï et se rappela immédiatement les taches de sang qu'elle avait vues sur le côté de la maison où ils vivaient ensemble, leur chambre commune plongée dans la pénombre, le lit vide pendant les longues absences de cet homme, le couteau qu'il emportait*

dans ses affaires avec son pain noir et son morceau de fromage.

J'évoquai ce passage à Loretta au cours du dîner, en ajoutant :

– On retrouve ça dans tous les livres de Julian : la duplicité. Le moment où le visage de la personne que l'on croit connaître change, où l'on soupçonne qu'il y a une chose terrible derrière son masque.

– Tu penses que Marisol portait un masque ? demanda Loretta. Que c'était elle la « diablesse » que Vargas a donnée à Ramírez – en réalité, une mère la Terreur, comme la Meffraye, ou une tigresse, comme la comtesse Báthory ?

Pendant le trajet de retour à Budapest, j'avais effectivement imaginé Marisol dans cet horrible rôle, son regard brillant d'une lueur sinistre identique à celle que Julian mettait dans les yeux d'Erzsébet Báthory.

– Après tout, des femmes comme ça, il en existe, dis-je. René en a connu une à Alger. On la surnommait « la Lame » et, d'après lui, elle semait la terreur. Marisol paraissait si innocente qu'elle n'en aurait été que plus redoutable.

Loretta prit son verre, but une gorgée et promena son regard sur le hall de l'hôtel.

– Donc, c'est une question de trahison morale, poursuivis-je. Marisol se présente comme une petite provinciale du Chaco. Elle prétend que tout ce qu'elle veut, c'est changer de vie. La journée, elle cite Borges et nous sert de guide, à Julian et moi, dans Buenos Aires. La nuit, elle se rend dans quelque geôle et devient un monstre pour les Montoneros.

Cette hypothèse, à l'évidence, troublait Loretta.

– S'il y a du vrai dans ce que tu dis, alors Julian s'est vraiment immiscé dans ce monde contre lequel ton père vous avait mis en garde, dit-elle. Ce monde de l'ombre. Agents secrets, agents doubles, agents triples. Il n'était pas habitué à ce genre d'imbroglios. Mais il aurait commencé à s'inquiéter, tu ne crois pas, s'il avait eu vent de ce que nous avons appris. Il aurait cherché à savoir non seulement où cette fille se trouvait mais aussi qui elle était. Parce qu'il n'aurait plus été sûr de rien. Était-ce une fille totalement apolitique ? Faisait-elle partie des Montoneros ? Il aurait même pu se demander si elle n'était pas un agent double qui travaillait pour la junte.

– Pour la junte ?

– Dans le but d'arrêter Vargas, par exemple. Julian aurait commencé à envisager la duplicité sous toutes ses formes.

La duplicité sous toutes ses formes.

À ces mots, je sentis la vie prendre un nouveau tour et, à la faveur de cette volte-face, Marisol devint une forme perpétuellement mouvante. Se pouvait-il, m'interrogeais-je, que les multiples visages de femmes fatales que Julian avait représentés dans son œuvre soient autant de tentatives de décrire le cauchemar moral plus insaisissable encore qu'était Marisol ?

J'y réfléchis un moment, puis risquai :

– Mais si Marisol travaillait pour la junte, pourquoi se serait-elle volatilisée ?

Loretta parut surprise que j'aie pris sa dernière conjecture au sérieux. Pourtant, elle se mit à réellement envisager cette possibilité.

– La raison la plus évidente serait qu'elle avait grillé sa couverture, répondit-elle. Du coup, ses « donneurs d'ordres » l'auraient retirée du jeu.

– Donc, selon ce scénario, Marisol n'aurait été ni kidnappée ni assassinée ?

Cette sombre éventualité me fit considérer les faits sous une perspective inattendue.

– Ce qui voudrait dire que Julian recherchait une femme qui ne s'est jamais fait enlever, murmurai-je.

J'osais à peine imaginer le sentiment de trahison qu'il aurait éprouvé s'il avait découvert une si cruelle vérité au sujet de Marisol : ça l'aurait atteint au plus profond de son être, ça l'aurait complètement dévasté.

Les conséquences dramatiques de cette possibilité durent transparaître sur mon visage, car j'en vis le reflet sur celui de Loretta.

– Cela étant, nous ne savons pas du tout ce que Julian en était venu finalement à penser de Marisol, me rappela-t-elle.

Certes, songeai-je, mais il me revint le souvenir d'une nuit où Julian et moi étions sortis dans le quartier de La Boca. Il s'était brusquement arrêté devant une des maisons aux couleurs si vives. D'un signe de tête, il m'en avait indiqué l'arrière-cour où une vieille voiture était garée non loin d'un soupirail. Le capot était ouvert, et deux longs câbles noirs serpentaient depuis la batterie jusque dans la cave.

– C'est un des endroits où la junte séquestre les gens, avait-il déclaré posément. C'est une petite salle de torture.

– Comment le sais-tu ? m'étais-je étonné.

– Marisol me l'a montrée un après-midi. En me disant que tout le monde sait ce qui se passe ici.

Mais était-ce vraiment de notoriété publique, me demandai-je à présent, ou Marisol était-elle la seule à le savoir ?

Et Julian, en une atroce prise de conscience, n'aurait-il pas découvert cette effroyable vérité ?

Il arrive toujours un moment où il faut assembler les divers éléments d'un mystère à la manière des pièces d'un puzzle, les disposer sur la table pour que chacun d'eux finisse par trouver sa place dans l'image qui émerge peu à peu. Je sentis que le moment était venu que les morceaux de mon histoire s'organisent pour cette « révélation » finale, mais au lieu d'avoir une illumination, je me retrouvai confronté à un monde encore plus ténébreux de loyautés et d'identités changeantes, par lequel Julian, si jeune, si naïf, aurait pu aisément se laisser séduire.

– À quoi penses-tu, Philip ?

– À Julian. Au fait que son monde était devenu très noir au moment où il a quitté l'Argentine. Et que si nous continuons sur notre lancée, il se pourrait bien que le nôtre aussi le devienne.

– Autrement dit, tu préfères qu'on arrête nos recherches ?

– Non. Mais je ne sais pas pourquoi.

Elle effleura ma main.

– Parce que la curiosité est la bête la plus vorace qui soit, murmura-t-elle. Et donc nous n'avons d'autre choix que de continuer à chercher.

Son sourire m'évoqua celui des figures de tragédie antique.

– Nous sommes comme Nick et Nora [1], Philip. Mais en beaucoup plus sombres.

Ses doigts étaient doux et tièdes, contact que je ne connaissais plus depuis de nombreuses années.

– Oui, dis-je. C'est tout à fait nous.

1. Nick et Nora Charles, personnages du roman *L'Introuvable* de Dashiell Hammett.

23

Nous arrivâmes à Rostov en début de matinée. Youri Kasov, notre guide, à qui je donnais une cinquantaine d'années, avait également servi de guide-interprète à Julian.

– Pas de problème, nous avait-il assuré par téléphone. Je m'occupe de tout.

Fidèle à sa parole, il avait donc pris toutes les dispositions nécessaires pour nous conduire, Loretta et moi, à Rostov-sur-le-Don qui, contrairement à ce que son nom un peu désuet pouvait laisser supposer, était une ville animée de plus de un million d'habitants.

De l'aéroport, Youri nous emmena jusqu'à un hôtel qui me frappa par sa modernité, où nous l'invitâmes à dîner. Loretta le pressa de questions, d'abord sur sa rencontre avec Julian, puis sur les recherches que celui-ci était venu faire, pour enchaîner rapidement avec le but de notre voyage.

– Vous rappelez-vous si Julian a rencontré un certain Mikhaïl Soborov ? demanda-t-elle. Il habite ici, à Rostov, enfin, je crois.

– Oui. Je suis allé avec lui à cet homme, répondit Youri, s'exprimant dans une syntaxe qui devenait un peu plus bancale de minute en minute. Au début, ils essaient de se parler en espagnol, mais le vieux monsieur, il ne le parle plus.

Son sourire révéla une vive intelligence.

– Je n'aurais jamais cru que Julian cherche un de ceux-là comme Mikhaïl Soborov.

– Un de ceux-là ?

– Un ancien du KGB.

– De quoi ont-ils parlé ? demanda Loretta.

– Je ne le sais pas. Ils ne parlent pas devant moi. Une fois, Julian, il dit quelque chose en espagnol, et le vieil homme, il se lève et il me pousse de la pièce et il ferme la porte.

Je m'en étonnai, mais gardai ma question pour moi, car nous changeâmes alors de sujet jusqu'à la fin du repas.

Mais l'idée que Julian ait eu une conversation secrète avec un ancien espion russe continua de me troubler, et plus tard dans la soirée, me tournant et retournant dans mon lit sans pouvoir trouver le sommeil, je décidai de sortir faire un tour.

Autour de l'hôtel, les rues sans charme de Rostov s'étiraient au loin vers le Don, ce fleuve effectivement si « paisible », pour reprendre le titre du célèbre roman de Cholokhov.

C'était une ville assez lugubre qui présentait peu d'intérêt sur le plan architectural, pourtant ses rues avaient été parcourues par un nombre impressionnant de grandes figures littéraires russes. Pouchkine y avait son boulevard ; Tchekhov et Soljenitsyne y avaient eux aussi séjourné ; et le jeune Gorki avait travaillé sur ses docks. Une ville au passé littéraire si riche me séduisait, forcément, mais je ne pouvais dire s'il en avait été de même pour Julian. Dans *Le Commissaire,* il la dépeignait comme un dédale de rues presque indiscernables les unes des autres, un gris labyrinthe parcouru par un flot tout aussi gris dans lequel Tchikatilo, « l'Éventreur rouge », s'était frayé un chemin, tel un cheval borgne, découvrant les recoins, les ruelles, les impasses et toujours, toujours, la présence d'une gamine à agresser.

C'était l'itinéraire de ce monstre sanguinaire que Julian s'était obstiné à retracer. Il décrivait sa petite enfance dans son village natal de Yablochnoye ; sa mère lui farcissait la tête de récits sur la Grande Famine, notamment la terrifiante histoire selon laquelle son aîné avait été kidnappé et mangé par des voisins. Avec minutie, Julian détaillait le développement de cet enfant meurtri en un adulte normalement constitué mais estropié intérieurement, homme marié et deux fois père au moment où il avait pris ses fonctions d'instituteur à Novoshakhtinsk, poste dont il serait démis à la suite d'accusations d'attouchements sur mineurs.

Julian avait séjourné dans ces deux endroits, c'était évident quand on lisait *Le Commissaire,* mais c'était à Chakhty – qui signifie « puits de mine » en russe, précisait-il dans le livre – qu'il était resté le plus longtemps, comme s'il avait tenté de découvrir ce qui, dans cette sinistre bourgade, avait finalement poussé Tchikatilo à commettre son premier meurtre.

Elle avait à peine neuf ans. Tchikatilo l'avait attirée dans une vieille bicoque qu'il avait achetée dans ce but ; c'était donc un crime, ainsi que l'écrivait Julian avec son art de la formule : « aussi bien prémédité par sa raison que prédéterminé par sa folie ».

C'est le sang de cette petite fille que la femme de Tchikatilo vit sur la neige devant chez elle et qui éveillerait les soupçons qu'elle nourrirait pendant des décennies, aussi obsédants que de perpétuels bruits de pas devant sa fenêtre.

Mais, en épouse loyale, Fayina garda le silence tandis que les années passaient et que le nombre de victimes augmentait dans les villes et les villages le long des voies ferrées, au bord des rivières et dans les nombreuses forêts du bassin du Don.

C'était là, à Rostov, que Tchikatilo avait tué deux femmes dans le parc des Aviateurs, puis il était parti sévir dans la région de Novoshakhtinsk, et de là avait recommencé à Chakhty puis à Rostov, où encore un autre corps fut découvert dans le parc des Aviateurs.

Julian soulignait l'incroyable imprudence d'Andreï Tchikatilo, la totale désinvolture avec laquelle il commettait ses crimes dans des lieux publics dont il faisait à la fois ses terrains d'exécution et ses dépotoirs, comme s'il en était venu à croire, pareil en cela à tous les déséquilibrés, qu'il était sous la protection des astres et des éléments naturels, enveloppé dans un brouillard, dissimulé par la pluie, savourant peut-être la jouissance supplémentaire de penser qu'il serait la dernière personne au monde qu'on soupçonnerait de ces crimes.

L'unique précaution prise par Tchikatilo, encore que Julian en vint à douter que ce fût chez lui une échappatoire consciente, avait été, à un moment donné, d'élargir le cercle meurtrier dans lequel il s'était enfermé jusqu'alors en se mettant à tuer à Moscou, puis à Revda, Zaporizhia, Krasny Sulin et aussi loin que Leningrad.

Julian s'était rendu sur les lieux de chaque crime, son livre le démontrait clairement, mais c'était ici, à Rostov, qu'il avait passé l'essentiel de son séjour en

Russie et qu'il en avait écrit une bonne partie, terré dans un petit appartement de la rue Ulyanovskaya.

Je connaissais l'adresse car je lui avais écrit à plusieurs reprises, le soutenant dans sa démarche d'écrivain, ajoutant toujours que j'étais convaincu qu'un jour ou l'autre son talent serait reconnu. Je ne sus jamais comment il recevait mes encouragements, car pas une fois il n'y réagit. Les nouvelles qu'il me donnait contenaient surtout des explications détaillées sur une nouvelle expression idiomatique qu'il avait apprise ou un nouvel auteur, le plus souvent russe, qu'il venait de découvrir.

En fin de soirée, je m'engageai dans la petite rue où Julian avait vécu de nombreuses années. Il faisait presque nuit alors, mais les bons vieux réverbères de Rostov m'offraient suffisamment de clarté pour que je puisse voir les fenêtres du deuxième étage. Combien de fois Julian s'était-il accoudé là, à ces fenêtres, pour contempler avec mélancolie cette ville qui lui était profondément étrangère ?

L'expatrié fait belle figure en littérature, c'est sûr, mais en général c'est une vision romantique – comme Lord Byron en Italie. On voit moins souvent l'exilé au cœur lourd, et pourtant en réfléchissant à la période que Julian avait passée à Rostov, je pensai au bannissement d'Ovide dans la pauvre et sinistre cité de Tomes. « Mon châtiment, c'est ce lieu », a écrit le chantre de l'amour. Il m'était inimaginable de penser que Rostov, Chakhty et Revda n'aient pas été un pareil châtiment pour Julian, et si j'avais écrit à mon retour dans ma chambre d'hôtel ce soir-là, j'aurais sûrement établi des comparaisons entre sa vie à Rostov et celle d'Ovide à Tomes : combien Julian avait dû se sentir isolé en Russie, et infiniment seul. La différence tenait au fait que son exil était volontaire – autre signe qu'il s'infligeait une étrange punition en s'obligeant à vivre dans des lieux désolés, en gavant son esprit de tortures et de meurtres, en choisissant d'avoir pour uniques compagnons les grands démons de la terre. En cela aussi à mon sens, il avait été non seulement un homme bien, mais un grand homme, pas un simple artiste, mais un de ceux à qui son art impose l'éloignement et la solitude. L'exil d'Ovide dans l'atroce Tomes était subi, alors que Julian, lui, avait choisi le sien.

Le lendemain matin, j'en parlai à Loretta qui, en réaction, jeta des coups d'œil autour de nous dans la modeste salle à manger de notre hôtel dont la plupart des tables étaient occupées et où l'air bourdonnait des murmures aux accents slaves des autres clients.

– Julian a dû se sentir plus seul que partout ailleurs, dit-elle. Sans personne parlant l'anglais. Ni aucune autre langue qu'il connaissait.

Cette remarque m'amena à penser à la première langue étrangère que Julian avait apprise, l'espagnol, puis au premier pays où il l'avait pratiquée.

Je songeai à Julian et Marisol, les imaginant dans Buenos Aires baignée de soleil. Marisol… à présent, elle était moins figée dans mon esprit, son identité ayant été continuellement remise en doute : d'abord guide professionnelle, espionne, puis version argentine de la Meffraye travaillant soit pour les Montoneros, soit pour la junte, et tout aussi démoniaque dans les deux cas.

Ce fut sûrement cette réévaluation perpétuelle de Marisol qui ramena mes pensées à un moment particulier, quelques jours avant mon départ de Buenos Aires. Ce fut la seule fois où je m'étais trouvé en tête à tête avec elle, et elle m'avait paru étrangement préoccupée. Je n'avais pas été surpris de l'entendre me dire :

– Il y a des jours où on n'aime plus sa vie.

– Ou des mois, voire des années si on n'a pas de chance, avais-je rétorqué.

– Pourquoi dites-vous cela ?

– Parce que c'est ce qui est arrivé à mon père. Il n'a que des regrets.

– Et vous ?

– Je ne regrette rien de ce que j'ai fait. Mais, parfois, je ne suis pas entièrement heureux de ce que je suis.

– Qu'est-ce qui vous rend particulièrement malheureux ?

– Eh bien, surtout de n'avoir aucun talent. Je ne sais pas chanter, je ne sais pas jouer la comédie, je ne pratique aucun instrument de musique. J'ai lu les grands auteurs, mais je n'ai jamais réussi à écrire un livre, fût-il mauvais. Julian, lui, a du talent à revendre.

Puis, pour la première fois, j'avais dit la vérité à voix haute :

– Je voudrais être davantage comme lui.

Marisol avait détourné la tête, comme si elle répugnait à approfondir ce sujet.

– Et qu'est Julian ? avait-elle demandé.

J'étais resté sans voix, tout étonné d'être incapable de le cerner, que quelque chose de lui reste dans le flou, indéfini.

– Il est très intelligent, avait repris Marisol en portant son regard sur le trafic. Ça, c'est sûr. Mais il est comme son pays. Il n'est pas encore fini. D'une certaine manière, c'est encore un petit garçon.

Le fin sourire qu'elle avait eu avait donné à sa phrase non pas la tonalité d'une critique de « son pays » mais celle d'une remarque singulièrement affectueuse – raison pour laquelle j'avais préféré la laisser dire et changer de conversation. Mais voilà qu'à présent, attablé devant le petit déjeuner à Rostov, ses propos me revenaient avec insistance, et j'en fis part à Loretta.

– Encore un petit garçon, répéta-t-elle. Tu sais ce qui est sûr quand une femme pense cela à propos d'un homme ? Qu'elle s'estime supérieure à lui.

Un bref instant, elle parut envisager Marisol sous un aspect plus complexe qu'elle avait encore du mal à cerner. Elle finit par dire :

– Tu te rappelles le passage où Sherlock Holmes se rend compte qu'Irene Adler l'a reconnu sous son déguisement ?

Je n'avais jamais lu Conan Doyle.

– Non, répondis-je, je ne connais pas ces histoires.

– À un moment, leurs regards se croisent et, à cet instant précis, le grand détective sait, sans l'ombre d'un doute, que cette femme-là s'est jouée de lui.

J'imaginai Julian sous le choc d'une telle prise de conscience, constatant froidement qu'il s'était fait avoir.

– Tu sais, dis-je, si jamais Julian a découvert que Marisol a abusé de sa confiance en se faisant passer pour une gentille fille du Chaco alors qu'en réalité elle était tout autre chose : une espionne, une tortionnaire, un agent double, ça aura blessé son amour-propre, toute son estime de soi.

Loretta acquiesça.

– Oui, c'est certain.

– Auquel cas, aurait-il pu chercher à se venger ?

Loretta s'accorda le temps de la réflexion avant de répondre.

– Là, tu ouvres une nouvelle piste : l'idée que si Julian s'est lancé à la recherche de Marisol, ce n'était pas pour découvrir ce qui lui était arrivé ni même qui elle était réellement…

Je vis dans son regard se refléter comme une menace.

– … parce que ça, il le savait déjà.

Je compris aussitôt où elle voulait en venir.

– Et donc, il voulait la retrouver dans l'intention de…

Je laissai ma phrase en suspens, ne pouvant me résoudre à formuler la pensée qui se dessinait dans mon esprit.

J'aurais pu la repousser, ne fût-ce que par principe, mais c'eût été ignorer le regard de Loretta planté dans le mien, son intensité, la terreur soudaine qui l'avait envahi, de celle qui nous vient quand on devine qu'on se rapproche d'une horrible vérité.

– De la tuer, achevai-je sans pouvoir réprimer un frisson. C'était donc ça, son crime ?

Je vis Loretta envisager cette possibilité, puis, très vite, la rejeter.

– Mais comment voudrais-tu que ce soit le crime de Julian ? m'opposa-t-elle. Il t'a dit que tu en avais été témoin, tu te rappelles ?

Elle sourit à cette fausse piste induite par ma toute dernière conjecture.

– Julian, assassiner Marisol ? dit-elle en souriant de toute la certitude que lui donnait ce qu'elle s'apprêtait à ajouter. Si tu avais vu ça, Philip, tu le saurais.

24

La maison de Mikhaïl Soborov, qui tenait plus d'un cottage, se trouvait dans une zone très rurale, une région d'Ukraine peuplée autrefois de paysans propriétaires de leurs terres, ces fameux koulaks que Staline méprisait tant et avait presque exterminés par une planification de la famine. Julian soulignait que Tchikatilo avait été un enfant battu parce qu'il mouillait son lit et autres écarts de conduite, mais que la Grande Famine fut l'événement traumatique de la vie de l'Éventreur de Rostov ; les récits de cruauté et de cannibalisme qu'elle engendra étant de ceux auxquels le jeune Andreï avait réagi non pas avec horreur ou répulsion, mais avec des soubresauts de plaisir et d'excitation par procuration qui avaient dû emplir son âme d'un ténébreux étonnement.

Mikhaïl Soborov, lui, n'avait rien d'étonnant. Il ressemblait tant à ce à quoi je m'attendais que, dans un livre, il aurait pu parfaitement incarner la caricature du Slave fêtard, ventru, ivrogne et paillard : un Falstaff version russe.

– Merci d'avoir accepté de nous rencontrer, lui dis-je en lui serrant la main qu'il me tendait avec bonhomie.

Le vieil homme rit haut et fort.

– Dans le temps, j'aurais couru me cacher dans le bûcher ou je vous aurais fait tuer pendant votre trajet.

– Auquel cas je me réjouis que les choses aient changé, rétorquai-je.

– Oh oui, pour avoir changé, elles ont changé, dit Soborov d'un air enjoué qui, soudain, me parut artificiel : ce n'était pas le Père Noël sous son manteau rouge vif. À l'époque, mes idéaux étaient jeunes, et l'homme prend l'apparence du dieu qu'il vénère, ne pensez-vous pas ?

Sans attendre de réponse de ma part, il se tourna vivement vers Loretta.

– Ah, en voilà une à qui ses désillusions n'ont pas donné une ride, dit-il en lui faisant un élégant baisemain. Et maintenant, s'il vous plaît, buvons une vodka, tous les trois.

Mais avant d'aller chercher la bouteille, il lança un coup d'œil hostile à Youri.

– Nous n'avons pas besoin d'oreilles qui traînent, asséna-t-il, et sur ce, il lui claqua la porte au nez.

Quand il se retourna vers nous, il s'était rembruni.

– On nous assure que maintenant nous sommes libres en Russie, mais je n'ai aucune confiance en ces « guides » comme celui qui vous a accompagnés ici.

– Pourquoi aurait-on voulu nous mettre entre les mains d'un agent ? demandai-je à Soborov une fois que nous eûmes pris place dans son petit salon.

– Parce que la répression est une hydre dont la tête repousse, répondit-il d'un ton sans réplique. Donc, qu'est-ce que Julian vous a raconté à mon sujet ?

– Rien du tout, dis-je. C'est Irène qui m'a parlé de vous, ainsi que je vous l'expliquais dans ma lettre.

– Irène, oui, murmura Soborov. Vous savez que, pendant la guerre, à Budapest, elle a exécuté des Juifs dans leurs lits d'hôpital, non ?

– Mon père y a fait allusion. Et quand nous l'avons rencontrée, elle nous a montré une photo. C'était très triste. Elle se sent…

– Coupable, oui, m'interrompit Soborov. Julian appelait cela la fausse consolation de ceux qui n'ont pas vraiment souffert.

– Quelle impitoyable vision des choses, lui fis-je remarquer.

– Pour la plupart, la culpabilité s'évapore avec le temps, comme l'eau dans l'air, dit Soborov, mais peut-être que le temps est plus charitable qu'il ne le faudrait, n'est-ce pas ?

– Peut-être, répétai-je, ne trouvant rien de mieux à dire.

Soborov me regarda attentivement.

– On ne s'est jamais rencontrés, vous et moi ?

– Non. Du moins, je ne crois pas.

Soborov rit de bon cœur.

– Dommage. Vous auriez sûrement appris certaines de nos astuces.

Intrigué, j'attendis la suite.

– Donner à un rendez-vous l'apparence d'une rencontre fortuite, continua-t-il. Comme entre Julian et moi. Je suis simplement l'homme assis à la table voisine. Je me lève pour partir, mais je laisse mes clés sur la table. Julian les attrape et me les tend. Je prends les clés et je lui dis que je suis comme Borges. Un vieux poète aveugle. Le mot de passe a été prononcé, comme dans les films.

Il me regarda d'un air un peu malicieux.

– Un peu trop comme dans les films, non ?

Il agita la main comme pour repousser ce sujet et adopta un air plus sérieux.

– Ce n'est pas de cette façon que j'ai rencontré Julian, bien évidemment.

– Comment, alors ? demandai-je.

Le vieil homme eut un large sourire.

– Vous êtes toujours très pressés, vous autres Américains. Nous n'avons pas encore bu notre vodka.

Sur ce, il quitta la pièce, et revint quelques instants plus tard avec les verres et une bouteille plantée dans des glaçons.

– Vous savez ce qu'on dit en Russie ?

Nous fîmes non de la tête.

– Que la boisson n'est que la deuxième chose la plus importante dans la vie. La première, c'est de respirer.

Il partit d'un rire tonitruant.

– Vous avez compris, oui ?

Nous acquiesçâmes.

Il nous servit un verre, proposa un toast.

– À la paix.

Nous trinquâmes, puis Soborov s'assit en face de nous dans un gros fauteuil.

– Bon, revenons-en à Julian. Comme vous êtes américains, je vais tout vous raconter tout de suite. Il s'est présenté au consulat soviétique. Il était à la recherche de la fille. Elle avait disparu, il voulait la retrouver. Il n'avait rien obtenu de la Casa Rosada, alors il s'est adressé à nous.

Il sourit d'un air matois.

– Les rouges, fit-il.

Il haussa les épaules.

– Nous ne savons pas où cette femme se trouve, mais nous connaissons peut-être quelqu'un qui le sait.

Un bref instant, il parut hésiter à nous en dire davantage.

– Bah, quelle différence cela fait-il maintenant ? soupira-t-il.

Il tapa dans ses mains, et reprit :

– Bon, très bien. Les dogues de Cordoue, vous savez ce que c'est ?

Je n'en avais pas la moindre idée, et le lui dis.

– Des chiens. Surtout élevés en Argentine.

Il inclina le buste vers l'avant et se frotta vigoureusement les mains.

– C'est un chien de combat connu pour ne jamais capituler. Le dogue de Cordoue est élevé pour résister à la douleur. C'est le champion des combats de chiens.

– Quel rapport avec Julian ? s'enquit Loretta.

– C'est que c'est là que nous l'avons envoyé, répondit Soborov. À un combat de chiens.

J'imaginais mal Julian participer à ce genre d'événement, mais au point où j'en étais, je me disais que nombre des aspects de sa vie m'étaient tout aussi inconcevables.

– Ils sont illégaux, ces combats, poursuivit-il, mais il y a des lieux pour ça, des endroits, clandestins ou peut-être pas, protégés par la police.

Son sourire était d'une bienveillance déplacée.

– Et nous savons ce que la police argentine pratique dans certains autres endroits, non ? reprit-il. De ces choses qui font passer les combats de chiens pour des danses folkloriques.

Il sortit son mouchoir et s'épongea le cou, comme s'il était retourné dans la touffeur de Buenos Aires.

– On était en juillet, se remémora-t-il. Très chaud.

Il se tourna vers Loretta.

– Ils sont très discrets, bien entendu, ceux qui vont aux combats de dogues de Cordoue, lui dit-il. C'est comme une société secrète. Des gens influents en Argentine assistent à ces combats exceptionnels. Des membres du gouvernement. Mais aussi des truands, des truands parmi lesquels il y en a un que nous gardons à l'œil. On l'appelle El Árabe.

– L'Arabe ? dis-je.

– C'est le nom qu'on lui donne, oui, continua Soborov. Parce qu'il a la peau brune, un peu comme un paysan. Ce n'est pas l'intelligence qui l'étouffe, mais la fourberie, ça, il n'en manque pas. De ce point de vue, il est comme Staline. À force de travail, il a fini par obtenir un bon poste : il dirige tout un réseau d'*escuelitas*. Nous savions qu'il détenait certains des nôtres, mais nous ignorions où. El Árabe était un homme très dur, peut-être impossible à faire parler, pensions-nous, même en lui mettant la pression. Mais il avait un point faible.

Il rit de la nature de ce talon d'Achille, qu'il révéla :

– Il était comme un petit garçon devant tout ce qui touchait aux Américains. Un jeune homme comme Julian ne manquerait pas d'attirer son attention. C'est ce que nous nous sommes dit. Un jeune Américain. Cultivé. Beau gosse. Peut-être riche, peut-être de bonne famille. On savait que ce profil attirerait El Árabe.

Loretta parut soudain secouée par un vent glacé.

– Vous avez cherché à recruter Julian comme espion ? s'écria-t-elle.

– Pas au début, parce que nous pensons que c'en est peut-être un, ou peut-être « l'espion venu du froid », répondit Soborov en riant. Quoi qu'il en soit, nous voulions l'avoir à l'œil.

Il se tut, le temps de boire une autre gorgée de vodka.

– Il y avait un combat de dogues de Cordoue dans un village non loin de Buenos Aires, reprit-il. Dans la pampa, mais proche de la ville. Nous savons qu'El Árabe y sera parce que c'est un grand amateur de ces combats. Vous imaginez ? Après une journée de torture, voilà comment il se change les idées : il regarde des chiens se tailler en pièces.

Il se tourna vers Loretta.

– Donc, nous y envoyons votre frère. Nous lui donnons de l'argent pour qu'il parie comme un homme riche, car ça aussi, nous le savons, attirera l'attention d'El Árabe.

Il reporta son regard sur moi.

– Comme j'étais « l'agent de liaison » de Julian, j'y vais avec lui pour voir si le contact se fait et confirmer à mes supérieurs si cet Américain est doué pour le double jeu, talent que nous pourrions éventuellement utiliser à l'avenir.

Son visage s'assombrit.

– Quel endroit sinistre, celui où nous sommes allés ce soir-là. Tellement sinistre.

Soborov relata l'événement : qu'il avait eu lieu entre les murs d'une immense remise, dans une chaleur étouffante, que chaque chien avait été amené au bout d'une chaîne et attaché à la paroi d'une fosse circulaire en tôle ondulée non peinte, maculée du sang des combats précédents. La foule baignait dans la sueur et la bière, hurlait à l'intention des chiens et s'invectivait des deux côtés de la fosse, échangeant des quolibets et vantant les mérites de ses favoris du moment, agitant des billets et, parfois, des couteaux.

– Elle sortait tout droit d'une représentation de l'enfer, cette scène, dit Soborov, avec El Árabe au centre de la fosse, les cheveux noirs lissés en arrière, qui crie sur les chiens, rit, boit de la bière.

Il me revint un passage du livre *Le Commissaire,* celui dans lequel Julian fait rêver à Tchikatilo qu'il est le Monsieur Loyal d'une débauche de tortures, allant et venant, chambrière à la main, en frac rouge et bottes d'équitation noires, orchestrant le terrible spectacle au gré de ses allées et venues d'un bout à l'autre de la piste.

– On a montré à Julian des photos de ce sale petit imbécile, poursuivit Soborov, alors il s'arrange pour se placer près de lui, agitant son argent comme les autres, mais ne s'exprimant qu'en parfait anglais avec l'accent américain, ce qui attire l'oreille d'El Árabe.

Je m'imaginai ce « sale petit imbécile » se retourner en entendant la voix de Julian, et buvant des yeux ce jeune Américain comme si c'était une star de cinéma.

– Je suis de l'autre côté de la fosse, mais je vois El Árabe adresser la parole à Julian, et Julian lui répondre, puis El Árabe se retourne vers la fosse et fait un grand geste de la main pour que le combat commence.

Alors, il y eut un combat si féroce entre deux dogues de Cordoue, deux chiens blancs, nous raconta Soborov, que le sang qui ruisselait sur leurs flancs virevoltants, gouttait de leurs babines, recouvrant leurs crocs et coulant dans leur cou, était d'un rouge d'autant plus vif.

– Le dogue de Cordoue est une race éteinte, ajouta Soborov à la fin de sa description du combat, parce qu'il y en a eu tant qui sont morts dans la fosse et aussi parce qu'ils sont devenus ingérables, ils ne peuvent pas être mis en présence d'un autre chien sans le tuer. À cause de ça, ils ont disparu.

Il nous servit un sourire tristounet.

– La vie ne peut pas se nourrir que de férocité, dit-il en expliquant : Je l'ai entendu dire, et ça m'a bien plu.

Il resta silencieux pendant un moment, comme si sa dernière remarque lui était venue sans qu'il s'y attende et résonnait encore dans sa vieille mémoire. Puis il reprit :

– Bref, Julian a revu El Árabe plusieurs fois par la suite. Dans les bars et les salles de tango. Il sait y faire pour simuler l'amitié. Convaincre n'importe qui qu'il compte pour lui.

Il haussa les épaules.

– Un jour, il m'a dit la chose suivante : « Tout ce qu'on peut offrir à ceux qui vous aiment, c'est l'illusion qu'on les aime en retour. »

Même dans la bouche de Julian, je trouvai cette déclaration infiniment triste, et pour en esquiver la brûlure, je m'empressai de demander :

– L'avez-vous aidé à découvrir ce qui était arrivé à Marisol ?

– Non, répondit Soborov, mais je pense qu'El Árabe a dû le faire, car Julian a sûrement appris quelque chose de très mauvais. Je le suppose parce que, brusquement, il a changé du tout au tout. Il est beau garçon et, du jour au lendemain, voilà qu'il prend un coup de vieux, qu'il a l'air, comme on dit, d'être passé sur l'autre rive du Styx. Il m'a donné la même impression la dernière fois que je l'ai vu.

Son regard s'assombrit.

– Un très mauvais homme, El Árabe, murmura-t-il. Très mauvais. Il n'éprouve aucune culpabilité, cet homme-là. Même après la chute de la junte militaire, il n'a présenté aucune excuse pour ses petites écoles. Aujourd'hui encore, on le voit parfois à la télévision d'État, n'exprimant aucun regret, clamant qu'il en a bien profité à chaque minute.

– Il est allé en prison ? s'enquit Loretta.

– Quelques années. Puis il a été libéré et est retourné dans son village natal près d'Iguaçu.

Je revis le nom que Julian avait encerclé sur la carte qu'il regardait le jour de sa mort.

– Clara Vista ? demandai-je.

Soborov le confirma d'un signe de tête.

– Il vit toujours là-bas, il accorde des interviews, il rit au nez de ceux qui recherchent toujours leurs disparus.

Il nous laissa le temps d'y réfléchir, puis comme s'il essayait de détendre l'atmosphère, il nous adressa un large sourire et lança :

– Au fait, est-ce que Julian a réussi à terminer le livre sur Tchikatilo ?

– Oui, répondis-je. Il sera publié l'année prochaine. Il l'a intitulé *Le Commissaire,* et c'est la biographie la plus complète qui soit sur Andreï Tchikatilo.

– Parfait, dit Soborov. C'était un travailleur acharné, Julian. On ne peut pas lui retirer ça, et ce n'est pas rien. J'aimerais bien recevoir un exemplaire de ce livre quand il sortira.

– J'y veillerai, lui promis-je.

– Alors, dit Soborov avec un sourire, vous ai-je dit tout ce que vous vouliez savoir sur Julian Wells ?

– Pas tout à fait, répliqua Loretta du tac au tac.

Soborov ne cacha pas sa surprise.

– D'après Irène, quand Julian est passé la voir il y a quelques années, il savait déjà ce qui était arrivé à

Marisol, poursuivit Loretta. Et selon vous, ce serait El Árabe qui le lui aurait dit ?

Soborov acquiesça.

– Qui d'autre sinon ? fit-il. Il a été le dernier contact de Julian en Argentine.

– Quand Julian est venu ici, avez-vous parlé de l'Argentine ? insista Loretta.

– Oui. Nous avons parlé des chiens, et de la fille, celle qui a disparu. Il m'a dit qu'il l'avait retrouvée.

– Il l'avait retrouvée ? m'écriai-je. Il avait retrouvé Marisol ?

– Oui, répondit Soborov. C'est l'Arabe qui l'a mené à elle, mais il ne m'a pas raconté comment.

– Julian a-t-il fourni une explication quelconque sur ce que Marisol était ou aurait pu être ? insista Loretta.

– Ce qu'elle aurait pu être ? répéta Soborov, perplexe.

– Une Montonero, par exemple.

Il fit non de la tête.

– Qu'a-t-il dit sur elle ? insista Loretta.

Soborov réfléchit à la réponse qu'il allait donner, puis dit :

– Il a seulement dit qu'on lui a joué un tour.

– Quel tour ? intervins-je.

Soborov ne but, pour une fois, qu'une gorgée de vodka.

– Il s'exprimait toujours… comment dit-on déjà quand on parle d'une petite chose alors qu'en fait on en désigne de plus grandes… quel est le mot pour dire qu'on parle de cette façon ?

– Métaphoriquement ? suggérai-je.

– C'est ça, oui. Pas seulement une chose, mais beaucoup d'autres, dit-il en haussant les épaules à présent. Donc, quand je lui demande quel est le tour qu'on lui a joué, il répond à côté. C'est quelque chose dont il ne peut pas parler, il me dit.

Il reposa son verre.

– Tout ce que je sais, c'est qu'il donne un nom à ce tour.

Son sourire portait le poids de la noirceur des choses qu'il donnait l'impression d'avoir entraperçues dans le regard de Julian à cet instant révolu depuis si longtemps.

– Ça s'appelle « le Coup de Saturne ».

SIXIÈME PARTIE

Le Coup de Saturne

25

– Le Coup de Saturne ? répéta tout bas Loretta.

Nous étions assis dans un petit parc situé près de notre hôtel. C'était le milieu de l'après-midi, il y avait peu de monde autour de nous. Les enfants étaient à l'école, les adultes au travail. Quelques personnes âgées se promenaient et, de temps en temps, passait une mère avec une poussette. Dans l'ensemble, cette scène était très paisible, ce qui m'autorisa à laisser divaguer mes pensées jusqu'au moment où, pour je ne sais quelle raison, elles se fixèrent sur Eschyle. Ce ne fut pas un vers de l'une de ses tragédies qui me revint à l'esprit, mais le fait qu'il avait écrit sa propre oraison funèbre, et en des termes pour le moins étranges. Dans celle-ci, il ne dit pas un mot de sa gloire, il ne parle pas de son théâtre, pas même un mot sur sa vie sinon pour rappeler que, jeune homme, il avait participé à la bataille de Marathon. C'était, apparemment, la chose dont il était le plus fier, la seule chose qu'il souhaitait léguer à la postérité.

Julian, bien sûr, n'avait pas laissé de notice nécrologique et encore moins d'explications sur les raisons pour lesquelles il avait décidé de mettre fin à ses jours. Plus étrange encore : alors qu'Eschyle avait fièrement noté avoir combattu à Marathon, Julian, lui, avait choisi de détruire les derniers mots écrits de sa main, comme s'il redoutait leur signification.

Quand j'entendis la voix de Loretta, il était clair que ses pensées étaient à mille lieues des miennes.

– Je repense à ce que Julian m'a dit un jour. Il revenait tout juste du Swaziland où il s'était rendu dans le but d'écrire un article. Nous regardions les photos qu'il avait prises là-bas. La population vit dans des conditions terribles, toutes dues à l'homme. Il a levé les yeux de l'une d'elles, particulièrement insoutenable, et m'a déclaré : « Finalement, tout se résume aux personnes, Loretta. Toutes les politiques globales, tous les grands projets. Tout se résume à l'action qu'on exerce sur les personnes, soit qu'on les serve, soit qu'on les desserve. »

Cette réflexion me rappela le moment où Julian et moi, assis dans le Grosvenor Square Garden, à Londres, avions tourné la tête vers le grand aigle surmontant le toit de l'ambassade américaine. C'est en le regardant qu'il m'avait dit :

– Ambrose Bierce appelait la diplomatie : l'art de fabriquer des mensonges plausibles.

J'avais ri sur le moment, mais pas Julian. Au contraire : son regard s'était assombri et une ombre s'était répandue sur lui.

– Pour vraiment réussir ce tour, Philip, il faut être un maître du crime.

Je rapportai cette étrange conversation à Loretta qui m'écouta attentivement, comme si elle passait chaque mot au crible pour y déceler un détail révélateur.

– Peut-être que Julian avait appris cela en Argentine, ajoutai-je.

Loretta hocha la tête et toucha ma main.

– À nous deux, El Árabe ! lança-t-elle.

Pendant les jours qui suivirent, nous transformâmes le bureau de ma chambre d'hôtel en QG de fortune. Loretta maîtrisait l'espagnol beaucoup mieux que moi, mais ni elle ni moi ne le parlions couramment. Toutefois, à nous deux, et malgré les traductions en ligne qui, souvent, étaient elles-mêmes à la limite de l'incompréhensible, nous saisîmes la teneur des nombreux articles que nous trouvâmes sur El Árabe.

Ainsi que Soborov nous l'avait laissé entendre, El Árabe n'avait pas froid aux yeux en matière de publicité. Il avait été condamné à dix ans de prison pour ses activités dans ses *escuelitas* et en avait purgé sept avant de recouvrer la liberté.

À sa sortie, il s'était installé dans la petite ville la plus proche des chutes d'Iguaçu, région de l'Argentine d'où il est possible non seulement de voir à la fois le Paraguay et le Brésil, mais aussi d'en franchir facilement les frontières. Il ne s'en était pas caché :

> *Je voulais être près de la frontière au cas où les petits hommes de la Casa Rosada auraient de nouveau envie de me juger sur des accusations inventées de toutes pièces. Je vis ici en paix. Je ne fais pas de mal à une mouche. Je m'assois sous ma véranda et je dis au monde entier : « Le sale nom que vous me donnez, je le porte avec fierté, car je suis El Árabe, et je ne regrette rien. »*

À la lecture des nombreuses interviews qu'Hernando Vilario – le vrai nom d'El Árabe – avait accordées dans les jours qui avaient suivi sa remise en liberté, il devenait évident que non seulement il n'éprouvait aucun regret mais que, de plus, il s'enorgueillissait de ses actes.

> *Il suffit de regarder la Russie des rouges pour se rendre compte de ce que les hommes comme moi ont évité à l'Argentine. Le peuple argentin devrait nous ériger des statues dans les parcs, parce que c'est grâce à nous qu'il ne vit pas sous le drapeau rouge. Préférerait-il le modèle castriste ? Les vieilles voitures, la capitale qui tombe en ruine et les discours de dix-huit heures sous le soleil accablant de La Havane ? Il devrait remercier les hommes comme moi, ceux qui lui ont épargné des choses pareilles. Au lieu de quoi, il nous jette en prison et nous devrions tomber à genoux et renier les grandes choses que nous avons faites. Nous avons arrêté les rouges dans leur élan, ce pour quoi toute l'Argentine devrait nous être reconnaissante.*

Des déclarations qu'il avait répétées à longueur d'interviews après sa sortie de prison. Il était aussi passé sur les ondes et à la télévision, et à chacune de ses apparitions, s'il fallait en croire un article, il « donnait de plus en plus dans la provocation et dans l'outrance, s'engraissant de sa mauvaise réputation et exhibant ses crimes comme des médailles ».

Au fil des années, on se désintéressa de lui, ce qui ne l'empêchait pas de saisir la moindre occasion de tenter de regagner l'attention du public. Il alla même jusqu'à se présenter à une élection locale dans le petit comté où il résidait. Il fut battu à plate couture, mais sa campagne « de sang et de flammes » fut suffisamment agressive pour lui permettre de revenir un bref instant sur le devant de la scène.

Loretta et moi découvrîmes qu'après cette élection il tomba plus ou moins dans l'oubli jusqu'à ce qu'une autre série d'articles paraissent dans *Hoy*, petite revue hebdomadaire de Buenos Aires. Ils étaient signés d'un certain David Leon, dont le ton, sans être franchement compatissant, était curieusement nimbé de ce que Loretta appelait « un léger brouillard de compréhension ». Il n'allait pas jusqu'à nier les agissements d'El Árabe, mais prenait soin de les replacer dans le contexte des troubles qui agitaient l'Argentine d'alors, des batailles qui faisaient rage dans le pays, des enlèvements et des assassinats, de l'instabilité économique, le tout s'étant combiné, écrivait-il, « pour injecter dans les veines de chacun une peur liquide et glacée ».

– C'est notre homme, affirma Loretta en me tendant le premier article de Leon. Voilà celui qui peut nous aider à rencontrer El Árabe.

Sur la photo en première page de la série d'articles, Hernando Vilario se tenait sous une grande véranda, dos à une jungle enchevêtrée, torse nu et fixant l'objectif comme si c'était un fusil. La brutalité qui se dégageait de sa personne semblait remonter au temps des cavernes, être hors normes, sans merci et sans remords. Mais ce personnage terrifiant au possible était affublé d'un collier de perles en bois. Elles pendaient sur son torse, si polies qu'elles luisaient sous le soleil.

Elles pouvaient provenir de n'importe où, mais la dernière fois que j'en avais vu de semblables, elles appartenaient à Marisol.

Je n'en soufflai mot à Loretta car je ne voyais pas de raison de le faire. Quand bien même aurais-je été sûr que c'étaient celles que Marisol portait tant d'années plus tôt, j'ignorais toujours si El Árabe les avait violemment arrachées de son cou ou si elle les lui avait affectueusement, tendrement offertes, avec, dans le regard, la fierté du travail accompli, petit cadeau pour fêter la réussite de leur complicité dans le crime.

26

Nous arrivâmes à Buenos Aires par une belle journée ensoleillée qui ne fut pas sans me rappeler ma première visite. C'était bien des années plus tôt, mais tandis que le taxi se faufilait dans l'Avenida 9 de Julio, je revécus ce moment non pas comme des jours enfuis, mais comme une époque d'événements encore obscurs qui redonnaient à présent un souffle farouche à ma vie. J'avais pleinement conscience qu'une part de ce nouveau souffle était due à la présence de Loretta qui, assise à côté de moi, regardait défiler les rues de la ville.

– Tu n'as pas changé depuis la première fois que je t'ai vue, lui dis-je tout à coup.

Elle tourna la tête vers moi.

– Ça m'étonnerait.

– Non, non, je t'assure ! J'ai lu un jour que la peur est le dernier réflexe qui nous quitte, mais chez toi, je pense que ce sera la curiosité.

Elle me considéra un moment, puis murmura :

– Tu veux que je te dise, Philip ? C'est le plus beau compliment qu'on m'ait jamais fait.

Peu après, le taxi nous déposait devant notre hôtel. Il se trouvait Plaza San Martín, cette place où Julian et moi avions souvent attendu Marisol et où, au bas du large escalier, nous avions accompagné le père Rodrigo jusqu'à son autocar.

– Déposons nos bagages, puis allons nous promener, dis-je à Loretta.

– Oui, d'accord, répondit-elle.

Et il en fut ainsi.

L'après-midi touchait à sa fin, il faisait plus frais et dans le parc les ombres se densifiaient. L'éclairage public était déjà allumé. Non loin de nous, il y avait le terminal des autocars.

– C'est partout pareil, murmura-t-elle. Les pauvres et les orphelins se regroupent dans les gares, aux arrêts de bus ou dans les stations de métro. Julian disait que, inconsciemment, ils traînent près d'un moyen de s'échapper.

En contrebas, je vis les mêmes garçons crasseux blottis dans les mêmes recoins jonchés de détritus que nous avions vus le jour où le père Rodrigo était retourné dans la province du Chaco où, nul doute, de tels enfants y étaient encore plus nombreux.

– J'ai offert à Julian un exemplaire des *Damnés de la terre* le soir où il est parti pour l'Argentine, poursuivit Loretta. Le grand classique de Frantz Fanon. Puis je lui ai répété ce qu'un vieil Africain avait dit un jour à un de mes amis. Ils s'étaient rencontrés dans un de ces camps de réfugiés qui poussaient dans les déserts aux quatre coins de l'Afrique. Ce vieil homme avait vécu toute sa vie dans la savane. Il lui manquait plusieurs doigts. Dont il s'était amputé lui-même avec une machette, disait-il. Il a brandi ses moignons en les remuant tant que faire se peut sous le nez de mon ami, puis lui a dit : « Ne pas éviter de souffrir. » C'était le message que je voulais transmettre à Julian : qu'il ne devait pas éviter de souffrir.

Je souris tristement.

– Au bout du compte, c'est ce qu'il a fait, constatai-je.

Loretta replaça une mèche de cheveux rebelle.

– Pour mémoire, et parce que nous touchons sûrement au but, je tiens à ce que tu saches que ça m'a plu d'être en ta compagnie, Philip. Ça m'a plu de voyager avec toi, de te parler, de t'écouter.

– Moi aussi, bien sûr.

Elle se mit à rire.

– Tu sais, dans un roman, une scène pareille serait d'une mièvrerie !

– Oui, c'est sûr, chuchotai-je. Sauf que dans la vie ces moments-là, ce sont souvent les plus beaux.

Le lendemain matin, après notre petit déjeuner, nous nous rendîmes à l'adresse de *Hoy* que David Leon nous avait donnée.

Loretta l'avait contacté pendant que nous étions encore à Budapest. Elle avait trouvé leurs échanges très chaleureux, et Leon tout disposé à nous parler d'El Árabe, un homme qu'il décrivait comme étant non seulement un sociopathe mais aussi quelqu'un qui pensait que tout le monde en était un.

Sa particularité, selon le portrait qu'en traçait Leon, tenait au fait qu'il semblait être extrêmement intelligent. Soborov ne voyait guère en lui qu'une sorte de bouffon, d'une fourberie à toute épreuve. Les articles de Leon le présentaient sous un tout autre jour, le rendant plus proche du Kurtz d'*Au cœur des ténèbres* : un être passionné, déterminé, doué d'une part curieusement immortelle de malveillance.

David Leon était plus jeune que je ne l'aurais cru, un homme dans la trentaine, grand, mince, des cheveux de jais presque parfaitement assortis à ses lunettes. Il portait une chemise blanche, un jean et une veste de velours verte.

– Ravi de vous rencontrer après tant de mails, dit-il à Loretta quand nous arrivâmes dans les locaux du journal, puis il se tourna vers moi.

– Vous devez être Philip ?

Je lui serrai la main.

– Merci de nous recevoir, lui dis-je.

Son bureau étant un box dans un océan de box, il nous proposa de nous installer dans une salle de conférences au bout du couloir.

– Ce sera plus intime, nous assura-t-il.

Cette pièce-là aussi était plutôt petite, pourvue d'une table carrée éraflée par l'usage et auréolée de taches de café.

– C'est un objet historique, précisa Leon en faisant courir ses doigts sur le plateau. Elle appartenait à José de Costa. Il a été arrêté par la junte. Un grand journaliste. Un des disparus. C'est en cherchant à découvrir quel avait été son sort que j'ai connu El Árabe. Il ne savait rien sur José, mais il m'a révélé beaucoup d'autres choses. Un vrai moulin à paroles.

– C'est ce que j'ai cru comprendre, dit Loretta.

Nous prîmes tous place autour de la table. J'avais apporté le vieux porte-documents de Julian et, pendant que Loretta et Leon continuaient de bavarder, j'en sortis une feuille de papier et un stylo.

– Vous êtes journaliste ? me demanda Leon.

– Non, répondis-je.

Et tout en lui expliquant que j'étais critique littéraire, je m'aperçus que je ne pouvais plus me décrire en ces termes. Qu'étais-je ? Pour la première fois de ma vie, je l'ignorais – fait inattendu que je trouvais particulièrement réjouissant.

– Comme je vous l'indiquais dans mon premier mail, mon frère préparait un livre sur ce qu'il avait vécu en Argentine, intervint Loretta manifestement dans le but de me tirer d'embarras. À coup sûr, il a croisé la route d'Hernando Vilario à l'époque.

Elle lui avait déjà presque tout expliqué, je le savais. Dans leur échange de courriels, elle lui avait raconté la vie et le travail de Julian, qu'il s'était lancé à la recherche de Marisol après sa disparition, avait contacté aussi bien la Casa Rosada que les Russes. Elle lui avait aussi précisé que, juste avant sa mort, il examinait une carte de l'Argentine sur laquelle il avait entouré le nom d'un seul village : celui-là même où El Árabe vivait aujourd'hui. Elle lui avait également rapporté les détails de notre conversation avec Soborov – tout ce qu'il avait révélé de son influence sur Julian et de sa rencontre ultérieure avec El Árabe.

– Et donc, lui disait-elle à présent, nous sommes là parce que nous voudrions lui parler.

– Comme je vous le disais, il n'y a rien de plus simple, répondit Leon. Hernando adore être au centre de l'attention. Surtout celle des Américains. C'est un grand fan de vos westerns. Il a un poster de John Wayne chez lui. J'ai déjà pris les dispositions pour que vous le rencontriez. C'est un long trajet en car, mais qui n'est pas désagréable. Vous admirerez notre belle campagne.

– Nous voulons être fin prêts avant de le voir, reprit Loretta, alors s'il y a quoi que ce soit d'autre que vous pourriez ajouter qu'il serait bon, selon vous, que nous sachions…

– Ce qui serait bon que vous sachiez ? répéta Leon. Que c'est un monstre. Ça, vous êtes déjà au courant. Mais c'est un monstre qui, lui au moins, ne trompe pas son monde. Quand il a été arrêté, il a craché à la face du gouvernement. À son procès, il a craché sur les juges et n'a présenté aucune excuse pour ses *escuelitas*.

Leon marcha jusqu'à une armoire métallique et en sortit un ancien projecteur de diapositives.

– C'était celui d'El Árabe, indiqua-t-il. Il prenait beaucoup de photos. Il s'en vantait. « Cadeau de ma part », m'a-t-il dit.

Il gagna le devant de la pièce, installa le projecteur, fit descendre un écran, éteignit le plafonnier et tendit le doigt vers le bouton de défilement automatique des diapositives.

– Accrochez-vous, nous prévint-il.

Quand la lumière revint, j'avais l'impression qu'on m'avait vidé l'esprit et le corps. En fait, ma réaction avait été si viscérale que j'avais dû me tenir l'estomac pour éviter de vomir. Quand ce fut fini, j'étais livide et ne sentais plus mes jambes. Il est des répulsions qui vous bouleversent au-delà de ce que certains hommes commettent, pour ce qu'ils sont, et c'est cela qui sape vos forces, ne vous laissant plus rien que le désir de fuir le genre humain.

– Voilà qui est El Árabe, conclut Leon. Vous avez toujours envie de le rencontrer ?

– Ce n'est pas une question d'envie, mais de nécessité.

Leon se leva, gagna le devant de la pièce et remonta l'écran, pensivement, comme s'il examinait une idée sous tous les angles.

Il revint s'asseoir et joignit les mains devant lui en homme s'apprêtant à faire une déclaration.

– Dans ce cas, armez-vous de courage. Car quelles que soient les manifestations du mal que vous ayez déjà connues, aucune n'est comparable à El Árabe.

Il se tourna vers Loretta.

– C'est étrange, non, que votre frère se soit acoquiné avec un tel homme ?

À cette question de Leon, le fait que j'en savais toujours si peu sur Julian s'imposa brutalement à moi. Mais il n'y a qu'une vérité, et les morceaux de l'histoire de Julian étaient toujours épars. C'était à croire que Loretta avait raison quand, voilà déjà longtemps, elle avait dit que les petits cailloux que Julian avait semés derrière lui sur le sol de la forêt ne menaient peut-être seulement qu'à d'autres petits cailloux.

– El Árabe vous attend, dit Leon en se tournant vers moi. Bonne chance.

Leon m'avait très joyeusement souhaité bonne chance, mais en quittant son bureau avec Loretta, je ne pus m'empêcher d'entendre une note définitive dans ses vœux de succès. La chance, j'allais en avoir besoin, oh oui. En fait, c'était tout ce qu'il me restait, car j'étais arrivé au bout de ce que je pouvais découvrir sur Julian au-delà de ce que lui-même avait révélé dans ses livres. Ces livres que j'avais lus et relus, tout comme ses notes et ses lettres. J'étais allé à Paris, à Oradour-sur-Glane, à Londres, à Budapest, à Čachtice, à Rostov et maintenant j'étais revenu à Buenos Aires. Je m'étais entretenu avec ceux dont les noms figuraient sur la mince liste de personnes qui semblaient avoir apporté leur contribution à son travail, ses guides, ses sources. J'avais questionné mon père, Loretta, et je m'étais questionné moi-même, sûrement les trois êtres humains qui, à part Marisol, avaient le plus compté dans sa vie. J'avais eu beau faire tout cela, je n'avais toujours pas entrouvert la porte de la salle la plus secrète de mon ami ni acquis la moindre idée de la raison pour laquelle il avait ramé jusqu'au milieu de l'étang, ou de ce que j'aurais pu lui dire pour arrêter son geste.

– Nous y voilà, dis-je à Loretta de la voix lasse d'un vieux privé partant pour un ultime rendez-vous : le dernier témoin.

27

Notre rencontre avec Hernando Vilario ne devant avoir lieu que le lendemain de notre arrivée à Iguaçu, Loretta et moi décidâmes d'aller voir les grandes chutes. J'avais fait ce même voyage avec Julian des années plus tôt, tous deux prenant l'avion à Buenos Aires par un après-midi d'orage. Nous étions restés deux jours à Iguaçu, puis avions regagné la capitale.

Iguaçu avait beaucoup changé depuis cette époque, évolution sans doute nécessaire pour rendre l'endroit plus attrayant pour les touristes. À présent, un petit train conduisait les visiteurs dans la jungle qui entourait les chutes. Au moment où nous en descendions, je remarquai que sa musique d'ambiance était celle du film *Mission,* dont la spectaculaire scène d'ouverture se termine par l'image d'un prêtre crucifié jeté dans la gorge du Diable.

Nous marchâmes un moment en silence dans une jungle désormais agrémentée d'allées cimentées et de garde-fous, une sécurité pour les personnes âgées et les enfants.

– La musique diffusée dans le train me fait penser à ce que Julian disait de la différence entre un touriste et un voyageur, notai-je.

Loretta porta son regard vers l'endroit où l'on entendait le fracas des eaux bouillonnantes d'Iguaçu encore masquées à la vue.

– Ç'a été la dernière fois qu'il a été un touriste, poursuivis-je. Quand nous sommes rentrés à Buenos Aires, nous avons retrouvé Marisol et sommes allés tous les trois au restaurant dans le quartier de La Boca, avons dégusté un dîner arrosé de vin rouge. Julian paraissait plus que jamais comblé par la vie. Tout lui souriait.

Une idée parut frapper Loretta.

– Je sais que tu te trouvais assez transparent comparé à Julian. Moi, c'était pareil. Mais étions-nous aussi jaloux de lui ?

C'est étrange ce que nous pouvons déterrer si le moment y est propice et si la personne qui pose les questions inquisitrices nous est chère, et à cet instant, je sentis se répandre une aigreur dans ma gorge : celle de l'atroce vérité des choses.

– Oui, admis-je, et en le reconnaissant je vis se lézarder l'image que je me faisais de ma longue amitié avec Julian.

Je repensai à toutes les fois où j'aurais pu l'influencer dans ses moments de faiblesse, ses longues périodes de désespoir, voire ses difficultés financières – j'aurais pu me servir de tout cela pour l'inciter à s'engager dans une autre direction. Je m'étais même bien gardé de critiquer son écriture alors que cela aurait pu l'aider à la rendre plus sobre, plus tranchante ou à brider les envolées échevelées qui, parfois, alourdissaient son style. Il ne m'aurait peut-être pas écouté, mais il n'empêche que je ne lui avais jamais donné le moindre conseil. La question de Loretta m'obligea à me demander si j'avais agi ainsi non pas parce que je pensais que cela serait inutile, mais parce que je préférais qu'il occupe toujours la même place, niché dans un coin d'ombre du monde littéraire, que je préférais qu'il reste tel qu'il était, un écrivain dont la thématique le reléguait à une place insignifiante. Ne lui avais-je rien dit parce que je me réjouissais secrètement de tous ces projecteurs désormais éteints sous le feu desquels il s'était trouvé, et tirais un malin plaisir de ses échecs ?

– Mon Dieu, Loretta, murmurai-je. N'ai-je pas été son ami ?

Elle vit mes yeux s'embuer à mesure que s'effritaient les multiples couches de duplicité de mon amitié feinte.

Elle me serra dans ses bras.

– Maintenant, tu l'es, me dit-elle.

28

La route jusqu'à El Árabe partait de la bourgade animée qui jouxtait Iguaçu et s'enfonçait dans les profondeurs de la jungle environnante, ce qui, forcément, me fit penser au *Cœur des ténèbres* de Conrad. Kurtz avait remonté le fleuve jusqu'à la « Station Intérieure », ainsi que l'écrivain la nommait si bien métaphoriquement, au plus profond de la nature sauvage des choses, et là, parmi cette splendeur, il avait recréé un paysage qui, de tout ce qui existait au monde, ressemblait le plus à l'enfer.

Je discourais, très concentré, sur ce sujet, mais Loretta finit par m'interrompre.

– Julian m'a dit une chose sur l'idée du Bien. Je n'y avais jamais songé auparavant, et ce sont les dernières paroles qu'il m'ait confiées.

Elle s'était rendue au solarium où elle l'avait trouvé assis dans son fauteuil, une carte de l'Amérique du Sud étalée sur les genoux. Elle lui avait demandé ce qu'il faisait, et il lui avait répondu qu'il repensait à un lieu où il avait appris une chose sur le Mal.

Il tenait un stylo dont la pointe était posée sur la carte, où, verrait-elle plus tard, il avait entouré le village de Clara Vista.

Elle avait voulu savoir ce que c'était, ce qu'il avait appris. Sa réponse, d'une étonnante simplicité, avait été extrêmement révélatrice. « Que le bien est le meilleur déguisement du mal », avait-il déclaré sans en dire plus.

– Le bien est le meilleur déguisement du mal, répétai-je, tandis que nous nous enfoncions plus avant dans la jungle paraguayenne où El Árabe avait fait tant de monstrueuses déclarations. Et je me pris à imaginer que sa maison ressemblait à la hutte délabrée de Kurtz, clôturée de pieux ornés de crânes humains desséchés.

Pourtant, la demeure d'El Árabe n'était pas représentative de l'âme morte qu'elle abritait. Elle faisait plutôt penser à un petit cottage forestier qu'on imaginerait mieux sous des climats plus tempérés. Les lianes qui auraient pu pendre du toit comme une épaisse tenture verte avaient été taillées, et nulle végétation ne rampait sur les murs ni ne s'enroulait autour des montants de la véranda latérale. Pour cette raison, la maison dégageait un curieux air européen au sens où tout ce qui venait de la nature sauvage avait été tranché net.

Je vis trois fauteuils en rotin et un hamac de couleurs très vives qui occupait presque toute la largeur de la véranda. Les fenêtres étaient grandes, les persiennes, de couleur orange, étaient ouvertes ; côté intérieur, des rideaux étonnamment féminins, blancs et bordés de dentelle, ondulaient doucement dans l'air chaud et languide.

La maison était construite en blocs de béton recouverts de peinture brillante. Il n'y avait pas de perron, rien qu'un chemin de terre menant à une porte bordée d'un assortiment de plantes poussant dans des pots en céramique identiques. Une petite barrière anti-tempête s'étirait à l'arrière de la maison. De l'autre côté, j'aperçus une vieille femme devant une corde à linge, étendant des T-shirts, des jeans et de très larges robes à fleurs comme celles que j'avais vues portées par les femmes en ville.

Je lançai un coup d'œil vers la façade de la maison. Le moment est donc venu, songeai-je. Je me tournai vers Loretta.

– Prête ?

Elle acquiesça.

– Prête.

Ainsi nous nous avançâmes vers la Station Intérieure.

Nous n'avions parcouru que la moitié du chemin de terre menant à la maison quand la porte s'ouvrit brusquement et qu'un petit homme rondouillard sortit dans le soleil éblouissant. Il avait dans les soixante-dix ans, mais avec des cheveux d'un noir de jais, teints, cela sautait aux yeux, lissés en arrière et scintillant sous le soleil.

– Tiens ! L'aigle s'est posé[1], dit-il en s'esclaffant.

Il portait un bermuda bleu ciel et était torse nu, son ventre presque glabre secoué de rapides spasmes au rythme de son rire.

– Soyez les bienvenus chez moi. Comme on dit, et comme je l'entends souvent aussi dans les films américains : *Mi casa es su casa.*

Sur ce, El Árabe tendit sa grosse pogne.

1. Allusion au film de John Sturges adapté d'un roman de Jack Higgins, *L'aigle s'est envolé.*

– Je suis fan des films américains et de John Wayne. Venez, vous allez voir.

Il s'écarta et nous fit signe d'entrer.

– Venez, venez, je vous en prie. Je vais demander à ma domestique de nous servir à boire. Un *mai tai* ? Une margarita ?

Je ne m'imaginais pas trinquer avec cet individu, pourtant je me voyais mal refuser. Il était mon dernier contact, le dernier maillon de la chaîne, et si je n'apprenais rien de lui, je n'irais jamais plus loin.

– Ce que vous avez, répondis-je en lançant un coup d'œil à Loretta.

– Oui, dit-elle avec un petit sourire. Ce que vous avez.

– Ah, bien, alors nous allons boire, décréta El Árabe comme s'il était certain que nous refuserions et était soulagé que nous ne l'ayons pas fait.

Il alla à la fenêtre qui donnait sur l'arrière de la maison et cria à la vieille femme dans le jardin :

– *Vaya. Los invitados quieren algo de tomar. Margaritas para todos, por favor.*

Il se retourna vers nous.

– Elle est lente, la pauvre, dit-il d'un air compatissant. Mais les boissons finiront bien par arriver.

Il fit un grand geste du bras vers la véranda sur laquelle s'ouvrait la pièce.

– Dehors, c'est frais. On s'assoit, on parle et on attend une éternité pour être servis.

Il rit de bon cœur.

– Elle vous plaît, ma maison ?

Le salon était petit et El Árabe en avait décoré les murs avec des photos non seulement de John Wayne mais aussi d'une vingtaine d'autres stars de cinéma américaines – photos de studio placées dans des cadres en plastique bon marché. Au passage, mon regard tomba sur Humphrey Bogart, Spencer Tracy, Alan Ladd, et John Wayne.

– Pas de femme, lui fis-je remarquer en sortant sous la véranda. Je me serais attendu à, disons, Veronica Lake ou Ava Gardner.

El Árabe agita la main en signe de dénégation.

– Je suis un homme d'action, dit-il en riant de nouveau aux éclats. J'admire ces hommes-là. Des hommes avec, comment dites-vous déjà… le regard d'acier.

Il repartit à rire.

– J'aimerais être le genre taciturne. À la Gary Cooper. Mais, comme vous voyez, je parle trop, ajouta-t-il d'un air malicieux. Et puis je ne suis pas grand.

Il désigna les fauteuils en rotin.

– Reposez-vous, je vous en prie. C'est loin, Buenos Aires. Vous avez pris l'avion ?

– Oui, répondis-je. Et à Iguaçu, nous avons loué une voiture.

– Iguaçu, oui, dit El Árabe. Ça roule bien le matin. Ça a été facile de trouver votre chemin ?

– Il n'y a pas beaucoup de routes, alors il est difficile de se perdre, dis-je.

– Pas beaucoup de routes, confirma-t-il. Pas comme en Amérique, avec tant, tant d'autoroutes.

– Non, pas comme en Amérique, dis-je.

De but en blanc, El Árabe demanda :

– Dites, mon anglais est bon, non ?

– Très bon, lui assurai-je.

– C'est grâce aux films américains. J'en regardais quand j'étais petit. J'en regarde encore. J'aime pratiquer l'anglais tout le temps. Mais ici, c'est difficile. Ici, il n'y a rien. Je suis entouré d'ignares. Ils votent toujours pour les rouges.

Il inclina légèrement le buste en arrière.

– Vous parlez l'espagnol ?

– Malheureusement non, répondis-je.

Son regard obliqua vers Loretta.

– Et vous, *señora* ?

– J'en connais quelques rudiments, assez pour me débrouiller. Mon frère le parlait très bien.

– Votre frère, oui. Vous êtes venus à cause de lui. C'est ce que j'ai cru comprendre par Leon. Il est mort, votre frère.

– Oui.

– Si jeune, soupira El Árabe d'un air compatissant. Inhabituel en Amérique. Mais ici, ils tombent comme des mouches. Nous côtoyons la mort. Nous connaissons la souffrance. Elle n'est jamais loin de nous. La nuit, nous entendons sa voix dans les sous-bois. Nous nous entre-dévorons beaucoup par ici.

Il se tourna vers Loretta.

– Ce que votre frère n'ignorait pas.

El Árabe eut l'air d'un acteur qui, ayant oublié des répliques, aurait fait un bond en avant dans l'action de la pièce, sautant cinq pages de texte, arrivant trop tôt trop loin.

– *Margaritas !* cria-t-il.

Puis il reporta son regard sur nous.

– Quand je vous disais qu'elle était lente, pesta-t-il. Mais elle fait bien le peu qu'elle fait. À Buenos Aires, personne ne supporterait une domestique aussi lente. Mais ici, le temps s'est pour ainsi dire arrêté, et nous avançons lentement, comme le soleil.

Il fit un sourire aussi mince qu'une estafilade laissée par un poignard.

– Je suis aussi un philosophe. J'ai de nombreuses pensées. Mais elles n'intéressent personne.

Il s'esclaffa.

– Le monde devrait trop changer pour me rendre honneur. El Árabe est méprisé. El Árabe est un assassin, un violeur, un tortionnaire.

Pour la deuxième fois, son regard se durcit.

– Mais à qui ai-je fait ces choses-là, hein ? Je vais vous le dire. À des gens qui auraient fait pareil avec moi, avec vous.

Il agita les mains devant lui.

– Encore maintenant, ils portent les T-shirts avec le visage du Che. Qui était un assassin, ce fameux Che, avec sa tête de vedette de cinéma et sa célébrité de vedette de cinéma, un homme qui aurait causé la mort de millions de gens.

Sans nous laisser le temps d'assimiler tout cela, il continua sur sa lancée, les yeux agrandis par la fureur.

– Vous avez lu ce que Castro a demandé à Khrouchtchev ?

Il tourna son regard vers Loretta, puis le reporta sur moi.

– Vous avez lu ça ? Pendant la crise avec Cuba ? Avec les missiles ? Il a demandé à ce gros lard russe de tuer tous les Américains. De lâcher toutes les bombes. Il a dit qu'il sacrifierait Cuba pour un tel anéantissement.

Il secoua la tête devant la monstruosité de la chose.

– Je suis ce qu'on appelle « une petite pointure » comparé à lui qui aurait tué des millions de gens. Comme Staline l'a fait. Et Mao. Moi, El Árabe, dit-il en se frappant la poitrine, je n'ai jamais été un tueur à l'égal de ces deux rouges.

Voilà qui eût été une diatribe enflammée contre l'extrémisme idéologique si les actes barbares commis par El Árabe n'avaient été eux-mêmes tout aussi extrêmes, mais je jugeai plus prudent de garder cette réflexion pour moi.

– Je suppose que vous connaissez la raison de notre venue, dis-je.

El Árabe acquiesça, puis eut un mouvement vers Loretta.

– Leon m'a dit pour votre frère. Il m'a dit que vous pensiez qu'il allait peut-être parler de moi dans son prochain livre.

– Peut-être, répondit Loretta. Juste avant de mourir, il a consulté une carte de l'Argentine. Il y avait même entouré le nom de ce village.

El Árabe ne parut pas surpris le moins du monde.

– Comme vous le voyez, je ne suis pas difficile à trouver. Je ne me cache de personne. J'espère seulement que ces rouges qui empuantissent aujourd'hui les couloirs de la Casa Rosada ne franchiront pas la frontière.

Il montra du doigt un vieux fusil de chasse calé contre le mur du fond.

– Je me défendrais, continua-t-il, mais je n'ai plus que ce… comment appelle-t-on ça déjà ? ce… pistolet à bouchon. Et pourtant, ils ne viennent pas. Et pourtant, ils me font peur. Vous savez pourquoi ? Parce que je connais leurs secrets, à ces hommes de la Casa Rosada. Je sais qu'ils ne sont pas aussi vertueux qu'ils le disent. Ils connaissent mes crimes parce que je ne les ai pas cachés. Mais moi, je connais les crimes qu'ils cachent.

Il sourit en homme capable de pouvoir facilement prouver ses dires.

– La culpabilité, ça fatigue et ça fait maigrir, déclara-t-il avant d'ajouter en tapotant son ventre rebondi : Je n'ai pas ce genre de problème.

Des bruits de casseroles retentirent dans la pièce contiguë.

El Árabe hocha la tête.

– On ne s'entend plus penser dans un tel tintamarre, dit-il.

Je jetai un coup d'œil vers la cuisine où je vis la femme vaciller sur ses jambes tandis que ses mains tremblaient violemment.

– Elle doit avoir la maladie de Parkinson, dis-je. Ou quelque chose comme ça.

El Árabe agita les mains en un geste d'ignorance, puis il braqua son regard sur Loretta.

– Votre frère était venu me rendre visite. À l'époque. Il recherchait une fille. Il pensait que je savais peut-être où elle était.

Il se tut et me considéra d'un air sombre et d'une violence si volcanique que je fus parcouru du frisson glacé de la peur véritable.

Il éclata d'un rire tonitruant.

– Vous voyez ce que je peux faire ? s'écria-t-il. Vieux, mais je peux encore remplir un cœur de peur.

Il rit de plus belle, un rire gras et satisfait qui fit tressauter son ventre.

– Avec ce regard ! reprit-il en me donnant l'impression qu'il m'enserrait entre ses yeux comme si je n'étais qu'un petit animal pris dans un piège à mâchoires. Ce regard pouvait réellement les faire taire. Même quand ils hurlaient, il les faisait taire.

Il repartit à rire et, brusquement, son attitude changea radicalement. C'était comme si un nuage s'était déchiré pour révéler une personne totalement différente, quelqu'un dont tous les aspects, jusqu'alors revêtus d'ombre, apparaissaient clairement au grand jour.

– Voulez-vous que je m'adresse à vous en français, chers amis américains ? demanda-t-il, adoptant un langage châtié. Ou préférez-vous que je parle en allemand ?

Sa transformation se poursuivit, tous les oripeaux de son déguisement tombant un à un : il n'était plus un voyou aux cheveux lissés en arrière, mais bien ce qu'il prétendait être dans l'instant.

– Autant que je parle le castillan, continua-t-il, car je suis espagnol, et le patois paysan que j'adopte pour me faire comprendre par cette malheureuse à la cuisine n'est pas ma langue natale.

– Je vois, dis-je posément.

– Comme Julian ne l'ignorait pas, pour être un grand espion, il faut être un espion-né, dit-il. Avoir joué un rôle toute sa vie.

Il était maintenant aussi raffiné et homme du monde qu'un personnage de roman. Sa grossièreté, sa vulgarité étaient purement et simplement tombées comme des lambeaux d'un vieux costume. Dessous, il n'y avait nulle arrogance, nulle bravade. C'était tout juste si je ne l'imaginais pas en tenue de soirée, savourant un cognac et un cigare dans les réceptions officielles à Madrid, exactement le genre d'espion mondain que mon père avait rêvé d'être.

– Il faut de l'intelligence pour faire le clown, et je les ai tous bernés. Même Julian s'est fait avoir par mon déguisement. Mais tout ça, c'est du passé, je n'ai plus besoin de recourir à ces ruses.

Son rire ne monta plus du ventre, mais tint du petit rire de gorge d'un homme au cours d'une soirée dans son club.

– Julian Wells, murmura-t-il. Vous êtes venus pour parler de Julian Wells. Quel jeune homme naïf, avoir voulu retrouver cette fille !

Son rire devint glacial, forcé.

– Il est venu me voir parce que les rouges l'avaient aiguillé sur moi. Ils lui avaient dit que j'étais responsable de choses terribles, et que, par conséquent, je savais peut-être ce qui était arrivé à cette fille disparue.

Il inclina la tête, regarda d'un côté et de l'autre.

– Voulez-vous que je vous dise, pour votre ami, votre frère ? demanda-t-il. Il recherchait cette fille, mais voulez-vous que je vous dise ce qu'il a trouvé ?

J'acquiesçai, sur mes gardes, tandis que Loretta murmurait :

– Oui, dites-nous.

Alors, il le fit.

29

À la fin d'*Au cœur des ténèbres,* Marlow est épuisé par l'histoire qu'il vient de raconter, vidé non pas d'énergie mais d'espoirs. Comme si toute la noirceur qu'il avait décrite avait assombri son âme.

Il semblait en aller de même pour Loretta quand El Árabe eut achevé son récit et, en tout cas, il en allait ainsi pour moi.

– Tu crois que ce qu'il nous a dit est vrai ? demanda-t-elle quelques minutes après que nous eûmes repris le chemin de la ville.

Nous roulions jusqu'alors dans le silence complet.

– Jusqu'au moindre mot.

Elle tourna la tête vers moi.

– Pourquoi ?

– Parce que ça se tient.

Je pensai au passage de *La Salle secrète,* le dernier ouvrage de Julian, où la Meffraye, du haut des remparts de Machecoul, regarde approcher les trente hommes dépêchés par l'évêque de Nantes pour arrêter son maître. De cette hauteur, elle repense aux crimes dont elle a été complice, à leurs conséquences, et elle sait sans conteste qu'elle est vouée aux gémonies de l'enfer.

– Julian n'a vu que des ténèbres par la suite, dis-je tout bas en mesurant toute l'horreur qu'avait dû être pour lui la scène à laquelle il avait assisté à El Sitio.

– Rappelle-toi ce que je te disais : que si Julian avait été témoin d'une atrocité, ça l'aurait dévasté.

– Et ça a été le cas.

Loretta se rendit compte que quelque chose m'avait, moi aussi, dévasté.

– La dernière question d'El Árabe, supposa-t-elle.

Il suffit de cette allusion pour qu'aussitôt je me revoie là-bas, assis sous la véranda, écoutant El Árabe. Mais s'ajoutait maintenant à cela le fait de déjà tout savoir, et je me pris tout autant à me représenter que me rappeler son récit, sentant le goût de la poussière dans l'air, regardant les contorsions des chiens qui s'entre-déchiquetaient, voyant les gouttelettes de sang jaillir de la fosse et entendant la voix de Julian par-dessus le rugissement de la foule.

– Celui-là, c'est un tueur.

El Árabe se tourna vers lui.

– Américain ?

Julian acquiesça en souriant.

– Un Américain ruiné si je continue à parier sur le mauvais chien.

El Árabe, hilare, tira un mouchoir de sa poche et essuya son torse dénudé.

– Parie sur John Wayne dans le prochain combat. Avec lui, tu récupéreras ta mise.

Julian s'esclaffa.

– John Wayne, vraiment ?

– C'est mon chien. Je suis un grand fan de John Wayne.

Il se déhancha légèrement, rajusta son pantalon.

– Comment va, pèlerin[1] *? lança-t-il en lui tendant la main.*
– Julian Wells, dit Julian, la lui serrant.
– Tu viens d'où ? demanda El Árabe entre deux goulées de bière.
– New York.
El Árabe prit une bouteille, la décapsula et la lui tendit d'un geste brusque.
– On boit à l'amitié, hein ? À l'Amérique et à l'Argentine.
Il se frappa le torse avec son poing droit.
– Frères.
Julian but une longue gorgée au goulot.
– Frères, dit-il.

Ils étaient deux acteurs qui jouaient leur scène dans ma tête : Julian, l'Américain naïf ayant une vague soif d'aventure ; El Árabe, le paysan fruste fasciné par les cow-boys américains. Investis de leur rôle, ils l'avaient joué à leur façon pendant les heures qui avaient suivi, Julian pariant sur les chiens d'El Árabe et gagnant presque chaque fois, si bien que, au fil de la soirée, sa liasse de billets devenait de plus en plus épaisse, un fait qu'El Árabe se fit un devoir de remarquer car il avait besoin que Julian le prenne non seulement pour un péquenaud qu'on bernait facilement, mais aussi pour un homme qu'on pouvait non moins facilement soudoyer.

– Tu as beaucoup d'argent maintenant, coño, *cria El Árabe pour couvrir le vacarme ambiant. Fais attention à ne pas le perdre.*

1. Dans *L'Homme qui tua Liberty Valance,* de John Ford, le cow-boy Tom Doniphon (John Wayne) ne cesse d'appeler *« pilgrim »* Ransom Stoddard (James Stewart), fraîchement arrivé dans l'Ouest.

Julian s'esclaffa.

– Comment le perdrais-je ?

– Le perdre, peut-être pas. Quelqu'un te le prend. Tout le monde n'est pas un frère. Pas dans cet endroit mal famé.

Julian tituba légèrement, comme ivre.

– Ça ne m'a pas l'air mal famé ici.

El Árabe agita le doigt.

– Très mal famé. Très mauvaises fréquentations ici. Tu ne rentres peut-être pas à Buenos Aires ce soir.

– Il le faut. Je n'ai pas de point de chute.

– Tu restes chez moi. Je te protège. Au matin, tu repars pour Buenos Aires.

Il prit Julian par les épaules.

– Tu ne risques rien avec moi. Frères, non ?

La tête de Julian piqua vers la gauche.

– Trop de bière, soupira-t-il.

El Árabe s'esclaffa.

– Rentrons à la maison maintenant, dit-il.

Je les imaginai tels deux personnages tragicomiques d'un mélodrame, le jeune et grand Américain flanqué du petit Argentin court sur pattes, un Don Quichotte éméché et un Sancho Pança retors marchant de travers jusqu'à la vieille camionnette où El Árabe avait déjà encagé les quelques chiens ayant survécu aux combats – ses « tueurs éclairs », ainsi qu'il surnommait ceux qui émergeaient de leurs corps-à-corps avec des blessures guérissables.

Dans la camionnette, Julian s'était endormi, ou avait fait semblant, et je l'imaginais tassé sur lui-même dans l'obscurité poussiéreuse, le corps ballotté au gré des cahots et des virages.

– Ça y est, on est à la maison ! cria El Árabe.
Il ouvrit la portière et tira Julian hors du véhicule, dans son allée envahie par les mauvaises herbes.
– Tu n'as encore jamais dormi dans un hamac, si ? Tu vas aimer. Très agréable. Les étoiles. La fraîcheur.

Soit qu'il eût été ivre mort ou ait feint la perte de conscience, Julian s'était laissé tomber dans le hamac accroché sous la large véranda de la maison d'El Árabe, se réveillant, groggy, le lendemain matin, et tendant la main vers son argent pour découvrir qu'il ne l'avait plus.

– Je sais ce que tu cherches, dit El Árabe en riant haut et fort. Tu penses peut-être que je t'ai volé ton argent, non ?
Il enfonça la main dans la poche de son jean taché et en tira une liasse de billets.
– Je te l'ai gardé. On est des frères, non ? On ne se vole pas l'un l'autre.
Il rit de plus belle.
– Les autres, peut-être, on les vole, et aux autres, peut-être, on fait du mal, mais je ne fais rien de mal au Pèlerin et le Pèlerin ne fait rien de mal à El Árabe.

Ainsi fut scellé un lien qui s'approfondit au fil des semaines qui suivirent, Julian et El Árabe continuant de perfectionner leurs rôles, se jouant l'un de l'autre avec un tel art que, par moments, le sous-texte de leur double jeu semblait presque disparaître, soirées moins arrosées et plus bavardes qui finirent par offrir à chacun d'eux le moment tant attendu.

– Tout ça, ce n'est pour moi qu'un moyen d'oublier, dit Julian d'une voix posée en prenant une cigarette et en l'allumant. Boire autant.
Il tira une longue bouffée et souffla doucement la fumée.
– C'est à cause d'une femme. Elle a disparu.
– Tu en trouveras une autre, dit El Árabe. Tu dois penser à autre chose.
– Je ne peux pas.

Puis, soudain, en un flot de paroles qu'El Árabe dut trouver soit particulièrement brillant s'il était destiné à le tromper, soit particulièrement stupide si c'était vrai, Julian avait tout révélé : qu'il avait fait la connaissance de Marisol, qu'elle travaillait comme guide, qu'elle avait disparu un beau jour, qu'il déployait tous ses efforts pour la retrouver, qu'il s'était adressé à ceux de la Casa Rosada puis aux Russes qui avaient tout organisé pour qu'il rencontre El Árabe : un récit rempli de passion qui avait fini par impressionner El Árabe par ses accents angoissés et sincères.

El Árabe resta silencieux un moment, puis dit tout bas :
– Il est possible que celle dont tu parles, cette femme qui a disparu, il est possible qu'elle soit toujours vivante, non ?
– Non, ce n'est pas possible, répondit Julian. Nous savons tous les deux ce qui arrive à ces femmes.
– Pas à toutes, peut-être pas. Peut-être que certaines d'entre elles, ils les gardent.
– Ils les gardent ?
El Árabe haussa les épaules.

– Pour certains hommes, c'est du gâchis de tuer une telle femme, dit-il. Mieux vaut la garder un moment.
Une lueur d'espoir s'alluma dans les yeux de Julian.
– La garder où ?
El Árabe sourit.
– On appelle ça des « escuelitas ».
Il gratifia Julian d'un regard sur lequel on ne pouvait se méprendre.
– Peut-être qu'elle est toujours dans un de ces endroits, reprit-il. Tu veux que je la cherche ?
– Oui.
– Et si je la trouve, tu veux aller dans cet endroit ?
– Oui, répondit Julian. Oui, je veux aller là-bas.

Le temps passa, et pendant ce temps-là Julian s'aventura plus loin encore dans ses confidences. Il était venu en Argentine, raconta-t-il, en quête de l'œuvre d'une vie. Tel avait été son plus fort désir à son arrivée ici, confia-t-il à El Árabe : un besoin impérieux de réaliser une œuvre marquante, besoin que son hôte avait jugé à la fois naïf et comique. Mais la sincérité de Julian lui avait attiré la sympathie d'El Árabe. C'était un idiot, mais un idiot attachant, un homme qui voulait venir en aide à ceux qui avaient mordu la poussière. Mais avant tout il était à la recherche de Marisol.

– Parce que tu l'as baisée, non ? demanda El Árabe. Ces petites indigènes, elles baisent vite et bien.
– Je ne l'ai jamais touchée.
El Árabe s'esclaffa.
– Tu la crois si innocente, cette femme ? dit-il en éclusant sa dernière bière de la soirée. Peut-être pas si innocente que ça, mon ami. Si elle était innocente, elle n'aurait pas disparu.

– Si, elle était totalement innocente, insista Julian. Il n'y avait pas de raison qu'elle se fasse enlever. Elle ne faisait pas de politique. Tout ce qu'elle voulait… et c'est elle qui me l'a dit… tout ce qu'elle voulait, c'était tenter sa chance.

– Dans ce cas, je la retrouverai pour toi, dit El Árabe.

Il ne lui fallut qu'une semaine pour localiser l'*escuelita* où Marisol avait été conduite, et même si elle ne s'y trouvait plus, il était certain qu'en parlant au « commissaire » du camp, il pourrait la retrouver.

Et ce fut le cas.

– D'accord, nous y allons demain, annonça El Árabe.

– Où est-ce ? demanda Julien.

– Il y a un chenil dans la pampa. Là-bas, ils élèvent des dogues de Cordoue. Il y a aussi une grange et des écuries. Ils les ont transformées en escuelitas.

Le lendemain matin, ils quittèrent Buenos Aires en voiture, filant par les larges avenues avant de traverser les banlieues pour finir par s'engager sur un chemin de terre menant à un endroit qu'El Árabe appelait El Sitio, ce qui signifie « le Lieu ».

C'était une sorte de ferme, mais on n'aurait su dire si elle avait jamais été exploitée ou seulement construite à ses fins actuelles. Ses fenêtres étaient condamnées et non peintes, ce qui donnait à la bâtisse l'apparence d'une gigantesque caisse. Le toit en tôle ondulée était zébré de rouille.

– C'est ici qu'ils les détiennent, dit El Árabe avec un sourire abject, celles qu'ils éduquent.

Une chaleur suffocante régnait à l'intérieur du bâtiment, forcément ainsi, expliqua El Árabe, hilare et avec un clin d'œil, il était inutile que les femmes portent des vêtements.

Julian resterait dans la camionnette, dit El Árabe, pendant qu'il irait chercher le « commissaire » qui se trouvait dans une cabane toute proche où les préparatifs des « leçons du jour » avaient lieu en ce moment même – préparatifs incluant des crochets, des cordes, le long fouet du « commissaire », une chicotte, en peau de rhinocéros et importé du Congo.

Assis dans la camionnette, Julian avait une vue dégagée sur la ferme et la rangée de poteaux en bois, chacun garni de menottes accrochées sur le côté, vers laquelle, pendant qu'El Árabe s'entretenait avec le « commissaire » du sort de Marisol, une femme nue était poussée et tirée brutalement par deux hommes en uniforme vert qui tenaient chacun une chicotte.

Je ne pouvais qu'imaginer les pensées de Julian à ce moment-là : il avait sûrement compris que les mêmes outrages avaient été infligés à Marisol. Nue et noire de crasse, menée par des hommes à ces mêmes poteaux où ils l'avaient menottée et laissée cuire au soleil pendant qu'ils prenaient leur pause-déjeuner sous les arbres à proximité. Comme cette femme qu'il observait depuis l'intérieur de la camionnette d'El Árabe, Marisol avait dû attendre que le temps passe pendant que les hommes fumaient indolemment leurs cigarettes, avant de se lever et s'avancer vers elle, comme ces hommes à présent vers cette inconnue, faisant claquer leurs chicottes contre leurs bottes brunes couvertes de poussière, puis, aux premiers coups de fouet, commençant à rire.

La flagellation, expliqua El Árabe, durait longtemps et était ponctuée de longues pauses pendant lesquelles on laissait la femme attachée en plein soleil. Du début à la fin, Julian était resté assis dans la camionnette, regardant par les vitres sales tandis que le sifflement des fouets déchirait l'air, accompagné des hurlements de la femme et des rires des hommes.

– Elle était couverte de sang au moment où je suis retourné à la camionnette, nous dit El Árabe. Son corps était tellement avachi sur lui-même que ses longs cheveux touchaient presque le sol, et son dos, ses jambes, ses bras étaient à vif. Les fouets l'avaient, pour ainsi dire, dépecée.

Mais c'est ce qu'El Árabe avait vu dans la camionnette qui glaça l'air autour de moi pendant que j'écoutais. Il était passé devant la fille en sang effondrée par terre et dont les plaies suppuraient à présent sous le soleil de midi, en accordant à peine un regard à ce spectacle. Après tout, il avait vu tant et plus de ce genre de séances. Il n'avait pas fait plus attention à l'autre femme, elle aussi nue et crasseuse qui, à cet instant-là, était menée à l'extérieur par deux autres hommes. Le « commissaire » se dirigeait d'un pas vif vers le corral saccagé, mais cela ne présentait aucun intérêt à ses yeux étant donné qu'il avait déjà établi quel avait été le sort de Marisol. C'était à Julian, uniquement à Julian, qu'El Árabe, saisi par un sentiment inattendu, accordait toute son attention.

– Il était assis exactement là où je l'avais laissé une demi-heure plus tôt, nous raconta-t-il. Il m'a simplement demandé : « C'est ce qu'on a fait à Marisol ? »

Du coin de l'œil, je lus la terrible question sur les lèvres de Loretta.

– C'était le cas ?

El Árabe acquiesça.

– Et pire, dit-il. Mais ça, je ne l'ai pas dit à Julian. Je lui ai seulement raconté qu'on l'avait amenée ici et fusillée. Ç'aurait été mauvais qu'il en sache plus. Il se faisait des reproches. Il disait que c'était de sa faute qu'elle soit morte. Je ne pouvais rien lui révéler de plus. Ça n'aurait fait qu'empirer les choses pour lui. Alors, je lui ai seulement dit qu'elle était morte. « Ils se sont débarrassés d'elle, je lui ai dit. Elle est poussière. »

Julian s'était muré dans le silence, nous raconta El Árabe.

– La douleur peut faire hurler les hommes comme des femmes, dit-il. Mais chez Julian, il n'y avait que du silence. Il était vivant, mais il était mort. Je l'ai ramené à Buenos Aires. Pendant tout le trajet, il n'a pas dit un mot. Je l'ai déposé à son hôtel. Il n'est jamais revenu me voir.

Pendant un temps, personne ne parla, et nous n'entendîmes plus que la femme qui s'affairait dans la cuisine, l'aboiement occasionnel d'un chien ou le chant d'un oiseau.

– Donc, Julian n'a jamais revu Marisol ? me décidai-je à demander.

El Árabe secoua la tête.

– Et ça vaut mieux, car c'était très horrible ce qu'on lui avait fait. Très horrible, la torture. Même ceux qui y survivent ne s'en remettent pas.

À nouveau, un silence pesant succéda à ces paroles. Loretta et moi étions incapables de faire le moindre geste, et nous étions toujours figés sur place quand la servante sortit sous la véranda, avançant en traînant la patte, le plateau sur lequel elle apportait nos boissons tressautant violemment dans ses mains tremblantes. Elle baissait la tête, ses cheveux en broussaille étaient striés de mèches grises et ternes. Ils étaient très longs et cachaient son visage, mais soudain, d'un geste convulsif, elle les rejeta en arrière, révélant la seule chose que j'aurais pu reconnaître parmi le réseau de rides et sous les paupières tombantes : ses yeux d'un noir saisissant.

Dans un roman, ç'aurait été Marisol, forcément, cette femme tristement brisée. Et je me serais levé et l'aurais prise dans mes bras et conduite en un lieu plus sûr et plus clément. Là, elle aurait fini ses jours assise à l'ombre d'un manguier, savourant la brise qui soufflait de La Plata. Je serais quelquefois revenu en Argentine pour la voir et, à un moment ou à un autre, elle aurait évoqué Julian dans sa jeunesse, nos jours radieux à Buenos Aires et, ensemble, tandis que le soleil se couchait sur les grands arbres de la Plaza San Martín, nous aurions trouvé la petite part de paix que nous offre la vie.

Toutes ces douces consolations seraient arrivées dans un livre mais, comme Julian le savait, la vie prend une autre tournure.

– Maria, dit El Árabe, dis bonjour à mes invités.

Elle ne réagit pas, posa simplement les boissons devant nous sur la table en bois, en en renversant un peu au gré de ses gestes. Puis elle se détourna et, clopin-clopant, retourna à l'intérieur.

Quand elle finit par disparaître dans l'obscurité de la maison, je regardai El Árabe.

– Pourquoi Marisol a-t-elle fait partie des disparus ? Était-elle une Montonero ?

El Árabe secoua la tête.

– Non. Elle n'était rien, juste une fille du Chaco.

– Dans ce cas, pourquoi a-t-elle été enlevée ?

El Árabe fit un large sourire.

– Par erreur, mais la vie est pleine de petits tours et détours, non ?

– Ce n'est pas une réponse, assénai-je. Pourquoi Marisol a-t-elle été enlevée ?

El Árabe haussa les épaules.

– Elle a été trahie, dit-il. Un garçon avec qui elle avait grandi au Chaco. Dans l'orphelinat de là-bas. Ils ont une photo de ces deux-là ensemble, de ces deux indigènes. Marisol et cet autre paysan au nez épaté.

– Emilio Vargas ? demandai-je.

El Árabe le confirma d'un signe de tête.

– C'était une vraie fouine, ce rouge. Et il a menti au sujet de cette fille. C'était juste une sorte de guide. Mais ce Vargas, il l'a donnée en pâture aux loups. Qui sait pourquoi ? Peut-être qu'il lui rend la monnaie de sa pièce parce qu'elle ne baise pas avec lui à l'époque. Les hommes sont ce genre d'ordures. Ce que je sais, c'est qu'il était là quand ça s'est fait. Il n'y allait pas de main morte lui non plus.

Il haussa les épaules.

– C'est par la faute de Vargas que Marisol a été tuée. Mais Julian voyait la chose autrement. Et pour cette raison, il pensait que son assassin, c'était lui.

– Pourquoi Julian se serait-il senti responsable de ce qui est arrivé à Marisol ? demandai-je.

– Ça, il me l'a dit, et ça, je le sais.

– Que vous a-t-il dit ?

El Árabe semblait plutôt amusé par les ruses tapies dans l'ordonnancement des choses, et je pus voir la vraie cruauté de cet homme, combien il aimait, plus que tout, regarder une créature sans défense pendre au-dessus du vide.

– Dites-moi ce que Julian vous a dit, exigeai-je.

Son sourire fut un coupe-papier.

– Peut-être devriez-vous le demander à votre père.

30

Mon père ?

Ça ne pouvait pas se finir ainsi, songeai-je. Dans un roman, ce serait trop facile : le fils cherchant à découvrir ce qu'il aurait pu faire pour éviter que le suicide de son ami ne le ramène à son père. Ce sentier littéraire vers de sombres découvertes n'avait été que trop emprunté, entre autres par Œdipe.

Pourtant, je voyais que la question demeurait en suspens chaque fois que je regardais Loretta dans les yeux : Qu'a fait ton père ?

J'avais réfléchi, pendant le vol de retour avec Loretta, à ce que j'allais lui dire. Peu à peu, les enjeux étaient devenus plus grands pour nous : Loretta ayant besoin de savoir ce que Julian avait découvert ; et moi, le rôle que mon père y avait joué. La vie est un dédale de salles secrètes, me dis-je, et chaque passager de l'avion un écrin à noirceurs. Tous les vieux clichés des romans d'espionnage s'inspirent de la dure réalité : jeux de miroirs, nids de vipères. Mon père avait toujours rêvé d'être un personnage de roman à tiroirs. C'était chose faite.

– Rien ne l'oblige à te dire la vérité, m'avertit Loretta au moment où nous nous séparions à l'aéroport. Rien ne l'oblige à te dire quoi que ce soit.

– Je sais.

– Alors, attention, Philip.

Sa voix était crispée, son regard d'une acuité féline. Il était clair que la résolution du crime de Julian, quoi qu'il en coûte à présent, en était venue à compter beaucoup pour elle.

– Car, en un sens, ce sera un interrogatoire, ajouta-t-elle.

Elle disait vrai, bien sûr, et si mon père choisissait de se murer dans le silence, l'histoire se terminerait sur une ambiguïté que même le plus mauvais des romans de gare ne pouvait se permettre. Nous saurions ce qui était arrivé à Marisol. Mais nous ne saurions jamais pourquoi c'était arrivé, pourquoi Julian s'en tenait pour responsable, ni pourquoi, à la fin de sa vie, il voulait encore avouer un crime dont, tant d'années plus tôt, il s'était jugé coupable.

Mais quel était le crime de Julian ?

Et pourquoi était-il mort sans le révéler ?

La réponse à ces questions dépendait à présent de mon père.

Il semblait s'être affaibli depuis la dernière fois que je l'avais vu. En chair et en os, et non sur un écran d'ordinateur, il semblait encore plus fluet.

– Ah, Philip, fit-il. Bienvenue à la maison.

Je le trouvai dans son fauteuil, assis aussi droit que possible et, pendant qu'il me regardait prendre place en face de lui, il me donna l'impression d'être plein d'heureuses attentes.

– Alors, reprit-il, raconte-moi tes aventures.

Toute ma vie, j'avais souhaité qu'il ait hâte d'entendre mon histoire. Toute ma vie, je m'étais senti incapable de lui en raconter une. Et aujourd'hui, celle que je lui rapportais était inachevée, et lui seul pouvait fournir les pièces manquantes.

– Alors ? s'impatienta-t-il. Tu dois en avoir, des choses à dire !

Je me faisais l'effet d'être un homme en train d'aborder le dernier chapitre d'un roman qu'il lisait depuis trop longtemps, une de ces vastes fresques dans lesquelles tant de destins se font et se défont pour mieux atteindre ce qui, dans les dernières pages, passe pour de la prédestination.

– Oui, c'est sûr, répondis-je.

Puis, tel un policier retors dans une salle d'interrogatoire lugubre, je jetai les bases de ce qui allait se passer. Je retraçai brièvement l'itinéraire que j'avais suivi, grâce aux livres de Julian, puis lui parlai des lieux où je m'étais rendu et des gens que j'avais rencontrés, d'abord René et Oradour, puis Irène à Budapest et Soborov à Rostov, pistes qui m'avaient finalement ramené sur mes pas jusqu'en Argentine où je m'étais retrouvé face à El Árabe dans une petite maison nichée dans un coin du Paraguay proche des chutes d'Iguaçu.

La fin de mon récit m'avait mené au bord du précipice, et je découvrais que je ne pouvais le franchir, si bien que je dis tout bonnement :

– Un homme cruel, cet El Árabe.

– Ils sortaient du bois dans un pays comme l'Argentine à l'époque de la « guerre sale », répondit mon père.

Il parut d'une humeur plus sombre puis, tout à coup, reprit du poil de la bête.

– Mais tu t'es offert du bon temps, poursuivit-il. Voyages dans des endroits exotiques. Conversations avec de vieux briscards, dont un espion russe. C'est comme dans les romans que je lisais autrefois.

– On en apprend beaucoup par ces livres, j'imagine, dis-je, rassemblant mes forces pour affronter encore une fois mon père. Le double jeu, pour commencer. Fausses identités et mauvaise foi. Que quelqu'un peut sourire et sourire encore, et être le traître.

Je ménageai un silence avant d'ajouter :

– Que le bien est le meilleur déguisement du mal. Julian le disait. D'ailleurs, c'est la dernière chose qu'il ait dite.

Mon père me considéra un moment en silence, puis, stoïque, demanda :

– Qu'entendait-il par là, selon toi ?

– Je l'ignore, répondis-je, mais… ajoutai-je, avançant à petits pas vers la trappe et l'escalier menant au souterrain,… je crois qu'il pensait à quelque chose qu'il avait appris en Argentine.

– Oui, c'est vrai qu'il avait changé à son retour.

Mon père baissa les yeux sur ses mains, puis les releva lentement vers moi.

– La fille qui avait disparu, murmura-t-il.

– Marisol.

La trappe s'ouvrit et je mis le pied sur la première marche.

– Figure-toi que nous avons découvert ce qui lui était arrivé, dis-je à mon père. Elle a été arrêtée par la junte militaire. Elle a été torturée, puis tuée.

– Cela ne me surprend pas.

– Mais impossible de savoir pourquoi, dis-je, continuant ma lente descente. Elle ne se mêlait pas de politique, ça, c'est clair. Ce n'était qu'une fille de la campagne.

Mon père ne réagit pas, mais je crus apercevoir une lueur de tristesse dans son regard, qui me donna l'élan nécessaire pour faire le reste du parcours jusqu'en bas.

– Julian pensait que c'était de sa faute. Il se tenait pour responsable de sa mort.

– Pourquoi ?

– Je ne sais pas. Et quand j'ai voulu obtenir la réponse à cette question auprès d'El Árabe, il m'a dit que c'était à toi que je devais la demander.

Tout le corps de mon père se crispa.

– À moi ? Qu'est-ce qui lui a pris de dire ça ?

– Ça non plus, je ne le sais pas.

Il me scruta du regard.

– Mais tu penses que je la connais, n'est-ce pas, Philip ?

Comme je ne lui répondais pas, il retomba doucement contre le dossier de son siège, comme poussé par un interrogateur invisible.

– Tu penses que je travaillais pour la junte, Philip ? Que j'étais un de leurs agents ? Car c'est ce que j'aurais dû être, non, pour savoir pourquoi Marisol avait été tuée ?

– J'imagine que oui, admis-je.

– C'est ce que tu penses ? lança mon père d'un ton incisif.

– Je sais seulement que Julian s'en tenait pour responsable, et que lorsqu'il a essayé de découvrir pourquoi elle avait été tuée, El Árabe…

– M'a montré du doigt, m'interrompit mon père. Oui, ça, tu l'as déjà dit, Philip.

De toute évidence, je l'avais offensé et meurtri. Il redressa la tête, guerrier orgueilleux mais blessé, me foudroyant du regard.

– Sais-tu pourquoi elle a été tuée ? demandai-je d'une voix atone.

– Non, je ne le sais pas, répondit sèchement mon père. Comment veux-tu que je le sache ?

Ses yeux étincelaient sous l'affront.

– Je n'étais rien ! hurla-t-il. Tu peux toujours t'imaginer que j'étais le grand manipulateur en Argentine à l'époque et que Julian était… quoi ?… mon pion ?

Un soupir de colère lui échappa.

– Mais je n'étais rien ! Je ne suis rien depuis toujours ! Pour quelle autre raison aurais-je joué ce petit tour idiot avec Julian ?

Il y a des moments où la vie craque comme le bois sous nos pas, et j'avais atteint un tel moment.

– Quel petit tour ?

Mon père semblait saisi par le dégoût de soi.

– Comme si je n'existais pas. Jamais. Encore et toujours.

– Quel petit tour, papa ?

– La risée de tous, cracha mon père d'une voix sifflante.

– Quel petit tour idiot avec Julian ? demandai-je d'une voix plus ferme.

– Comme un personnage de roman ! s'écria-t-il encore avec rage.

Il se tut un long moment, prit une inspiration vibrante de colère, puis me regarda avec froideur.

– Mais la vie n'est pas un roman, Philip. Sais-tu pourquoi ?

– Parce que les gens meurent, dis-je, ménageant un instant de silence pesant, avant d'ajouter : Surtout les gens comme Marisol.

Tout à coup, le visage de mon père prit une expression empreinte d'une profonde gravité.

– De quoi parles-tu ? demanda-t-il. Pourquoi reviens-tu sans cesse à cette fille ?

Pour la toute première fois, il parut distinguer une ombre ténébreuse qui venait vers lui, ce Pâle Cavalier que nous craignons tous, pas celui qui nous apporte notre mort, mais celui qui nous apporte la vérité sur notre vie.

– De quoi parles-tu, Philip ? répéta-t-il, et il me paraissait évident que, honnêtement, il n'en savait rien.

– Une phrase que Julian m'a dite un jour vient de me revenir. Une remarque de Thoreau. Que même si c'est par jeu que les petits garçons tuent des grenouilles, les grenouilles meurent pour de vrai.

Mon père me considéra en silence, dans l'expectative, avec comme le début d'un mauvais pressentiment qui prenait forme dans son regard.

Je me penchai légèrement vers lui.

– Julian voulait savoir pourquoi Marisol avait été arrêtée, dis-je. Il voulait savoir quelles preuves ils détenaient que Marisol n'était pas seulement une jeune femme travaillant comme simple guide.

Je me tus, puis décochai la flèche porteuse de tout ce que je savais.

– El Árabe a révélé à Julian la teneur de ces preuves. La Casa Rosada en avait eu connaissance par un agent nommé Emilio Vargas. Un agent double, en fait, car Vargas prétendait travailler pour la Casa Rosada, mais, en réalité, il travaillait pour les Montoneros. C'était aussi un ami d'enfance de Marisol, originaire du Chaco. Il faisait l'objet d'une surveillance le jour où Marisol et lui se sont retrouvés. On m'a montré une photo d'eux ensemble, mais je ne savais pas pourquoi elle était allée le voir, car, de toute évidence, elle n'avait plus été en contact avec lui depuis de nombreuses années.

– Puis, soudain, elle va le voir ? demanda mon père.

– Oui.

– Quand ?

– Tout de suite après notre rencontre avec le père Rodrigo. Je le sais, parce que, sur la photo, elle porte le collier de perles de bois que Rodrigo lui avait offert.

Je voyais que les pensées de mon père se bousculaient dans sa tête pour trouver non pas le moyen de quitter la route sur laquelle nous nous étions engagés, mais celui de continuer à la suivre.

– Oui, forcément, murmura-t-il comme si un voile sombre se déchirait. Oui, forcément, c'est ce qu'elle a fait.

Pendant un moment, aucun de nous deux ne parla. Mais même s'il ne disait rien, je vis un changement horrible s'opérer chez mon père, je vis sa façade altière s'effriter, son masque tomber, et soudain il eut l'apparence de ce qu'il était : un homme en train de desserrer la corde qui, depuis si longtemps, ligotait son âme.

Finalement, il dit :

– Julian se sentait responsable de ce qui est arrivé à Marisol parce qu'il en a été responsable, Philip.

Il se redressa légèrement, tel un homme avant que le clairon ne sonne la charge, prêt, tout comme ses aïeux y avaient été entraînés, à recevoir le coup.

– Et moi aussi, ajouta-t-il.

Il parut repenser à une question douloureuse le concernant.

– J'ai toujours cru que seuls les plus vaillants des hommes ont le courage d'affronter leurs torts.

Il leva la tête vers moi, le regard brisé.

– Comme Julian l'a fait, souffla-t-il.

Il laissa cette ultime réflexion planer un moment entre nous, puis murmura :

– Et le moment est venu pour moi d'affronter les miens.

Tout avait commencé par la plus innocente des demandes, me raconta mon père, laquelle fut faite alors que Julian et lui se promenaient un matin dans le parc des Deux Bocages. Julian était descendu de bonne heure et avait trouvé mon père, attablé seul dans la cuisine en train de boire son café. Avec sa sensibilité habituelle, il avait trouvé ce spectacle assez triste et eu la présence d'esprit de lui proposer de faire une promenade matinale. Aussitôt, tous deux étaient sortis de la maison pour prendre le chemin du verger qui l'entourait. Après quelques minutes de conversation insignifiante, Julian avait demandé : « Croyez-vous qu'une personne puisse changer les choses ? »

– C'était une question stupide, me dit mon père, que, sur le moment, je n'ai pas prise au sérieux. Une question de jeune homme, et de jeune homme très naïf, qui plus est.

Mais à mesure que la conversation avançait, il ne fit plus aucun doute que Julian était très sérieux.

– Il voulait réaliser quelque chose de grand. Pour recourir à un lieu commun, il voulait « changer le monde », dit mon père en haussant les épaules. Sachant comment ma propre carrière avait tourné, il craignait de ne pouvoir rien faire de bon au, disons, Département d'État. Il se demandait s'il pouvait exister un autre moyen. Il explorait simplement des possibilités avec moi, envisageait différentes voies. C'est alors que je lui ai dit : « Et si tu devenais espion ? »

À la surprise totale de mon père, l'idée avait paru plaire.

– C'était peut-être le romanesque de l'histoire, soupira-t-il. Ou peut-être commençait-il réellement à croire que, d'une manière ou d'une autre, dans des passages secrets, il apprendrait des choses qui lui permettraient enfin d'agir en grand pour le bien du monde.

Mon père leva les bras au ciel, en un geste d'impuissance.

– Ça me plaisait de voir à quel point Julian mourait d'envie de faire le bien.

Son regard devint soudain très intense.

– Un homme ne devrait pas vieillir en voulant prendre sa revanche sur sa vie, mais c'est exactement ce qui m'arrivait, et je m'en rendais compte. Je ne voulais pas que Julian connaisse le même sort. Je ne voulais pas qu'il soit consumé par la frustration déchaînée qui me consumait.

Cette rage, il l'avait farouchement combattue, oui, mais par moments, je l'avais perçue comme s'il bataillait avec deux cintres emmêlés qui seraient vivants et le provoquaient, et qu'il voudrait tuer.

– J'étais un petit homme coincé derrière un bureau, dit mon père, rêvant mon rêve d'agent secret.

– Walter Mitty, murmurai-je d'une voix douce.

Mon père acquiesça.

– Et donc, j'ai laissé entendre à Julian que l'Argentine était un pays qu'il devrait visiter. Je l'ai fait pour les bonnes raisons. Je voulais qu'il voie la réalité du monde. Qu'il sorte du cocon que son intelligence et son physique avantageux lui avaient procuré.

Il se carra un peu dans son fauteuil et, du plat de la main, lissa le plaid qui recouvrait ses jambes.

– Et étant donné que Julian ne rejetait pas l'idée d'être espion, c'était aussi un endroit où nous pourrions jouer à un petit jeu.

Il se tut et me regarda d'un air brisé.

– Ça n'a jamais été rien d'autre qu'un jeu, Philip, dit-il pour sa défense, alors que rien encore ne l'accusait. De petits garçons.

Et de m'expliquer qu'il avait décidé d'investir Julian d'une mission clandestine. Si cette mission était du goût de Julian, il pourrait toujours la poursuivre. Dans le cas contraire, peut-être refroidirait-elle sa fascination pour la vie d'agent secret telle qu'il l'imaginait.

– Une partie de cette mission, évidemment, était de n'en parler à personne, poursuivit mon père d'une voix empreinte de la plus grande tristesse. Nous nous le sommes juré et, de toute évidence, Julian a tenu sa promesse. À présent, je romps la mienne.

Mon père avait envisagé plusieurs menues tâches que Julian pourrait mener à bien à Buenos Aires. Aucune d'entre elles ne séduisit pourtant Julian, alors il insista auprès de mon père jusqu'à ce que lui vienne l'idée d'une mission porteuse d'un semblant de romanesque.

– Simplement parce que… que c'est bête, que c'est bête… simplement parce qu'elle impliquait une femme.

Là, il s'arrêta, tel un homme arrivé sur le bord déchiqueté d'un abîme sans fond.

– Marisol, dis-je, et par ce nom, je le poussai dans le vide.

Mon père acquiesça.

– Julian était très jeune, vois-tu, m'expliqua-t-il d'un ton qui maintenant paraissait dépouillé de tout sauf de regret. Alors, dans ma bêtise, j'ai pensé : Que pourrait-il y avoir de plus palpitant pour lui qu'une mission secrète impliquant une jeune femme ?

Il semblait à présent sur le point d'être lui-même dévasté par ses révélations.

– C'était une simple guide, ajouta-t-il. Une simple jeune femme qui avait un travail, qui voulait…

– Tenter sa chance, dis-je.

Mon père inspira lentement, avant de reprendre :

– Ce n'était qu'un petit exercice pratique de double jeu. Ça n'avait rien de personnel contre Marisol.

Mon père comprit que je ne voyais pas du tout de quoi il retournait.

– L'idée était que Julian s'essaie à jouer la comédie, comme Loretta sur scène. Julian devait se lancer un défi, voir dans quelle mesure il était doué pour…

Son regard prit la terrible mesure de l'inconséquence dont il avait fait preuve.

– Pour espionner, reprit-il, il faut que la cible te fasse confiance et te croie. Tu dois être capable de rendre un mensonge crédible pour que ta cible gobe le mensonge que tu lui fais.

– Et la cible de Julian, c'était Marisol.

Mon père acquiesça.

– Parce qu'elle n'avait rien à se reprocher, vois-tu. Elle était on ne peut plus éloignée de tout engagement politique. Elle avait été validée par le consulat. On savait qu'elle n'était qu'une brave fille venue de sa campagne. Alors, c'était sans risque.

– Qu'est-ce qui était sans risque ?

– De jouer un double jeu avec elle.

Julian devait choisir son moment, disait mon père, pour lui faire passer une information, une chose improbable, mais qu'il devrait parvenir à lui faire croire.

Pour Philip, le seul témoin de mon crime.

Je me souvins de la rencontre avec le vieux prêtre, de la remarque de Julian sur la probabilité qu'il se fasse arrêter, puis de la conversation bien plus animée que j'avais surprise par la suite : Julian et Marisol à la terrasse du café, Julian, agité, Marisol, grave. Je n'avais jamais su la teneur de leurs propos. C'était chose faite.

– Julian a affirmé à Marisol qu'il détenait des informations sur le père Rodrigo, c'est ça ? Que celui-ci allait être arrêté. Pas seulement une crainte qu'il aurait, mais de vraies informations lui venant du consulat, comme s'il était agent secret.

Le sourire triste de mon père n'exprimait pas autre chose que l'atroce réalité de son erreur de calcul.

– Oui, dit-il. Et je suis certain que Julian ne se doutait pas un seul instant qu'elle irait le répéter à quelqu'un. Ce n'était qu'un jeu, soupira-t-il en hochant la tête d'un air éperdu. De petits garçons. Nous n'avions pas envisagé qu'elle le dirait à quiconque à part au père Rodrigo, ce qui n'aurait eu aucune importance. Que pouvait-il se passer, au pire ? Elle aurait cru à un mensonge inoffensif et rien n'arriverait à personne.

– Mais elle l'a dit à Emilio Vargas.

– Eh oui, acquiesça mon père.

– Elle aimait ce vieux prêtre, dis-je, alors elle s'est adressée à celui qui, pensait-elle, pourrait l'aider.

Mon père leva les bras et s'agrippa aux accoudoirs de son fauteuil.

– Un vieil ami d'enfance, apparemment, dit-il. Quelqu'un à qui elle pensait pouvoir faire autant confiance qu'à…

– Julian ?

Mon père avait l'air de ce qu'il était : un homme regardant en face le mal que Julian avait regardé en face tant d'années plus tôt.

– Jusqu'au moment où tu as mentionné cet homme, Vargas, je n'avais jamais entendu parler de lui, reprit-il. Mais vu ce que tu m'en as dit, je sais exactement ce qui s'est passé car j'ai connu d'autres hommes dans sa situation. Tu dois détourner l'attention de toi. Et comme le traître, c'est toi, tu dois livrer quelqu'un d'autre à ta place. Quand Marisol est allée le trouver et lui a répété ce que Julian lui avait dit, il a saisi sa chance. Il pouvait à la fois la désigner comme sa « source » au consulat américain tout en racontant qu'elle l'avait contacté parce qu'elle-même était une Montonero, et ainsi la livrer à la Casa Rosada.

Il s'enfonça contre le dossier de son fauteuil et, dans ce mouvement, parut se dégonfler.

– C'est le coup classique, Philip. Le tout est de s'assurer que celui qu'on donne est innocent comme un enfant, qu'il puisse être dévoré comme Saturne a dévoré ses enfants, sans même qu'ils sachent pourquoi.

Il ménagea un silence, puis ajouta :

– C'est pourquoi ce stratagème a pour nom le Coup de Saturne.

Ces deux petits garçons-là, mon père et mon meilleur ami, avaient joué à un jeu mortel, mais Marisol était morte pour de vrai.

– Julian ne se l'est jamais pardonné, dis-je à mon père. C'était un homme bon en cela. Il pensait seulement aux conséquences de ses actes, jamais à leur intention.

– J'espère que tu pourras me pardonner, Philip, dit mon père.

– Moi oui, dis-je. Mais, et Julian ne le savait que trop bien, c'est Marisol qui ne le peut pas.

Comme il ne répondait pas à cela, j'ajoutai :

– Mais il en va toujours ainsi, non ? Tu le disais toi-même.

Je fus surpris de n'éprouver ni colère ni amertume en le citant : « Ce sont toujours les petites gens, les petites gens qu'on ne remarque pas, les gens gris comme la poussière, qui paient le prix de nos erreurs. »

Je le quittai quelques minutes plus tard, me préparant à affronter la nuit seul, mais, à mon immense soulagement, je trouvai Loretta qui attendait dans le hall de mon immeuble.

– C'est une charmante soirée, dit-elle. Que dirais-tu d'aller faire une promenade dans le parc ?

Nous sortîmes de l'immeuble et partîmes dans la nuit. Elle voyait que j'étais sonné, mais ne posa aucune question, me laissant le soin de décider du lieu et du moment pour parler.

Nous avions déjà parcouru une bonne distance dans le parc et nous étions assis sur un des bancs quand je m'y résolus.

– Un soir, je suis tombé sur Julian et mon père aux Deux Bocages, commençai-je. Ils étaient seuls, depuis longtemps, dans le bureau. Il était très tard et j'étais monté me coucher. Mais peu après, je suis redescendu et les ai trouvés là, en train de parler. Ils ont tous les deux paru assez surpris, et un peu irrités, par mon apparition soudaine. Ils m'ont fait signe d'approcher, nous avons bavardé tous les trois un moment, et je suis remonté me coucher peu après. Mais c'était dans leurs yeux, Loretta. La conspiration.

Je pris une inspiration tremblotante.

– Ce n'était qu'un jeu, murmurai-je.

Puis, les mots se bousculant dans ma bouche, je lui relatai tout ce que mon père venait de me révéler.

– Mon père et lui se jurèrent de ne jamais plus reparler de l'Argentine. Comme des petits garçons liés par un serment de sang. Et donc il ne l'a jamais fait.

Je haussai les épaules.

– Et je suppose que c'est ce qu'il ne pouvait plus supporter, le fait d'avoir ce crime enfermé en lui et de ne pouvoir s'en libérer.

Loretta semblait sceptique.

– Ce serait pour cette raison qu'il n'aurait jamais avoué ? Parce qu'il l'avait promis à ton père ?

Sa question me prit de court. Non, bien sûr que non, pensai-je. Julian ne serait pas resté fidèle à un serment si enfantin. Et l'aurait-il rompu que mon père s'en serait moqué. Après tout, il venait de m'avouer lui-même sa complicité dans le crime de Julian.

Alors, pourquoi Julian n'avait-il jamais avoué et pourquoi avait-il préféré la mort à cet aveu ?

Il me revint que, à la lumière du décès de son père, Julian disait qu'un petit garçon avait besoin d'un héros, quelqu'un qu'il puisse admirer, quelqu'un qui puisse le guider. Plus tard, il avait caché l'identité des hommes qui avaient perpétré le massacre d'Oradour-sur-Glane. Quand je lui avais demandé pourquoi, sa réponse fut simple. À quoi servirait, m'avait-il répondu, de dire à un petit garçon qu'un certain jour en un certain endroit son père avait été le complice d'un terrible crime ?

Avais-je été ce petit garçon-là ?

– Non, si Julian n'a pas avoué, c'est à cause de moi, dis-je à Loretta. Il n'a pas avoué parce que j'étais toujours un petit garçon à ses yeux.

Je lui dis alors comment j'avais abouti à cette conclusion : le fait que Julian avait dû être profondément marqué par la mort de son père, qu'il en avait conclu que le mien était un élément central de ma vie, qu'il savait ne pouvoir m'avouer son crime sans révéler la part que mon père y avait prise. Il m'avait protégé comme il avait protégé les enfants des soldats qui avaient massacré les habitants d'Oradour-sur-Glane. Tout se tenait, et je le lui dis.

Loretta me regardait d'un air dubitatif.

– Tout ça, c'est très joli, Philip. Mais c'est trop simple. C'est naturel, bien sûr, parce que lorsqu'un homme qu'on aime se suicide, on veut que ce soit pour une chose. Une seule chose qu'on aurait pu changer. Mais pour certaines personnes, ce n'est pas une seule chose. C'est tout.

Elle me considéra d'un regard pénétrant.

– Julian s'est tué parce qu'il a été comme Marisol, affirma-t-elle, victime du Coup de Saturne.

Voyant que je ne comprenais pas en quoi, elle précisa sa pensée.

– Sa bonté même s'est retournée contre lui, dit-elle. La vie s'en est servie contre lui tout comme Vargas s'est servi de l'innocence de Marisol contre elle.

Elle haussa les épaules.

– Les doux n'hériteront pas de la terre, Philip.

J'eus une pensée pour le pauvre et reculé Swaziland, dernier royaume d'Afrique. Julian s'y était rendu quelques années plus tôt, puis il avait publié un article décrivant les conditions de vie qu'il y avait trouvées – alors que leur roi possédait une flotte de voitures de luxe et se déplaçait en jet privé, le peuple se couchait à plat ventre pour boire l'eau de mares fétides, ramassait des têtes de poulet et des pieds de porc dans les décharges de l'abattoir le plus proche et rapportait ces saletés à la maison pour les faire bouillir dans de vieux seaux. Un pays où l'espérance de vie était de trente et un ans. Dans les dernières lignes de son papier, Julian dépeignait la terre rouge des townships et les baraques en contreplaqué, les eaux stagnantes des mares insalubres, les taudis boueux et les cases en tôle ondulée où la vie se présente devant le peuple du Swaziland comme elle s'est toujours présentée devant les vrais innocents : « avec un couteau à la main ».

Ainsi que Loretta l'avait mis en évidence, cette vie-là, fixée dans un regard saturnien, s'était finalement présentée devant Julian.

– Je ne veux pas être seul ce soir, Loretta, avouai-je.

Eût-elle eu la moindre hésitation que l'expression de son regard l'aurait trahie. Mais j'y vis seulement qu'elle saisissait pleinement le sens de ce que je venais de dire.

– Peut-être jamais plus, répondit-elle.

Certes, ce n'était pas un dénouement qu'on trouve sous la plume de Jane Austen, orchestré par le carillon des cloches du mariage et l'assurance de tous les bonheurs du monde, mais néanmoins je pris la main de Loretta.

– Peut-être jamais plus, répétai-je.

Elle sourit.

– Sais-tu ce que tu lui aurais dit si tu avais été avec lui dans la barque ? demanda-t-elle.

Je secouai la tête.

– Pas encore, lui dis-je.

Mais quand nous arrivâmes à la maison, je le savais.

Après

Il replie la carte géographique et la pose sur la table à côté de son fauteuil. Par la fenêtre, il voit les eaux lisses et grises de l'étang. La barque, dont la peinture jaune s'est écaillée depuis longtemps, est au repos sous un bouleau pleureur.

Il se lève, va à la fenêtre, regarde dehors.

Au loin, une brise légère fait frémir le feuillage du bouleau, caresse la pelouse, berce les iris pourpres de la berge. Des herbes, des fleurs, il en a tant vu. Les champs de lavande de France, les faux mûriers de l'Oural aux petits pétales orange, les plumets des herbes de la pampa ondulant comme des danseuses.

Il regrettera tout cela.

Il réfléchit à l'acte, puis à ses conséquences.

Il fera les choses proprement.

Ce sera net.

Et sans bavure.

Il tourne la tête pour jeter un dernier coup d'œil à la carte. Des cartes, il en a tant étudié. Il pense aux porteurs d'eau du monde entier, le plus souvent des femmes qui charrient leurs jerrycans jusqu'à la rivière ou jusqu'au lac. Son esprit est comme ces jerrycans : fatigué, poussiéreux, esquinté, mais encore capable de contenir sa lourde réserve de souvenirs.

Et pourtant, il a oublié quelque chose.

Il va jusqu'au petit bureau dans l'angle de la pièce, ouvre le carnet et arrache la première page. Il la plie soigneusement, sans hâte, puis la glisse dans le fond de sa poche.

C'est à ce qui a changé qu'il te faut être attentif, lui disaient les vieux traqueurs. Pas aux traces. Pas aux pistes. Mais à ce qui a changé dans le chiendent, à l'impression que les roseaux sont penchés. C'est ça qui te conduira à l'objet de ta quête.

Il parcourt la pièce du regard, guettant pareil signe, n'en voit pas, et, fort de cette certitude, gagne la porte, puis la franchit et s'avance sur la pelouse. Il sent le souffle de la brise qui n'a rien de nouveau pour lui : une fraîcheur sur ses joues, une pression contre sa chemise, un mouvement dans ses cheveux.

Entendant un cri d'oiseau, il lève la tête et voit une mouette qui vole bas dans le ciel. À quand remonte la première fois qu'il a vu des souimangas au Soudan, leur plumage irisé scintillant au soleil ?

Il hoche la tête. Ça n'a plus d'importance.

Il baisse les yeux et marche d'un pas décidé jusqu'à la barque. Elle est lourde, et il est affaibli, mais moins par son dernier travail que par sa dernière décision.

Mais celle-ci est prise.

La barque est lourde, et pourtant il la met à l'eau. En quoi était faite la plus légère qu'il ait manœuvrée ? Ah oui, en scirpe. Et quel était l'autre nom du scirpe ? Ah oui, le souchet.

La barque tangue violemment quand il pose le pied à l'intérieur, mais il reprend l'équilibre, attrape une rame et, d'une poussée, s'éloigne du bord.

Jusqu'où aller ?

Le milieu de l'étang. Suffisamment loin pour n'être plus, vu de là-bas, qu'une petite forme indistincte, et que sa sœur ne puisse ni deviner ce qu'il fait ni le rejoindre avant qu'il ait accompli sa tâche.

Vingt mètres de la berge maintenant. Peut-être vingt-cinq. Longtemps qu'il n'a pas ramé. Déjà, ses bras lui font mal. Mais ce sera vite passé. Il sait que son séjour dans la steppe russe l'a fatigué, mais s'étonne de constater à quel point. Ou bien son secret l'a-t-il toujours rongé comme une maladie dégénérative ?

Trente mètres de la berge.

Suffisant.

Il sort de sa poche la feuille de papier, la déplie et lit ce qu'il a écrit.

– C'est ton triste mot de la fin, n'est-ce pas ? Et ce devait être la première phrase de ton prochain livre ?

Il tourne la tête vers moi. Ses traits portent les traces des nombreux tours cruels que joue la vie.

– Parce qu'il n'existe pas de réponse à notre *zachem*.

Il acquiesce.

– Écris-le, dis-je tout bas. Rentre et écris-le.

Il reste silencieux, immobile.

– Le monde fait beaucoup de bruit, Julian, mais manque de voix.

Il me regarde sans ciller.

– Et parce qu'il y en a si peu, chacune d'elles compte.

Je me penche vers lui, espérant trouver des mots plus persuasifs. Aucun ne me venant, je hausse les épaules.

– C'est mon argument. Le seul fait que nous avons besoin de gens qui nous rappellent la présence des ténèbres.

Son sourire est fugace et, comme tout le reste, difficile à déchiffrer, impossible à connaître.

– C'est ton travail, Julian. Et il te faut le faire.

D'un geste empreint d'une curieuse détermination, le regain d'une énergie sur le point de disparaître, Julian remet la feuille de papier dans sa poche et reprend les rames. Je sais, parce que je le connais, qu'il pense à son livre.

Le vent caresse les arbres lointains. Sur la berge proche, une libellule zigzague au-dessus des eaux tranquilles.

Je me laisse bercer par le doux rythme des rames.

À chaque seconde, la maison se rapproche.

Pourtant, je ne peux être certain qu'il parviendra à rentrer.

Car la vie, ce que Julian savait et ce dont son existence, ses écrits et son crime témoignent, n'est autre, au bout du compte, que le Coup de Saturne.

DU MÊME AUTEUR

Safari dans la 5e avenue
Gallimard, « Série noire », 1981

Du sang sur l'autel
Gallimard, « Série noire », 1985
et « Points », nº P2869

Haute couture et basses besognes
Gallimard, « Série noire », 1989

Qu'est-ce que tu t'imagines ?
Gallimard, « Série noire », 1989

Les Rues de feu
Gallimard, « Série noire », 1992 et 2004
et « Folio Policier », nº 533

Les Instruments de la nuit
L'Archipel, 1999
et Point Deux, 2012

Les Ombres de la nuit
L'Archipel, 2002
et « Le Livre de poche », nº 37067

Interrogatoire
L'Archipel, 2003
et « Le Livre de poche », nº 37167

Disparition
L'Archipel, 2003

La Preuve de sang
Gallimard, « Série noire », 2006
et « Folio Policier », nº 666

Les Ombres du passé
Gallimard, « Série noire », 2007
et « Folio Policier », nº 568

Les Feuilles mortes
Barry Award
Gallimard, « Série noire », 2008
et « Folio Policier », nº 593

Les Liens du sang
Gallimard, « Série noire », 2009
et « Folio Policier », nº 619

Les Leçons du Mal
Seuil Policiers, 2011
et « Points », nº P2754

Mémoire assassine
Point Deux, 2011
et « Points », nº P3169

Au lieu-dit Noir-Étang….
Edgar Award
Seuil Policiers, 2012
et « Points », nº P2945

L'Étrange Destin de Katherine Carr
Seuil Policiers, 2013
et « Points », nº P4009

Dernière Conversation avec Lola Faye
« Points », nº P3297, 2014

Le Dernier Message de Sandrine Madison
Seuil Policiers, 2014
et « Points », nº P4103

Le Secret des tranchées
Ombres noires, 2014

Sur les hauteurs du mont Crève-Cœur
Seuil Policiers, 2016

RÉALISATION : IGS-CP À L'ISLE-D'ESPAGNAC
IMPRESSION : MAURY IMPRIMEUR À MALESHERBES (45)
DÉPÔT LÉGAL : AOÛT 2016 - N° 132940 (210678)
IMPRIMÉ EN FRANCE